人生遗憾才完美

林清玄 著

百花洲文艺出版社
BAIHUAZHOU LITERATURE AND ART PRESS

图书在版编目（CIP）数据

人生遗憾才完美 / 林清玄著 . — 南昌 : 百花洲文艺出版社，2018.7（2021.4 重印）
ISBN 978-7-5500-2878-4

Ⅰ . ①人… Ⅱ . ①林… Ⅲ . ①散文集－中国－当代
Ⅳ . ① I267

中国版本图书馆 CIP 数据核字（2018）第 127399 号

著作权合同登记号　图字：14-2018-0146
本著作物经北京阅享国际文化传媒有限公司代理，由九歌出版社有限公司
授权，在中国大陆出版、发行中文简体字版本。

人生遗憾才完美

林清玄　著

策划编辑　胡　峰　王敬波
责任编辑　李梦琦　兰　瑶
封面设计　胡椒书衣
出版发行　百花洲文艺出版社
社　　址　南昌市红谷滩区世贸路 898 号博能中心 A 座 20 楼
邮　　编　330038
经　　销　全国新华书店
印　　刷　三河市嵩川印刷有限公司
开　　本　710mm×1000mm　1/16
印　　张　18
版　　次　2018 年 7 月第 1 版　2021 年 4 月第 2 次印刷
字　　数　240 千字
书　　号　ISBN 978-7-5500-2878-4
定　　价　45.00 元

赣版权登字 05-2018-261

邮购联系 0791-86895108
网址 http://www.bhzwy.com
图书若有印装错误，影响阅读，可向承印厂联系调换。

目录

辑一

柔软的心最有力量

送一轮明月给他

一位住在山中茅屋修行的禅师，有一天趁夜色到林中散步，在皎洁的月光下，他突然开悟了自性的般若。

他喜悦地走回住处，眼见到自己的茅屋遭小偷光顾。找不到任何财物的小偷，要离开的时候才在门口遇见了禅师。原来，禅师怕惊动小偷，一直站在门口等待，他知道小偷一定找不到任何值钱的东西，早就把自己的外衣脱掉拿在手上。

小偷遇见禅师，正感到愕然的时候，禅师说："你走老远的路来探望我，总不能让你空手而回呀！夜凉了，你带着这件衣服走吧！"

说着，就把衣服披在小偷身上。小偷不知所措，低着头溜走了。

禅师看着小偷的背影走过明亮的月光，消失在山林之中，不禁感慨地说："可怜的人呀！但愿我能送一轮明月给他。"

禅师不能送明月给那个小偷，使他感到遗憾，因为在黑暗的山林，明月是照亮世界最美丽的东西。不过，从禅师的口中说出"但愿我能送一轮明月给他"，这口里的明月除了是月亮的实景，指的也是自我清净的本体。

从古以来，禅宗大德都用月亮来象征一个人的自性，那是由于月亮光明、平等、遍照、温柔的缘故。怎么样找到自己的一轮明月，向来就是禅者努力的目标。在禅师的眼中，小偷是被欲望蒙蔽的人，就如同被乌云遮住的明月，一个人不能自见光明是多么遗憾的事。

禅师目送小偷走了以后，回到茅屋赤身打坐，他看着窗外的明月，进入定境。

第二天，他在阳光温暖的抚触下，从极深的禅定里睁开眼睛，看到他披在小偷身上的外衣，被整齐地叠好，放在门口。禅师非常高兴，喃喃地说："我终于送了他一轮明月！"

明月是可送的吗？这真是有趣的故事，在我们的人生经验里，无形的事物往往不能赠送给别人，例如我们不能对路边的乞者说："我送给你一点慈悲。"我们只能把钱放在盒子里，因为他只能从钱的多寡来感受慈悲的程度。

我们不能对心爱的人说："我送你一百个爱情。"只能送他一百朵玫瑰。他也只能从玫瑰的数量来推算情感的热度，虽然这种推算往往不能画上等号，因为送玫瑰的人或许比送钻戒者的爱要真诚而热烈。

同样的，我们对于友谊、正义、幸福、平安、智慧等等无价的东西，也不能用有形的事物做正确的衡量。我想，这正是人生的困局之一，我们必须时时注意如何以有形可见的事物来奥妙地表达所要传递的心灵信息。可悲的是在传递的过程中常常会有"落差"，这种落差常使骨肉至亲反目，患难之交怨愤，恩爱夫妻化离，有情人终于成为俗汉。

这些无形又可贵的感情，与禅师的某些特质接近，是"只可意会，不可言传"，是"不立文字，教外别传"，是"当下即是，动念即乖"，是"云在青天水在瓶"，是"平常心是道"！

这个世界几乎没有一种固定的方法可以训练人表达无形的东西，于是，训练表达无形情感的唯一方法就是回到自身，充实自己的人格，使自己具备真诚无伪、热切无私的性格，这样，情感就不是一种表达，而是一种流露。

在一个人能真诚流露的时候，连明月也可以送给别人，对方也真的收得到。

我们时时保有善良、宽容、明朗的心性，不要说送一轮明月，同时送出许多明月都是可能的，因为明月不是相送，而是一种相映，能映照出互相的光明。

因此禅师说"但愿我能送一轮明月给他"是真正人格的馨香。它使小偷感到惭愧，受到映照而走向光明的道路。

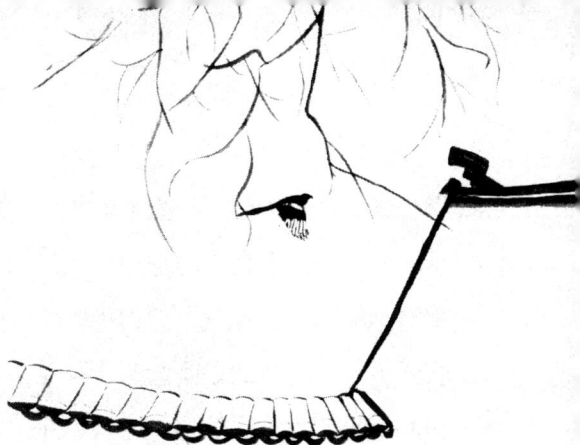

白雪少年

　　我小学时代使用的一本汉语字典，被母亲细心地保存了十几年，最近才从母亲的红木书柜里找到。那本字典被小时候粗心的手指扯掉了许多页，大概是拿去折纸船或飞机了，现在怎么回想都记不起来，由于有那样的残缺，更使我感觉到一种任性的温暖。

　　更惊奇的发现是，在翻阅这本字典时，找到一张已经变了颜色的"白雪公主泡泡糖"的包装纸，那是一张长条的鲜黄色纸，上面用细线印了一个白雪公主的面相，于今看起来，公主的图样已经有一点粗糙简陋了。至于如何会将白雪公主泡泡糖的包装纸夹在字典里，更是无从回忆。

　　到底是在上汉语课时偷偷吃泡泡糖夹进去的，是夜晚在家里温书吃泡泡糖夹进去的，还是有意保存了这张包装纸呢？翻遍汉语字典也找不到答案。记忆仿佛自时空遁去，渺无痕迹了。

　　唯一记得的倒是那一种旧时乡间十分流行的泡泡糖，是粉红色长方形、十分粗大的一块，一块五毛钱。对于长在乡间的小孩子，那时的五毛钱非常昂贵，是两天的零用钱，常常要咬紧牙根才买来一块，一嚼就是一整天，吃饭的时候把它吐在玻璃纸上包起，等吃过饭再放到口里嚼。

　　父亲看到我们那么不舍得一块泡泡糖，常生气地说："那泡泡糖是用脚踏车坏掉的轮胎做成的，还嚼得那么带劲！"记得我还傻气地问过父亲："是用脚踏车轮做的？怪不得那么贵！"惹得全家人笑得喷饭。

说是"白雪公主泡泡糖"，应该是可以吹出很大气泡的，却不尽然。吃那泡泡糖多少靠运气，记得能吹出气泡的大概五块里才有一块，许多是硬到吹弹不动，更多的是嚼起来不能结成固体，弄得一嘴糖沫，赶紧吐掉，坐着伤心半天。我手里的这一张可能是一块能吹出大气泡的包装纸，否则怎么会小心翼翼地来做纪念呢？

我小时候并不是很乖巧的那种孩子，常常为着要不到两毛钱的零用就赖在地上打滚，然后一边打滚一边偷看母亲的脸色，直到母亲被我搞烦了，拿到零用钱，我才欢天喜地地跑到街上去，或者就这样跑去买了一个"白雪公主"，然后就嚼到天黑。

长大以后，再也没有在店里看过"白雪公主泡泡糖"，都是细致而包装精美的一片一片的"口香糖"；每一片都能嚼成形，每一片都能吹出气泡，反而没有像幼年一样能体会到买泡泡糖靠运气的心情。偶尔看到口香糖，还会想起童年，想起嚼"白雪公主"的滋味，但也总是一闪即逝，了无踪迹。直到看到汉语字典中的包装纸，才坐下来顶认真地想起"白雪公主泡泡糖"的种种。

如果现在还有那样的工厂，恐怕不再是用脚踏车轮制造，可能是用飞机轮子了——我这样游戏地想着。

那一本母亲珍藏了十几年的汉语字典，薄薄的一本，里面缺页的缺页、涂抹的涂抹，对我已经毫无用处，只剩下纪念的价值。那一张泡泡糖的包装纸，整整齐齐，毫无毁损，却珍藏了一段十分快乐的记忆；使我想起真如白雪一样无瑕的少年岁月，因为它那样白、那样纯净，几乎所有的事物都可以涵容。

那些岁月虽在我们的流年中消逝，但借着非常微小的事物，往往一勾就是一大片，仿佛是草原里的小红花，先是看到了那朵红花，然后发现了一整片大草原，红花可能凋落，而草原却成为一个大的背景，我们就在那背景里成长起来。

那朵红花不只是"白雪公主泡泡糖",可能是深夜里巷底按摩人的幽长的笛声,可能是收破铜烂铁老人沙哑的叫声,也可能是夏天里卖冰淇淋小贩的喇叭声……有一回我重读小学时看过的《少年维特的烦恼》,书里就曾夹着用歪扭字体写成的纸片,只有七个字:"多么可怜的维特!"其实当时我哪里知道歌德,只是那七个字,让我童年伏案的身影整个显露出来,那身影可能和维特是一样纯情的。

有时候我不免后悔童年留下的资料太少,常想:"早知道,我不会把所有的笔记簿都卖给收破烂的老人。"可是如果早知道,我就不是纯净如白雪的少年,而是一个多虑的少年了。那么丰富的资料原也不宜留录下来,只宜在记忆里沉潜,在雪泥中找到鸿爪,或者从鸿爪体会那一片雪。

这样想时,我就特别感恩母亲。因为在我无知的岁月里,她比我更珍视我所拥有过的童年,在她的照相簿里,甚至还有我穿开裆裤的照片。那时的我,只有父母有记忆,对我是完全茫然了,就像我虽拥有"白雪公主泡泡糖"的包装纸,那块糖已完全消失,只留下一点甜意——那甜意竟也有赖母亲爱的保存。

盛夏的凤凰花

返回故乡旗山小住，特别到我曾就读的旗山中学去，看看这曾孕育我，使我生起作家之梦的地方。

旗山中学现在已经改名，整个建筑和规模还是二十几年前的样子，只是校舍显得更老旧，而种在学校里的莲雾树、椰子树、凤凰树长得比以前高大了。

学校外面变化比较大，原本围绕着校区的是郁郁苍苍的香蕉树，现在已经一株不剩了，完全被贩厝与别墅所占据，篮球场边则盖了一排四层楼的建筑。原本在校园外围的槟榔树也被铲除了，长着光秃秃的野草。附近的人告诉我，那些都是被废耕的土地，还有几块是建筑用地，马上就要动工了。

看到学校附近的绿树大量减少，使我感到失落，幸好在司令台附近几棵高大的凤凰树还是老样子，盛开着蝴蝶一样的红花，满地的落英。

我在中学的记忆，最深的就是这几棵凤凰树，听说它们在我尚未出生时就这样高大了。从前，每天放学的时候，我会到学校的角落去拉单杠，如果有伴，就去打篮球，打累了我便跑到凤凰树下，靠着树，坐在绿得要滴出油的草地上休息。

坐在那里的时候，不知道为什么会有一个内在的声音在呼唤着，将来长大要当作家，或者诗人。如果当不成，就做画家；再做不成，就做电影导演；

再不成，最后一个志愿是去当记者。我想，这些志愿在二三十年前的乡下学生里是很不寻常的，原因在于我是那么喜欢写作、画画和看电影，至于记者，是因为可以跑来跑去，对于初中时没有离开过家乡的我，有很强大的吸引力。

在当时，我的父亲根本还不知道人可以靠写文章、绘画、拍电影来生活。他希望我们好好读书，以便能不再依赖农耕生活，他认为我们的理想职业，是将来回到乡下教书，或做邮局、电信局的职员，当然能在农会或合作社、青果社上班也很好，至于像医生、商人那种很赚钱的行业，他根本不存幻想，他觉得我们不是那种根器。

对于我每天的写作、绘画，赶着到旗山戏院或仙堂戏院去捡戏尾仔的行径，他很不赞成，不过他的农地够他忙了，也没有时间管我。

我那时候常把喜欢的作家或诗人的作品，密密麻麻地写在桌子上，有一回被老师发现，还以为我是为了作弊，后来才发现那上面有郑愁予、周梦蝶、余光中、洛夫、司马中原、梦戈、痖弦、朱西宁、萧白、罗兰等等名字。当然我做梦也没想到二十年后，会一一和这些作家相识，大部分还成为朋友。

为了当作家，我每天去找书来看，到图书馆借阅世界名著，一段一段重抄里面感人与精彩的章节，那样渴望着进入创作心灵，使我感受到生命的深刻与开展；有时读到感人的作品，会开心大笑或黯然流泪，因此我在读中学的时候便是师友眼中哭笑无端的人。我也常常想着：如果有一天能够写作，不知道是幸福得何等的事，当然，后来真的从事写作，体会到写作的不易是很多年以后的事了。

坐在盛开的凤凰树下所产生的梦想，有一些实现了，像我后来去读电影，是由于对导演的梦从未忘情；有近十年的时间专心于绘画，则是对美术追求的愿望；做了十年的新闻工作，完成了到处去旅行探访的心愿；也由于这些累积，我一步一步地走向写作之路。

关于做一个作家，我最感谢的是父母亲，他们从未对我苛求，使我保有了更大的想象空间，也特别感谢我的大姐，当时她在大学中文系读书，寒暑假带回来的文学书籍，便是我的启蒙老师。

在凤凰树下，我想着这些少年的往事，然后我站在升旗台往下俯望，仿佛也看见了我从前升旗所站的位子，世界原是如此辽阔，多情而动人；心灵则是深邃、广大，有无限的空间；对一位生在乡下的平凡少年，光是这样想，就好像装了两只坚强的翅膀。

眼前这宁静的校园是我的母校呀！当我们想到母校，某些爱、关怀，还有属于凤凰花的意象就触动我们，好像想到我们的母亲。

木鱼馄饨

深夜到临沂街去访友，偶然在巷子里遇见多年前旧识的卖馄饨的老人，他开朗依旧，风趣依旧，虽然抵不过岁月风霜而有一点佝偻了。

四年多以前，我客居在临沂街，夜里时常工作到很晚，每天凌晨一点半左右，一阵清越的木鱼声，总是响进我临街的窗口。那木鱼的声音非常准时，天天都在凌晨的时间敲响，即使在风雨来时也不间断。

刚开始的时候，木鱼声带给我一种神秘的感觉，往往令我停止工作，出神地望着窗外的长空，心里不断地想着：这深夜的木鱼声，到底是谁敲起的？它又象征了什么意义？难道有人每天凌晨一点在我住处附近念经吗？

在民间，过去曾有敲木鱼为人报晓的僧侣，每日黎明将晓，他们就穿着袈裟草鞋，在街巷里穿梭，手里端着木鱼滴滴笃笃地敲出低量雄长的声音，一来叫人省睡，珍惜光阴；二来叫人在心神最为清明的五更起来读经念佛，以求精神的净化；三来僧侣借木鱼报晓来布施化缘，得些斋衬钱。我一直觉得这种敲木鱼报佛音的事情，是中国佛教与民间生活相契一种极好的佐证。

但是，我对于这种失传于闾巷很久的传统，却出现在台北的临沂街感到迷惑。因而每当夜里在小楼上听到木鱼敲响，我都按捺不住去一探究竟的冲动。

冬季里有一天，天空中落着无力的飘闪的小雨，我正读着一册印刷极为精美的金刚经，读到最后"一切有为法，如梦幻泡影，如露亦如电，应作如是观"一段，木鱼声恰好从远处的巷口传来，格外使人觉得昊天无极，我披衣坐起，撑着一把伞，决心去找木鱼声音的来处。

那木鱼敲得十分沉重着力，从满天的雨丝里穿扬开来，它敲敲停停，忽远忽近，完全不像是寺庙里读经时急落的木鱼。我追踪着声音的轨迹，匆匆地穿过巷子，远远地，看到一个披着宽大布衣、戴着毡帽的小老头子，他推着一辆老旧的摊车，正摇摇摆摆地从巷子那一头走来。摊车上挂着一盏四十烛光的灯泡，随着道路的颠踬，在微雨的暗道里飘摇。一直迷惑我的木鱼声，就是那位老头所敲出来的。

一走近，才知道那只不过是一个寻常卖馄饨的摊子，我问老人为什么选择了木鱼的敲奏，他的回答竟是十分简单，他说："喜欢吃我的馄饨的老顾客，一听到我的木鱼声，他们就会跑出来买馄饨了。"我不禁哑然，原来木鱼在他，就像乡下卖豆花的人摇动的铃铛，或者是卖冰水的小贩手中吸引小孩的喇叭，只是一种再也简单不过的信号。

是我自己把木鱼联想得太远了，其实它有时候仅仅是一种劳苦生活的工具。

老人也看出了我的失望，他说："先生，你吃一碗我的馄饨吧，完全是用精肉做成的，不加一点葱菜，连大饭店的厨师都爱吃我的馄饨呢。"我于是丢弃了自己对木鱼的魔障，撑着伞，站立在一座红门前，就着老人摊子上的小灯，吃了一碗馄饨。在风雨中，我品出了老人的馄饨，确是人间的美味，不下于他手中敲的木鱼。

后来，我也慢慢成为老人忠实的顾客，每天工作到凌晨的时候，远远听到他的木鱼，就在巷口里候他，吃完一碗馄饨，才开始继续我一天未完的工作。

和老人熟了以后，才知道他选择木鱼作为馄饨的讯号有他独特的匠心。他说因为他的生意在深夜，实在想不出一种可以让远近都听闻而不致吵醒熟睡人们的工具，而且深夜里像卖粽子的人大声叫嚷，是他觉得有失尊严而有所不为的，最后他选择了木鱼——让清醒者可以听到他的叫唤，却不至于中断了熟睡者的美梦。

　　木鱼总是木鱼，不管从什么角度来看它，它仍旧有它的可爱处，即使用在一个馄饨摊子上。

　　我吃老人的馄饨吃了一年多，直到后来迁居，才失去联系，但每当在静夜里工作，我仍时常怀念着他和他的馄饨。

　　老人是我们社会角落里一个平凡的人，他在临沂街一带卖了三十年馄饨，已经成为那一带夜生活里人尽皆知的人，他固然对自己亲手烹调后小心翼翼装在铁盒的馄饨很有信心，他用木鱼声传递的馄饨也成为那一带的金字招牌。木鱼在他，在吃馄饨的人来说，都是生活里的一部分。

　　那一天遇到老人，他还是一袭布衣，还是敲着那个敲了三十年的木鱼，可是老人已经完全忘记我了。我想，岁月在他只是云淡风轻的一串声音吧。我站在巷口，看他缓缓推走小小的摊车消失在巷子的转角，一直到很远了，我还可以听见木鱼声从黑夜的空中穿过，温暖着迟睡者的心灵。

　　木鱼在馄饨摊子里真是美，充满了生活的美，我离开的时候这样想着，有时读不读经都是无关紧要的事。

宁静海

孩子从学校带回一盒蚕宝宝，据他说，现在学校里流行养蚕，几乎人手一盒。

面对那些纯白的小生命，我感到烦恼了，因为养蚕的事看来容易，实践却很难。我童年的时候养过许多次蚕，最后几乎都注定了失败的命运，并不是蚕养不活，而是长大以后它吐茧结蛹，羽化为蛾，生出更多的小蚕，繁殖得太快，不是桑叶不够吃，就是没地方放置，最后，总是整盒带到郊外的桑树上放生。

那时候山里的桑树很多，甚至我家的后院都有几棵桑树，通常我们都是去山里采桑叶，只在不得已的情况下才摘家里的。

想一想，在桑叶那么充沛的时候，养蚕都会失败，何况是现在呢？

孩子养蚕的桑叶是买自学校的福利社，一包十元，回来后他把桑叶冰在冰箱里免得枯萎，我看他忙得不亦乐乎，却想到，万一学校福利社的桑叶缺货呢？

果然，没有多久，一天孩子满头大汗地从学校回来说："爸！糟了！天下大乱了！学校的桑叶缺货！"那天下午，我带他到台北市郊几个可能有桑树的地方去，都找不到一棵桑树，黄昏回程的时候，他垂头丧气地坐在车里，突然眼睛一亮："爸爸，我们用别的树叶试试！"

"没有用的，千百年来蚕就是吃桑叶长大，它不可能吃别的叶子。"我说。

孩子说："真的饿死也不吃别的树叶吗？我不信！"

"那么，你试试看！"

孩子兴奋地把家里种的树叶各摘下一片，把冰箱里的菜叶也找来了，不管他放下什么叶子，蚕总是无动于衷，甚至连动也不动一下，虽然它们看起来是那么饥饿，饿得快死了，也不肯动口尝尝别的叶子。

试过所有的叶子，孩子长叹一声："哎呀，这些蚕怎么这样想不开？吃几口别的树叶会死吗？"

他坐在那里发了半天呆，突然问我说："如果，如果，一只蚕从生下来就让它吃别的树叶，不让它吃一口桑叶，它会不会吃呢？"

"你试试看吧！"

为了寻求这问题的答案，他更乐于养蚕（幸好第二天福利社的桑叶就送来了），蚕儿长大、成蛹、化蛾、产卵……当黑色像眼睫毛一样的小蚕卵化出来的那一刻，孩子就喂给它别的树叶，结果它们的固执和父母一样，连第一口都不肯吃。最后孩子不得不把桑叶放进去，它们立刻欢喜地开口大吃了。

小蚕对桑叶的固执执着，令我非常吃惊，它们的执着显然不是今生的习惯，而是来自遥远前世的记忆，否则不会连生平的第一口都那么执着。

在面对蚕的执着，孩子学到了什么呢？他说："蚕的心，我们是不会知道的啦！"

是呀，蚕的心潜藏着轮回的秘密，孕育着业力的神秘，包覆着习气的熏习，或者是像海一样深不可测的。当然这些都无从查考，唯一可知的是它只吃桑叶（古今中外的蚕都如此），它只吐一种明亮、柔软、坚韧的丝（古今中外的蚕也都如此）。

世界的众生何尝不如此呢？每一众生的内在世界都深奥一如海洋。以蚕的近亲飞蛾来说吧！它们世世代代寻火而扑，在火中殉身，永不疲厌，是为了什么？以蚕的远亲蝴蝶来说吧，同一品种的蝴蝶，花纹世世代代均不改变，甚至身上的斑点不会多一个或少一个；而它们世世代代只吃花蜜，不肯改一下口味，这是为什么呢？

众生都有不能破除的执着，小似无知的昆虫到大似灵敏的人，都是如此，众生的识执都有如海洋，广大，难以探测，不能理解。

在我们理想中的宁静、澄澈、深湛、光明的自性之海，要经过多么长远的时光，才能开显呀！

从一枚小小的桑叶，一只小小的蚕，我也照见了自己某些尚未破尽的烦恼。

翡翠莲雾

外祖母家最后的一棵莲雾树，因为院子前面拓宽道路，被工程队砍除了，听说要砍的时候，树上还结满了莲雾。看到哥哥的来信，虽然我没有亲眼见到那棵莲雾树倒下，脑中却浮起一幅图像——莲雾树应声倒下，满地青色的莲雾在阳光下乱滚。

从我有记忆开始，外祖母家前就是一个大的果园，种满荔枝、柿子、龙眼、枣子、莲雾等水果，因此暑假的时候，我们最爱住在外祖母家，每天都在果园中追逐嬉戏，爬到树上去摘水果。外祖母逝世很多年了，每次想起她来，自己就仿佛置身在那个果园中，又回到外祖母的怀抱。

记忆中的果园所盛产的水果，和现在的水果比较起来是完全不同的，因为都是"土种"，大部分是长得细小而有酸味的。柿子比不上现在的肥软多汁，荔枝修长带些酸味，龙眼是小而肉薄，枣子长得还没有现在一半大，一点也比不上现在市场上经过改良的品种。

只有十几株莲雾树是我印象最深的。树上结出的莲雾全是翠绿颜色，果实瘦瘦的，形状有一点像翡翠雕成的铃铛。但那种绿色是淡的，就着阳光，给人透明的感觉。这种土生土长的莲雾汁水虽少，嚼起来坚实香脆，别有风味。

那十几株绿色莲雾树长得格外粗壮高大，柿子、荔枝树都比不上它，它大到小孩子可以躺在枝丫的权上睡午觉。一串串累累的果实藏在树叶中，有时因颜色相同而难以发现。

不知道绿色的莲雾何时在市场上消失，现在的莲雾都是淡红色的品种，肥胖多汁，但不管用什么方法吃它，总觉得好像是水做成的，少了莲雾应该有的气味，尤其是雨季生长的红莲雾几乎是淡而无味的。每次看到红莲雾，我都想起一串串的绿色铃铛，还有在莲雾树上午睡的一段记忆。

由于舅舅们并不是赖着那个果园维生，多年来，一直让它任意生长，收成的时候总会送一些给我们家，有时表兄弟上台北，也会带一袋来给我。因此尽管时空流转，我和果园好像还维持着一种情感的牵系，那种感情是难以表白的，它无可置疑地见证我们一些成长的痕迹。

有一年，因为乡道的开辟，莲雾树几乎被砍光了，只留下最靠屋子的一株。外祖母的果园原本是没有路的，后来为探收方便，在两排莲雾树间开了一条脚踏车可以走的路，不久之后，摩托车来了，路又开宽一些，最后汽车来了，两排莲雾首先遭殃，现在单向的汽车道也不足了，最后一株莲雾因而不保。

听说要砍那株莲雾树，方圆几里的人都跑去参观，因为它是附近仅存长绿色果实的莲雾，它的树龄五十几年，也是附近最老的果树了。砍倒一棵莲雾树在道路拓宽时是微不足道的，对我而言，却如同砍除了心中的一片果园。我知道，再也不能吃到那棵树结成的莲雾了。

我的表兄弟，近年来因为纷纷离乡而星散了，家园已不复昔日规模，家前的果园自然日益缩小，现在剩下的，只是几株零散的荔枝、柿子了。

最后一株莲雾树的砍除不只是情伤，也让我想起品种改良的一些问题。现在市场上的所有水果无不是经过改良的品种，我幼年的时候是如何也不能想象现在竟有那么大的荔枝、龙眼、枣子的，然而这些新的品种，有时候味道真是不如从前，翡翠莲雾是最好的例子。

有一回我在市场上买到几条土生的小萝卜，高兴得不得了，因为那些打过荷尔蒙、施过大量农药与肥料，收成时还经过漂白的大萝卜，只是好看罢了，哪里有小萝卜结实呢，可惜我们生长的是一个快速膨胀的时代，连水果青菜都不能避免膨胀，结果是，品种不断改良，田园风味逐渐丧失，有许多最适合台湾气候和环境的品种也因而灭绝，这是值得担忧的现象。

外祖母手植的莲雾树不在了，我只好把它种在心中，在这个转变的时代，任何事物只有放在心中最保险。我把它种在心灵果园的一角，这样我可以随时采摘，并且时刻记得，在这片土地上曾生长过绿如翡翠的莲雾，是别的品种不能取代的。

葫芦瓢子

在我的老家，母亲还保存着许多十几二十年前的器物，其中有许多是过了时，到现在已经毫无用处的东西，有一件，是母亲日日还用着的葫芦瓢子。她用这个瓢子舀水煮饭，数十年没有换过，我每次看她使用葫芦瓢子，思绪就仿佛穿过时空，回到了我们快乐的童年。

犹记我们住在山间小村的一段日子，在家的后院有一座用竹子搭成的棚架，利用那个棚架我们种了毛豆、葡萄、丝瓜、瓢瓜、葫芦瓜等一些藤蔓的瓜果，使我们四季都有新鲜的瓜果可食。

其中最有用的是丝瓜和葫芦瓜，结成果实的时候，母亲常常站在棚架下细细地观察，把那些形状最美、长得最丰实的果子留住，其他的就摘下来做菜。

被留下来的丝瓜长到全熟以后，就在棚架下干掉了，我们摘下干的丝瓜，将它剥皮，显出它轻松干燥坚实的纤维，母亲把它切成一节一节的，成为我们终年使用的"丝瓜布"，可以用来洗油污的碗盘和锅铲，丝瓜子则留着隔年播种。采完丝瓜以后，我们把老丝瓜树斩断，在根部用瓶子盛着流出来的丝瓜露，用来洗脸。一棵丝瓜就这样完全利用了，现在有很多尼龙的刷洗制品称为"菜瓜布"，很多化学制的化妆品叫作"丝瓜露"，可见得丝瓜旧日在民间的运用之广和深切的魅力。

我们种的葫芦瓜也是一样，等它完全熟透在树上枯干以后摘取，那些长得特别大而形状不够美的，就切成两半拿来当舀水、盛东西的勺子。长得形状均匀美丽的，便在头部开口，取出里面的瓜肉和瓜子，只留下一具坚硬的空壳，可以当水壶与酒壶。

在塑料还没有普遍使用的农业社会，葫芦瓜的使用很广，几乎成为家家必备的用品，它伴着我们成长。到今天，葫芦瓜的自然传统已经消失，葫芦也成为民间艺品店里的摆饰，不知情的孩子怕是难以想象它是《论语》里"一箪食，一瓢饮，人不堪其忧，回也不改其乐"与人民共呼吸的器物吧！

葫芦的联想在民间有着悠久的历史，许多甚受欢迎的人物，像李铁拐、济公的腰间都悬着一把葫芦，甚至《水浒传》里的英雄，武侠小说中的丐帮快客，葫芦更是必不可少。早在《反汉书》的正史也有这样的记载："市中有老翁卖药，悬一壶于肆头，及市罢，辄跳入壶中，市人莫之见。"

在《云笈七签》中更说："施存，鲁人，夫子弟子，学大丹之道，遇张申，为云台治官，常悬一壶，如五升器大，化为天地，中有日月，夜宿其内。"可见民间的葫芦不仅是酒器、水壶、药罐，甚至大到可以涵容天地日月，无所不包。到了乱离之世，仙人腰间的葫芦，常是人民心中希望与理想的寄托，葫芦之为用大矣！

我每回看美国西部电影，见到早年的拓荒英雄自怀中取出扁瓶的威士忌豪饮，就想到中国人挂在腰间的葫芦。威士忌的瓶子再美，都比不上葫芦的美感，这是无可奈何的事，因为在葫芦的壶中，有一片浓厚的乡关之情，和想象的广阔天地。

母亲还在使用的葫芦瓢子虽没有天地日月那么大，但那是早年农庄生活的一个纪念，当时还没有自来水，我们家引泉水而饮，用竹筒把山上的泉水引到家里的大水缸，水缸上面永远漂浮着一把葫芦瓢子，光滑的，乌亮的，琢磨着种种岁月的痕迹。

现代的勺子有许多精美的制品，我问母亲为什么还用葫芦瓢饕，她淡淡地说："只是用习惯了，用别的勺子都不顺手。"可是在我而言，却有许多感触。我们过去的农村生活早就改变了面貌，但是在人们心中，自然所产生的果实总是最可珍惜，一把小小的葫芦瓢子似乎代表了一种心情——社会再进化，人心中珍藏的岁月总不会完全消失。

我回家的时候，喜欢舀一瓢水，细细看着手中的葫芦瓢子，它在时间中老去了，表皮也有着裂痕，但我们的记忆像那瓢子里的清水，永远晶明清澈，凉人肺腑。那时候我知道，母亲保有的葫芦瓢子也自有天地日月，不是一勺就能说尽，我用那把葫芦瓢子时也几乎贴近了母亲的心情，看到她的爱以及我二十多年成长岁月中母亲的艰辛。

种草

最近住在乡下，每天黄昏的时候，如果天气好，我总会和孩子到后山去走走，偶尔也到山下去看农人的稻田，走过泥土坚实的田埂，看着秋天的新禾在微风中生长。

对于在城市中长大的孩子，看到乡下的一切都感到非常新鲜，尤其看到没有看过的东西，有一次我们在田埂上走，他说："爸爸，我们带一些稻子回去种好吗？"

"为什么呢？"

"因为稻子长大，我们就不必买米了，要煮饭的时候，自己摘来煮就好了。"孩子充满期盼地说，就仿佛自己种的稻子已经长成。

"要种在哪里呢？"

"我们家不是有很多空花盆吗？把稻子种在里面就行了呀！"

我只好告诉他，种稻子是很艰难的工作，可不比种一般的盆景，要有一定的水土，还要有非常耐心的照顾，我们是无法在花盆里种稻子的。

"那么，我们种牵牛花吧！牵牛花也很美。"孩子说。

有一次，我们就摘了很多牵牛花的蔓藤，回去种在花盆，可惜不久后就都枯萎了。孩子很纳闷，就说："为什么在野外，它们长得那么好，我们每天浇水，反而长不出来了呢？"

后来我们挖了一些酢浆草回家，酢浆草很快就长得很茂盛，可惜过了花期，并不开紫色的小花，我对孩子说："等到明年，这些酢浆草就会开出很美丽的花。"在孩子的眼中，什么都是美丽的，连山上的野草也不例外，我们第一次上山的时候，他简直惊叹极了，即使是夏秋之交，山上的野草也十分繁盛，就好像是春天一样。尤其是在夕阳之下、微风之中，每一株小草都仿佛是在金黄色的舞台上跳舞，它们是那么苗条而坚韧，在一种睥睨的态势看着脚下的世界。从远景看，野草连成一片，像丝绒一般柔软而温暖。

孩子看着这些草，禁不住出神地说："爸爸，我们带一点草回去种好吗？"

听到这句话时，我略微一震，"种草？"对一个出生在农家的我，这是多么新奇而带点荒唐的想法，我们在田里唯恐除草不尽，就是在花盆里也常把草拔除，这孩子居然想到种一盆草！

孩子看我无动于衷，用力拉着我的手，说："爸爸，你不觉得草也和花一样美吗？如果能种一盆草放在阳台，它就好像在山上一样。"

孩子的话立刻使我想到自己的粗鄙，花草本身没有美丑，只因为我心里有了区别，才觉草不如花。若我能把观点回到赤子，草不也是大地的孩子，和一切的花同样美丽吗？于是我说："好吧！我们来种一点儿草。"

种草就不必像种花那么费事，我们在山上采草茎上成熟的种子，草种通常十分细小，像是海边的沙子，可是因为数量很多，一下子就采了一口袋。回到家里，我们把一些曾种过花而死去的空花盆找来，一把把的草种撒在上面，浇一点水，工程很快就完成了。孩子高兴得要命，他的快乐比起从花市买花回来种还要大得多。

一星期后，每一个花盆都长出细细绒绒的草尖，没有经过风沙的小草，有一种纯净的淡绿，有如透明的绿水晶，而且株株头角峥嵘，一点也不忸怩作态，理直气壮地来面对这个与它的祖先完全不同的人世。

孩子天天都去看他亲手种植的绿草，那草很快地长满整个花盆，比阳台上的任何一盆花还要茂盛，我们有时把草端到屋内的桌上，看起来真的一点也不比名花逊色。看着一盆盆的野草，我有时会想起我们这些从乡野移居到城市讨生活的人，尽管我们适应了盆里的生活，其实并未改变来自乡野的姿色，而所有的都市人，他们或他们的祖先，不都是来自乡野吗？只是有的人成了名花，忘记自己的所在罢了。这样想时，常使我有一种深深的慨叹。

所有的名花都曾是乡野的小草，即使是最珍贵的兰花，也是从高山谷地移植而来，而那名不闻世的野草，如果我们有清明的心来看，不也和名花无殊吗？自然的本身是平等无二的，在乡野的山谷我们看见了自然的宏伟；在小小的花盆里，不也充满了生命的神奇吗？

落地生根

塞林格的《麦田里的守望者》里突然飘下来一片东西，褐色的，从桌面上轻轻地跌在地上，没有一点声息。

我俯身捡拾，原来是一片叶子，已经没有水分，叶脉呈较深的褐色，由叶蒂往四面伸展。最可惊的是，每一条叶脉长到叶的尽头，竟突破了叶子，长出又细又长的根须出来，数一数，一片小叶子正好长了十六条根须。我把这片叶子夹回我少年时代读的《麦田里的守望者》书中，惊奇地发现，那些从叶子里伸展出来的根须正好布满一整本书页的大小，在还没有突出书页的时候，它用尽了一切力气，死亡了。

那一片叶子是"落地生根"的叶子，一种最容易生存的植物。我坐在书桌前，看着这一片早就枯死多年，而根须还像喘着气的叶子，努力追想着这一片叶子进入书中的最后一段历史。"落地生根"是乡下极易生存的植物。在我的故乡，沿着旗尾溪的河堤，从河头围到河尾，全是用巨石堆叠出来的，河堤下部用粗大的铁丝网绑了起来。由于全是石头，河堤上几乎寸草不生。

奇怪的是，在那荒瘠的河堤上，却遍生了"落地生根"。从石头的缝里，"落地生根"孤挺地撑举出来，充满浓稠汁液的绿色草茎直立地站着，没有一株是弯曲的，肥厚的叶片依着草茎一片片平稳地舒展，它的颜色不是翠绿，而是一种带着不易摧折的深深的绿色。

最美的是春天了。"落地生根"像互相约定好的，在同一个时间开出花朵。花是红色的，但有各种不同的层次，有的深红，有的橙红，有的粉红，有的淡红。花的形状非常少见，像一整串花柱上开出数十朵甚至数百朵的花，形状像极了长长的挂在屋檐下的风铃。

我童年的时候，天天都在河溪边游徜，累了就躺在河堤上晒太阳，那时春天遍生遍开的"落地生根"与它美丽而不流俗的花，常常让我注视一个下午。黄昏的时候，微凉的风从河面抚来，花轻轻地摇动起来，人躺着，好像能听到在一串风铃的花间响动着微微的音乐，惊醒的时候才知道是河的声音，或者也不是河的声音，而是植物的内语，只有很敏感的儿童才能听见。

夏季的时候，"落地生根"的花朵并不凋落，而是在茎上从红色转成深深的褐色，一粒粒小小的，握紧着拳头，坚实的果实外壳与柔软的花是全然不同的了。果实中就包藏着"落地生根"有力的种子，不论落在何处，都会长出新的草茎，即使是最贫瘠的石头缝也不例外。

除了种子以外，"落地生根"用任何方法都可以繁殖，它身上随便的一片叶子，一段草茎，只要摘下埋在土里，就会长出一株新的"落地生根"。即使不用种子，不用茎叶，它的根所接触到的土地，也会长成新的植物，并且每一株还有更多的茎叶与花果。

我在刚刚会玩耍的时候，就为"落地生根"那样强悍的生长力深深地感动了。我们常常玩的游戏就是挑选那些长得最完满的叶子，夹在书页当中，时常翻看；每回翻开，"落地生根"从叶脉中衍长出来的根须就比以前长了一些，有时夹了几个星期，"落地生根"的叶子也不枯萎，而只要把它丢在土里，它就生发萌动，成为一株全新的植物。就是它这种无与伦比的力量，使我不论走到多远，常在梦里惦念着旗尾溪畔的堤防。

"落地生根"不只长在堤防上，而且成为记念故乡的一种鲜明植物。我手里这一片"落地生根"的叶子，是我在十五年前夹入《麦田里的守望者》

这本书的。那一年，我离开家乡到台南去求学，开始过着孤单而独立的生活。假期的时候我回家，几乎每天都到堤防去散步，看着欣欣繁长的、和石头缝隙苦斗的"落地生根"，感觉到它们是那样脆弱，一碰触，它的茎叶就断落了，也同时理解了它们永远不死的力量，因为那断落的茎叶只要找到机会，就会在野风中生长。

小小的"落地生根"，给我在升学的压力里带来极大的前进的鼓励——我想，如果让我选择，我不愿意做一朵开在温室里的红色玫瑰，而宁可做一株能在石头缝里也成长开花的"落地生根"。"落地生根"虽然卑微，但它的美胜过了玫瑰，而且它是无价的。

我就读的高中是在台南离海边很近的地方，土壤里含着浓重的盐分，几乎是花草不生的所在，只有极少数的植物，像木麻黄、芙蓉花、酢浆草、凤凰花，还有一些不知名的野草，能在有盐分的土地上活着，但大多显出营养不良的样子。

那时学校没有自来水，我们的饮水全靠几辆水车从市区运来的淡水。学校里水井抽出来的水仅供沐浴洗衣，常是黄浊的，夹带着泥味，并且是咸的。我清楚记得，雨后的校园被太阳晒干以后呈现一片茫茫的白，摸起来是一层白色的结晶盐，饮水与土地的贫乏，常使我在黄昏的校园漫步时，兴起大地苍茫的感叹。

有一次，我带着影响我少年时代思想的一本书——塞林格的《麦田里的守望者》——到故乡的堤防去看"落地生根"，正是开花的时节。我想着："这样有生命力的植物，在充满盐分的土地上是不是能够生存呢？"便随手摘下几片夹在书页里，坐着当天黄昏最后一班客运车赶回学校，第二天就把"落地生根"种在学生宿舍后面的空地上，让它长在有盐的地上，每天用有盐分的水浇灌。

"落地生根"的叶子仿佛带着神奇的化解盐分的力量，奇迹似的存活了，长得比学校的任何一株植物还要好，在我高三那年的暑假甚至开出风铃一样美丽的花朵。我坐在那些开在角落的"落地生根"旁边，学校师生都不知道的地方，抓起一把带盐的泥土深深地闻嗅，感动得满眼泪水。我含着泪对自己说："人要活得像一株'落地生根'，看起来这样卑微，但有生命的尊严；即使长在最贫瘠的土地，也要开出最美丽的花；在石头缝里、在盐分地带，也永远保持生存的斗志。"

我便是带着这种心情离开了海边的学校。我在学校不算是好学生，但在心底深处却埋下了一颗有理想的种子，像一株不肯妥协的"落地生根"。

书页里的这一片叶子是十五年前我忘记种在学校的最后一片叶子，遗憾的是，它竟然在书里枯萎。至于它的兄弟，我至今仍然不知是否还活在男生宿舍后面那片荒芜的空地里，或者早已死去，但这并不重要，因为它伴随那一段艰苦有压力的少年岁月，一起活在我的心中。我今天能够实现一个坏学生最好的可能，那一条石头堤防，那一片含盐的贫瘠土地，那一株株有力的"落地生根"，都曾经考验过我、启示过我。

十五年前，我愿意做一株"落地生根"，现在仍然愿意，并且牢牢默记着自己含泪的少年誓言。在《麦田里的守望者》的扉页上，我曾写下这样几句话：

没有人是一个孤岛，
每个人都是大陆的一部分。
没有鸟是一只孤鸟，
每只鸟都有着共同的天空。
没有鱼是一条孤鱼，
每条鱼都生活在大的海洋。
天下没有一片叶子是孤单的。
只要有土地，植物就能生长。

我把最后一片"落地生根"夹进书中，把书放进书架。十五年就这样过去了，而我对少年时代的怀念却从书架涌动出来，我仿佛看见一个蹲在角落的少年，流泪地、充满热望地看着自己亲手种植的植物，抬头看着广大的、有待创造的天空。

在梦的远方

　　有时候回想起来，我母亲对我们的期待，并不像父亲那样明显而长远。小时候我的身体差、毛病多，母亲对我的期望大概只有一个，就是祈求我的健康，为了让我平安长大，母亲常背着我走很远的路去看医生，所以我童年时代对母亲留下的第一印象，就是趴在她的背上，去看医生。

　　我不只是身体差，还常常发生意外，三岁的时候，我偷喝汽水，没想到汽水瓶里装的是"番仔油"（夜里点灯用的臭油），喝了一口顿时两眼翻白，口吐白沫，昏死过去了。母亲立即抱着我以跑一百公尺的速度到街上去找医生，那天是大年初二，医生全休假去了，母亲急得满眼泪，却毫无办法。

　　"好不容易在最后一家医生馆找到医生，他打了两个生鸡蛋给你吞下去，又有了呼吸，眼睛也张开了，直到你张开眼睛，我也在医院昏了过去了。"母亲一直到现在，每次提到我喝番仔油，还心有余悸，好像捡回一个儿子。听说那一天她为了抱我看医生，跑了将近十公里。

　　四岁那一年，我从桌子上跳下时跌倒，撞到母亲的缝纫机铁脚，后脑壳整个撞裂了，母亲正在厨房里煮饭。我自己挣扎着站起来叫母亲，母亲从厨房跑出来。

　　"那时，你从头到脚，全身是血，我看到第一眼，浮起心头的一个念头是：这个囝仔无救了。幸好你爸爸在家，坐他的脚踏车去医院，我抱你坐在后座，一手捏住脖子上的血管，到医院时我也全身是血，立即推进手术房，推出来时你叫了一声妈妈，呀！呀！我的囝仔活了，我的囝仔回来了……我那时才感谢得流下泪来。"母亲说这段时，喜欢把我的头发撩起，看我的耳后，那里有一道二十公分长的疤痕，像蜈蚣盘踞着，听说我摔了那一次，聪明了不少。

由于我体弱，母亲只要听到什么补药或草药吃了可以使孩子身体好，就会不远千里去求药方，抓药来给我补身体，可能是补得太厉害，我六岁的时候竟得了疝气，时常痛得在地上打滚，哭得死去活来。"那一阵子，只要听说哪里有先生、有好药，都要跑去看，足足看了两年，什么医生都看过了，什么药都吃了，就是好不了。有一天有一个你爸爸的朋友来，说开刀可以治疝气，虽然我们对西医没信心，还是送去开刀了，开一刀，一个星期就好了。早知道这样，两年前送你去开刀，不必吃那么多的苦。"母亲说吃那么多的苦，当然是指我而言，因为她们那时代的妈妈，是从来不会想到自己的苦。

过了一年，我的大弟得小儿麻痹，一星期就过世了，这对母亲是个严重的打击，由于我和大弟年龄最近，她差不多把所有的爱都转到我的身上，对我的照顾可以说是无微不至，并且在那几年，对我特别溺爱。

例如，那时候家里穷，吃鸡蛋不像现在的小孩可以吃一个，而是一个鸡蛋要切成"四洲"（就是四片）。母亲切白煮鸡蛋有特别方法，她不用刀子，而是用车衣服的白棉线，往往可以切到四片同样大，然后像宝贝一样分给我们，每次吃鸡蛋，她常背地里多给我一片。有时候很不容易吃苹果，一个苹果切十二片，她也会给我两片。有斩鸡，她总会留一碗鸡汤给我。

可能是母亲的照顾周到，我的身体竟然奇迹似的好起来，变得非常健康，常常两三年都不生病，功课也变得十分好，很少读到第二名，我母亲常说："你小时候读了第二名，自己就跑到香蕉园躲起来哭，要哭到天黑才回家，真是死脑筋，第二名不是很好了吗？"

但身体好、功课好，母亲并不是就没有烦恼，那时我个性古怪，很少和别的小朋友玩在一起，都是自己一个人玩，有时自己玩一整天，自言自语，即使是玩杀刀，也时常一人扮两角，一正一邪互相对打，而且常不小心让匪徒打败了警察，然后自己蹲在田岸上哭。幸好那时候心理医生没有现在发达，否则我一定早被送去了。

"那时庄稼囡仔很少像你这样独来独往的，满脑子不知在想什么，有一次我看你坐在田岸上发呆，我就坐在后面看你，那样看了一下午，后来我忍不住流泪，心想：这个孤怪囡仔，长大后不知要给我们变出什么出头，就是这个念头也让我伤心不已。后来天黑，你从外面回来，我问你：'你一个人坐在田岸上想什么？'你说：'我在等煮饭花开，等到花开我就回来了。'这真是奇怪，我养一手孩子，从来没有一个坐着等花开的。"母亲回忆着我童年一个片段，煮饭花就是紫茉莉，总是在黄昏时盛开，我第一次听到它是黄昏开时不相信，就坐一下午等它开。

不过，母亲的担心没有太久，因为不久有一个江湖术士到我们镇上，母亲先拿大弟的八字给他排，他一排完就说："这个孩子已经不在世上了，可惜是个大富大贵的命，如果给一个有权势的人做儿子，就不会夭折了。"母亲听了大为佩服，就拿我的八字去算，算命的说："这孩子小时候有点怪，不过，长大会做官，至少做到省议员。"母亲听了大为安心，当时在乡下做个省议员是很了不起的事，从此她对我的古怪不再介意，遇到有人对她说我个性怪异，她总是说："小时候怪一点没什么要紧。"

偏偏在这个时候，我恢复了正常，小学五六年级交了好多好多朋友，每天和朋友混在一起，玩一般孩子的游戏，母亲反而担心："哎呀！这个孩子做官无望了。"

我十五岁就离家到外地读书了，母亲因为会晕车，很少到我住的学校看我，我们见面的机会就少了，她常说："出去好像丢掉，回来好像捡到。"但每次我回家，她总是唯恐我在外地受苦，拼命给我吃，然后在我的背包塞满东西，我有一次回到学校，打开背包，发现里面有我们家种的香蕉、枣子；一罐奶粉、一包人参、一袋肉松；一包她炒的面茶、一串她绑的粽子，以及一罐她亲手腌渍的凤梨竹笋豆瓣酱……一些已经忘了。那时觉得东西多到可以开杂货店。

那时我住在学校，每次回家返回宿舍，和我一起的同学都说是小过年，因为母亲给我准备的东西，我一个人根本吃不完。一直到现在，我母亲还是这样，我一回家，她就把什么东西都塞进我的包包，就好像台北闹饥荒，什么都买不到一样，有一次我回到台北，发现包包特别重，打开一看，原来母亲在里面放了八罐汽水。我打电话给她，问她放那么多汽水做什么，她说："我要给你们在飞机上喝呀！"

高中毕业后，我离家愈来愈远，每次回家要出来搭车，母亲一定放下手边的工作，陪我去搭车，抢着帮我付车钱，仿佛我还是个三岁的孩子。车子要开的时候，母亲都会倚在车站的栏杆向我挥手，那时我总会看见她眼中有泪光，看了令人心碎。

要写我的母亲是写不完的，我们家五个兄弟姊妹，只有大哥侍奉母亲，其他的都高飞远飏了，但一想到母亲，好像她就站在我们身边。

这一世我觉得没有白来，因为会见了母亲，我如今想起母亲的种种因缘，也想到小时候她说的一个故事：

有两个朋友，一个叫阿呆，一个叫阿土，他们一起去旅行。

有一天来到海边，看到海中有一个岛，他们一起看着那座岛，因疲累而睡着了。夜里阿土做了一个梦，梦见对岸的岛上住了一位大富翁，在富翁的院子里有一株白茶花，白茶花树根下有一坛黄金，然后阿土的梦就醒了。

第二天，阿土把梦告诉阿呆，说完后叹一口气说："可惜只是个梦！"

阿呆听了信以为真，说："可不可以把你的梦卖给我？"阿土高兴极了，就把梦的权利卖给了阿呆。

阿呆买到梦以后就往那个岛上出发，阿土卖了梦就回家了。

到了岛上，阿呆发现果然住了一个大富翁，富翁的院子里果然种了许多茶树，他高兴极了，就留下做富翁的佣人，做了一年，只为了等待院子里的茶花开。

第二年春天，茶花开了，可惜，所有的茶花都是红色，没有一株是白茶花。阿呆就在富翁家住了下来，等待一年又一年，许多年过去了，有一年的春天，院子里终于开出一棵白茶花。阿呆在白茶花树根掘下去，果然掘出一坛黄金，第二天他辞工回到故乡，成为故乡最富有的人。

卖了梦的阿土还是个穷光蛋。

这是一个日本童话，母亲常说："有很多梦是遥不可及的，但只要坚持，就可能实现。"她自己是个保守传统的乡村妇女，和一般乡村妇女没有两样，不过她鼓励我们要有梦想，并且懂得坚持，光是这一点，使我后来成为作家。

作家可能没有做官好，但对母亲是个全新的经验，成为作家的母亲，她对乡人谈起我时，为我小时候的多灾多难、古灵精怪全找到了答案。

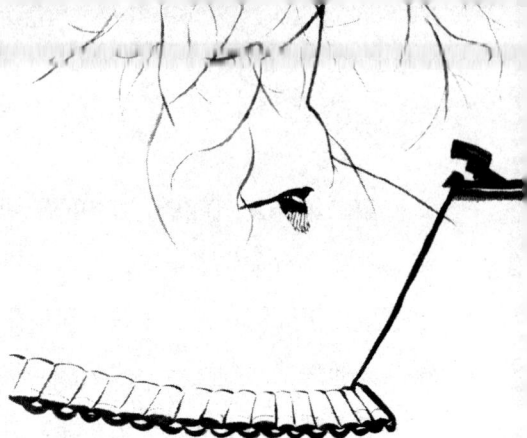

来自心海的消息

几天前，我路过一座市场，看到一位老人蹲在街边，他的膝前摆了六条红薯，那红薯铺在面粉袋上，由于是紫红色的，令人感到特别的美。

老人用沙哑的声音说："这红薯又叫山药，在山顶掘的，炖排骨很补，煮汤也可清血。"

我小时候常吃红薯，就走过去和老人聊天，原来老人住在坪林的山上，每天到山林间去掘红薯，然后搭客运车到城市的市场叫卖。老人的红薯一斤卖四十元，我说："很贵呀！"

老人说："一点也不贵，现在红薯很少了，有时要到很深的山里才找得到。"

我想到从前物质匮乏的时候，我们也常到山上去掘野生的红薯，以前在乡下，红薯是粗贱的食物，没想到现在竟是城市里的珍品了。

买了一个红薯，足足有五斤半重，老人笑着说："这红薯长到这样大要三四年时间呢！"老人哪里知道，我买红薯是在买一些失去的回忆。

提着红薯回家的路上，看到许多人排队在一个摊子前等候，好奇地走上前去，才知道他们是在排队买"番薯糕"。

番薯糕是把番薯煮熟了，捣烂成泥，拌一些盐巴，捏成一团，放在锅子上煎成两面金黄，内部松软，是我童年常吃的食物，没想到台北最热闹的市集，竟有人卖，还要排队购买。

我童年的时候非常贫困，几乎每天都要吃番薯，母亲怕我们吃腻，把普通的番薯变来变去，有几样番薯食品至今仍然令我印象深刻，一个就是"番薯糕"，看母亲把一块块热腾腾的、金黄色的番薯糕放在陶盘上端出来，至今仍然使我怀念不已。

另一种是番薯饼，母亲把番薯弄成签，裹上面粉与鸡蛋调成的泥，放在油锅中炸，也是炸到通体金黄时捞上来。我们常在午后吃这道点心，孩子们围着大灶等候，一捞上来，边吃边吹气，还常烫了舌头，母亲总是笑骂："天鬼！"

还有一种是在消夜时吃的，是把番薯切成丁，煮甜汤，有时放红豆，有时放凤梨，有时放点龙眼干，夏夜时，我们总在庭前晒谷场围着大人说故事，每人手里一碗番薯汤。

那样的时代，想起来虽然辛酸，却有一种难以言说的幸福。我父亲生前谈到那段时间的物质生活，常用一句话形容："一粒田螺煮九碗公汤！"

今天随人排队买一块十元的番薯糕，特别使我感念为了让我们喜欢吃番薯，母亲用了多少苦心。

卖番薯糕的人是一位少妇，说她来自宜兰乡下，先生在台北谋生，为了贴补家用，想出来做点小生意，不知道要卖什么，突然想起小时候常吃的番薯糕，在糕里多调了鸡蛋和奶油，就在市场里卖起来了。她每天只卖两小时，天天供不应求。

我想，来买番薯糕的人当然有好奇的，大部分基于怀念，吃的时候，整个童年都会从乱哄哄的市场，寂静深刻地浮现出来吧！

"番薯糕"的隔壁是一位提着大水桶卖野姜花的老妇，她站的位置刚好，使野姜花的香正好与番薯糕的香交织成一张网，我则陷入那美好的网中，看到童年乡野中野姜花那纯净的秋天！

这使我想起不久前，朋友请我到福华饭店去吃台菜，饭后叫了两个甜点，一个是芋仔饼，一个是炸香蕉，都是我童年常吃的食物。当年吃这些东西是由于芋头或香蕉生产过剩，根本卖不出去，母亲想法子让我们多消耗一些，免得暴殄天物。

没想到这两样食物现在成为五星级大饭店里的招牌甜点，价钱还颇不便宜，吃炸香蕉的人大概不会想到，一盘炸香蕉的价钱在乡下可以买到半车香蕉吧！

时代真是变了，时代的改变，使我们检证出许多事物的珍贵或卑贱、美好或丑陋，只是心的觉受而已，它并没有一个固定的面目，心如果不流转，事物的流转并不会使我们失去生命价值的思考；而心如果浮动，时代一变，价值观就变了。

克勤圆悟禅师去拜见真觉禅师时，真觉禅师正在生大病，膀子上生疮，疮烂了，血水一直流下来，圆悟去见他，他指着膀上流下的脓血说："此曹溪一滴法乳。"

圆悟大疑，因为在他的心中认定，得道的人应该是平安无事、欢喜自在，为什么这个师父不但没有平安，反而指说脓血是祖师的法乳呢？于是说："师父，佛法是这样的吗？"真觉一句话也不说，圆悟只好离开。

后来，圆悟参访了许多当代的大修行者，虽然每个师父都说他是大根利器，他自己知道并没有开悟。最后拜在五祖法演的门下，把平生所学的都拿来请教五祖，五祖都不给他印可，他愤愤不平，背弃了五祖。

他要走的时候，五祖对他说："待你着一顿热病打时，方思量我在！"

满怀不平的圆悟到了金山，染上伤寒大病，把生平所学的东西全拿出来抵抗病痛，没有一样有用的，因此在病榻上感慨地发誓："我的病如果稍微好了，一定立刻回到五祖门下！"这时的圆悟才算真实地知道为什么真觉禅师把脓血说成是法乳了。

圆悟后来在五祖座下，有一次听到一位居士来向师父问道，五祖对他说："唐人有两句小艳诗与道相近：频呼小玉原无事，只要檀郎认得声。"居士有悟，五祖便说："这里面还要仔细参。"

圆悟后来问师父说："那居士就这样悟了吗？"

五祖说："他只是认得声而已！"

圆悟说："既然说只要檀郎认得声,他已经认得声了,为什么还不是呢?"

五祖大声地说:"如何是祖师西来意?庭前柏树子!去!"

圆悟心中有所省悟,突然走出,看见一只鸡飞上栏杆,鼓翅而鸣,他自问道:"这岂不是声吗?"

于是大悟,写了一首偈:

金鸭香销锦绣帷,笙歌丛里醉扶归;

少年一段风流事,只许佳人独自知。

我很喜欢这个故事,特别是真觉对圆悟说自己的脓血就是曹溪的法乳,还有后来"见鸡飞上栏杆,鼓翅而鸣"的悟道。那是告诉我们,真实的智慧是来自平常的生活,是心海的一种体现,如果能听闻到心海的消息,一切都是道,番薯糕或者炸香蕉,在童年穷困的生活与五星级大饭店的台面上,都是值得深思的。

圆悟曾说过一段话,我每次读了,都感到自己是多么的庄严而雄浑,他说:

山头鼓浪,井底扬尘;眼听似震雷霆,耳观如张锦绣。

三百六十骨节,一一现无边妙身;八万四千毛端,头头彰宝王刹海。

不是神通妙用,亦非法尔如然;苟能千眼顿开,直是十方坐断。

心海辽阔广大,来自心海的消息是没有五官,甚至是无形无相的,用眼睛来听,以耳朵观照,在每一个骨节、每一个毛孔中都有庄严的宝殿呀!

夜里,我把紫红色的红薯煮来吃,红薯煮熟的质感很像汤圆,又软又Q,想起很久很久以前在晒着谷子的庭院吃红薯汤,突然看见一只鸡飞上栏杆,鼓翅而鸣。

呀!这世界犹如少女呼叫情郎的声音那样温柔甜蜜,来自心海的消息看这现成的一切,无不显得那样的珍贵、纯净而庄严!

远方飘来的乌云

住在西安的旅店。

夜里，饭店的服务生来敲门，请我把落地窗紧密关闭。

"因为，今天晚上有沙尘警报，来自蒙古的沙尘暴将会侵袭。"

在台北时常听到沙尘暴，以为这只是空气更糟一些，并不以为意。不过，还是关紧了门窗，恋恋地瞥了一眼西安的夜景。

半夜，突然被一阵阵哗哗的声音吵醒，站在窗前，只见片片的细沙呼呼地打在窗上，窗外白茫茫，一片黑暗，什么也看不见。

那种沉黑与沙响，使我感到恐怖，原来，这就是沙尘暴，和以前在台湾想象的沙尘暴，威力相差不可以道里计呀！

第二天的早晨，我打开窗户，发现阳台上厚厚的一层沙，而远处的城景，包围在犹未散去的沙雾里。

西安的朋友告诉我，在他还是孩子的四十年前，北方来的沙并没有如此恐怖，这些年来，蒙古地区的沙化严重，草原与林地迅速消失，沙尘暴一年比一年严重，不知道什么时候，会被沙子完全淹没了。

这世界原来是一个世界！没有一个人是单独存在的，也没有一个国家是可以独存于世界的。

在我们的空中飘的云，是千里外飞来的。

在我们窗外吹拂的沙尘，是起于塞外的一阵清风。

使我们的海边冻毙的上千吨鱼群，是百万里的一道冷流。

我们不能轻忽这种连结，更要深思这种连结。香港人桌上的鱼翅，是来自美国海岸的双鬐鲨，香港每年吃掉七千六百万鲨鱼翅，使得九种鲨鱼濒临绝种。

中国在品尝经济开发的果实时，也开始吃到环境恶化的苦果了，黑心商品只是小样儿，真正的灾害像百年雪灾、沙尘风暴、江河泛滥、天地变异都会一而再再而三地打转这个一直向前奔跑的国家。

当我整装出发，到西北工业大学演讲，迎面被沙子打得脸疼，想到应该和大学生讲讲这个世界的相同性，也谈谈愈来愈迫切的环保概念。

我看到街边的垃圾桶被塞爆了，塑料袋在狂风中跳舞，想到在日本东京街头，为了回收垃圾，摆了七个不同颜色的垃圾桶。

这种思维，不知道中国什么时候才会有？

突然想到一句话："你不保护环境，环境也不会保护你！"

柔软的耕耘

童年时代，家里务农，种了许多作物，不管是要种什么，父亲带我们做的第一件事情就是翻松土地。

如果是种稻子或甘蔗，就用牛犁，一行一行地把土地翻过来，再翻过去，最少要把两尺深的硬土整个松过一遍。父亲的说法是："土地是有地力的，种过的土地表层已经耗去地力，所以要把有地力的沙土，从深的地方翻出来。而且，僵硬的土地是什么作物也不能种植的，柔软的土地才是有用的土地。"

如果是尚未种过的土地，就要用锄头松土，因为怕牛犁损坏。先要把地上的杂草拔除。然后一锄一锄地掘下去，掘起来的土中夹着石头，要把石头拾到挑篮里。这些石头被挑到田畔去做水圳，以利灌溉和排水，并保护土地。

第一次耕种的土地要掘到四尺深，工作是非常繁剧的。

"为什么要掘这么深？"有一次我问父亲。

他说："不管是种什么作物，根是最要紧的，根长得深，长得牢固，作物的生长就没有问题。要根长得深和牢固，就要把石头和野草的根彻底地除去，要使土地松软。土地若是不松软，以后撒再多肥料也没有用呀！"

童年松土的记忆深埋在我的心里，知道强根固本的重要，但若没有柔软的土地，强根固本也就成为妄谈。人也是和土地一样，要把心地松软了，一切菩提、智慧、慈悲，以及好的良善的品性，才有可能长得好。即使是年年长好作物的农田，也要每年除草、松土，才能种新的作物。

因此，一切正面的品德，最基础和根本的就是有一颗柔软的心。

苦瓜特选

她离去的那一年，他不知道为什么开始喜欢吃苦瓜。那时他母亲在后园里栽种了几棵苦瓜，苦瓜累累地垂吊在竹棚子下面，经过阳光照射，翠玉一样的外表就透明了起来，清晨阳光斜照的时候，几乎可以看到苦瓜内部深红，期待成熟的种子。

他从未对母亲谈过自己情感的失落，原因或许是他一向认为，像母亲经过媒妁之言嫁给父亲那一代的女子，是永远也不能体会感情的奥妙。

母亲自然从未问起他的情感，只是以宽容的慈爱的眼睛默默地注视他的沉默。他每天自己到园子里挑一粒苦瓜，总是看见母亲在园子里浇水除草，一言不发的，有时微笑地抬头看他。

他摘了苦瓜转进厨房，清洗以后，就用薄刀切成一片一片晶明剔透，调一盘蒜泥酱油，添了一碗母亲刚熬好还热在炕上的稀饭，细细咀嚼苦瓜的滋味。

生的苦瓜冰凉爽脆，初食的时候像梨子一样，慢慢地就生出一种苦味来，那苦味在吞咽的时候，又反生出特别的甜味。

这生食苦瓜的方法，原是他幼年就得到母亲的调教，只是他并未得到母亲挑选苦瓜的真传，总觉得自己挑选的苦瓜不够苦，没有滋味。

有一日，他挑了一粒苦瓜正要转出后院，看见母亲提着箩筐要摘苦瓜送到市场去卖，母亲唤住他说："你挑的苦瓜给我看看。"

他把手里的苦瓜交给母亲。母亲微笑地从箩筐里取出一粒苦瓜，与他的苦瓜放在一起，问说："你看这两粒苦瓜有什么不同？"

他仔细端详两粒苦瓜，却分不出它们有什么差异，母亲告诉他，好的苦瓜并不是那种洁白透明的，而是带着一种深深的绿色；而好的苦瓜表面上的凹凸是明显的，不是那种平坦光滑的；好的苦瓜原不必巨大，而是小而结实的。

然后，母亲以一种宽容的声音对他说："原来你天天吃苦瓜，并不知道如何挑选苦瓜，就像你这些日子受着失恋的煎熬，以为是人世里最苦的，那是因为你不知道还有比失恋更苦的东西。世界上没有不苦的苦瓜，就像没有不苦的恋爱，最好的苦瓜总是最苦的，但却是在最苦的时候回转出一种清凉的甘味。"他默默地听着，却不知道如何回答母亲。

母亲指着他们的苦瓜园，说："在这么大的园子里，怎么能知道哪些苦瓜是最好的，是在苦里还有甘香的？如果没有经过几十年的磨炼就无法分辨。生命也正是这样的，没有人天生会分辨苦瓜的甘苦，也没有人天生就能从失败的恋爱里得到启示；我们不吃过坏的苦瓜，就不知道好的是什么滋味，我们不在情感里失败，就不太容易在人生里成功。"

他没想到母亲猜到了他的心事，低下头来，看到母亲箩筐边的纸箱写了"苦瓜特选"四个字，母亲牵起他的手，换过一粒精选的苦瓜，说："你吃吃这个，看看这个有什么不同？"他坐在红木小饭桌边吃着母亲为他挑选的那粒苦瓜，细细地品味，并且咀嚼母亲方才对他说的话，才真正知道上好的苦瓜，原来在最苦的时候有一股清淡的香气从浓苦中穿透出来，正如上好的茶，上好的咖啡，上好的酒，在舌尖是苦的，到了喉咙时才完全区别出来有一种持久的芳香。

望穿明亮的窗户，看到后院中累累的苦瓜，他在心中暗暗地想着："如果情感真像苦瓜一般，必然有苦的成分，自己总要学习如何在满园的苦瓜里找到一粒最好的，最能回甘的苦瓜。"

然后他看到母亲从苦瓜园里穿出的身影，转头对他微笑，他才知道母亲对情感的智慧，原来不是从想象来的，而是来自生活。

雪梨的滋味

不知道为什么，所有的水果里，我最喜欢的是梨；梨不管在什么时间，总是给我一种凄清的感觉。我住处附近的通化街，有一条卖水果的街，走过去，在水银灯下，梨总是洁白地从摊位中跳脱出来，好像不是属于摊子里的水果。

总是记得我第一次吃水梨的情况。

在乡下长大的孩子，水果四季不缺，可是像水梨和苹果却无缘会面，只在梦里出现。我第一次吃水梨是在一位亲戚家里，亲戚刚从外国回来，带回一箱名贵的水梨，一再强调它是多么不易的横越千山万水来到。我抱着水梨就坐在客厅的角落吃了起来，因为觉得是那么珍贵的水果，就一口口细细地咀嚼着，没想到吃不到一半，水梨就变黄了，我站起来，告诉亲戚："这水梨坏了。"

"怎么会呢？"亲戚的孩子惊奇着。

"你看，它全变黄了。"我说。

亲戚虽一再强调，梨削了一定要一口气吃完，否则就会变黄的，但是不管他说什么，我总不肯再吃，虽然水梨的滋味是那么鲜美，我的倔强把大人都弄得很尴尬，最后亲戚笑着说："这孩子还是第一次吃梨呢！"

后来我才知道，梨的变黄是因为氧化作用，私心里对大人们感到歉意，却也来不及补救了。从此我一看到梨，就想起童年吃梨时令人脸红的往事，也从此特别地喜欢吃梨，好像在为着补偿什么。

在我的家乡，有一个旧俗，就是梨不能分切来吃，因为把梨切开，在乡人的观念里认为这样是要"分离"的象征。我们家有五个孩子，常常望着一两个梨兴叹，兄弟们让来让去，那梨最后总是到了我的手里，妈妈的理由很简单：因为我身体弱，又特别爱吃水梨。

直到家里的经济好转，台湾也自己出产水梨，那时我在外地求学，每到秋天，我开学要到学校去，妈妈一定会在我的行囊里悄悄塞几个水梨，让我在客运车上吃。我虽能体会到妈妈的爱，却不能深知梨的意义。直到我踏入社会，回家的日子经常匆匆，有时候夜半返家，清晨就要归城，妈妈也会分外起早，到市场买两个水梨，塞在我的口袋里，我坐在疾行的火车上，就把水梨反复地摩挲着，舍不得吃，才知道一个小小的水梨，竟是代表了妈妈多少的爱意和思念，这些情绪在吃水梨时，就像梨汁一样，满溢了出来。

有一年暑假，我为了爱吃梨，跑到梨山去打工，梨山的早晨是清冷的，水梨被一夜的露气冰镇，吃一口，就凉到心底。由于农场主人让我们免费吃梨，和我一起打工的伙伴们，没几天就吃怕了，偏就是我百吃不厌，每天都是吃饱了水梨，才去上工。那一年暑假，是我学生时代最快乐的暑假，梨有时候不只象征分离，它也可以充满温暖。

记得爸爸说过一个故事，他们生在日本人盘踞的时代，他读小学的时候，日本老师常拿出烟台的苹果和天津的雪梨给他们看，说哪一天打倒中国，他们就可以在山东吃大苹果，在天津吃天下第一的雪梨。爸爸对梨的记忆因此有一些伤感，他每吃梨就对我们说一次这个故事，梨在这时很不单纯，它有国仇家恨的滋味。日本人为了吃上好的苹果和梨，竟用武士刀屠杀了数千万中国同胞。

有一次，我和妻子到香港，正是天津雪梨盛产的季节，有很多梨销到香港，香港卖水果的摊子部供应"雪梨汁"，一杯五元港币，在我寄住的旅馆楼下正好有一家卖雪梨汁的水果店，我们每天出门前，就站在人车喧闹的尖沙咀街边喝雪梨汁。雪梨汁的颜色是透明的，温凉如玉，清香不绝如缕，到现在我还无法用文字形容那样的滋味；因为在那透明的汁液里，我们总喝到了似断还未断的乡愁。

天下闻名的天津雪梨，表皮有点青绿，个头很大，用刀子一削，就露出晶莹如白雪的肉来，梨汁便即刻随刀锋起落滴到地上。我想，这样洁白的梨，如果染了血，一定会显得格外殷红，我对妻子说起爸爸小学时代的故事，妻子说："那些梨树下不知道溅了多少无辜的血呢！"

可惜的是，那些血早已埋在土里，并没有染在梨上，以至于后世的子孙，有许多已经对那些梨树下横飞的血肉失去了记忆。可叹的是，日本人恐怕还念念不忘天津雪梨的美味吧！

水梨，现在是一种普通的水果，满街都在叫卖，我每回吃梨，就有种种滋味浮上心头；最强烈的滋味是日本人给的，他们曾在梨树下杀过我们的同胞，到现在还对着梨树喧嚷，满街过往的路客，谁想到吃梨有时还会让人伤感呢？

辑 二

不辜负这一场经过

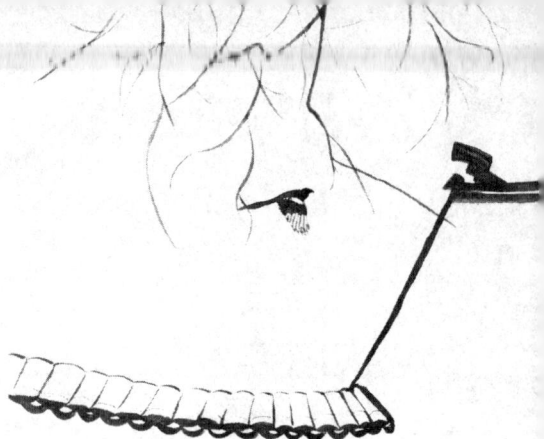

好雪片片

在信义路上，常常会看到一位流浪的老人，即使热到三十八摄氏度的盛夏，他也穿一件很厚的中山装，中山装里还有一件毛衣。那么厚的衣服使他肥胖笨重有如水桶。平常他就蹲坐在街角歪着脖子，看来往的行人，也不说话，只是轻轻地摇动手里的奖券。

很少的时候，他会站起来走动。当他站起，才发现他的椅子绑在皮带上，走的时候，椅子摇过来，又摇过去。他脚上穿着一双老式的大皮鞋，摇摇晃晃像陆上的河马。

如果是中午过后，他就走到卖自助餐摊子的前面，想买一些东西来吃，摊贩看到他，通常会盛一盒便当送给他。他就把吊在臀部的椅子对准臀部，然后坐下去。吃完饭，他就地睡午觉，仍是歪着脖子，嘴巴微张。

到夜晚，他会找一块干净挡风的走廊睡觉，把椅子解下来当枕头，和衣，甜甜地睡去了。

我观察老流浪汉很久了，他全部的家当都带在身上，几乎终日不说一句话。从他的相貌看，应该是北方人，流落到这南方热带的街头，连最燠热的夏天都穿着家乡的厚衣。

对于街头的这位老人，大部分人都会投以厌恶或疑惑的眼光，小部分人则投以同情。

我每次经过那里，总会向老人买两张奖券，虽然我知道即使每天买两张奖券，对他也不能有什么帮助，但买奖券使我感到心安，并使同情找到站立的地方。

记得第一次向他买奖券的那一幕：他的手、他的奖券、他的衣服同样的油腻污秽；他缓缓地把奖券撕下，然后在衣袋中摸索着，摸索半天掏出一个小小的红色塑胶套。这套子竟是崭新的，美艳得无法和他相配。

老人小心地把奖券装进红色塑胶套，由于手的笨拙，使这个简单动作也十分艰难。

"不用装套子了。"我说。

"不行的，讨个喜气，祝你中奖！"老人终于笑了，露出缺几颗牙的嘴，说出充满乡音的话。

他终于装好了，慎重地把红套子交给我，红套子上写着八个字：一券在手，希望无穷。

后来我才知道，不管是谁买奖券，他总会努力地把奖券装进红套子里。慢慢我理解到了，小红套原来是老人对买他奖券的人一种感激的表达。每次，我总是沉默着耐心等待，看他把心情装进红套子，温暖四处流动着。

和老人逐渐认识后，有一年冬天黄昏，我向他买奖券，他还没有拿奖券给我，先看见我穿了单衣，最上面的两个扣子没有扣。老人说："你这样会冷吧！"然后，他把奖券夹在腋下，伸出那双油污的手，要来帮我扣扣子，我迟疑一下，但没有退避。

老人花了很大的力气，才把我的扣子扣好，那时我真正感觉到人不管外表是怎么样的污秽，明净的善意都会从心的深处涌出。在老人为我扣扣子的那一刻，我想起了自己的父亲，鼻子因而酸了。

老人依然是街头的流浪汉，把全部的家当带在身上，我依然是我，向他买着无关紧要的奖券。但在我们之间，有一些友谊，装在小红套里，装在眼睛里，装在不可测的心之角落。

我向老人买过很多很多奖券，多未中奖，但每次接过小红套时，我觉得那一刻已经中奖了，真的是"一券在手，希望无穷"。我的希望不是奖券，而是人的好本质，不会被任何境况所淹没。我想到伟大的禅师庞蕴说的："好雪片片，不落别处！"我们生活中的好雪、明净之雪也是如此，在某时某地，美丽地落下，落下的雪花不见了，但灌溉了我们的心田。

飞入芒花

母亲蹲在厨房的大灶旁边，手里拿着柴刀，用力劈砍香蕉树多汁的茎，然后把剁碎的小块茎丢入灶上大锅中，与潲水同熬，准备去喂猪。

我从大厅穿过后院跑进厨房时，正看到母亲额上的汗水反射着门口射入的微光，非常明亮。

"妈，给我两角钱。"我靠在厨房的木板门上说。

"走！走！走！没看到忙着吗？"母亲头也没抬，继续做她的活儿。

"我只要两角钱。"我细声但坚定地说。

"要做什么？"母亲被我这异乎寻常的口气触动，终于看了我一眼。

"我要去买金唝。"金唝是三十年前乡下孩子唯一能吃到的糖，浑圆的、坚硬的糖球上粘了一些糖粒。一角钱两颗糖。

"没有钱给你买金唝。"母亲用力地把柴刀剁下去。

"别人都有，为什么我们没有？"我怨愤地说。

"别人是别人，我们是我们，没有就是没有，别人做皇帝，你怎么不去做皇帝！"母亲显然动了肝火，用力地剁香蕉茎，柴刀砍在砧板上咚咚作响。

"做妈妈是怎么做的，连买金唝的两角钱都没有？"

母亲不再作声，继续默默工作。

我那一天是吃了秤砣铁了心，冲口而出："不管，我一定要！"说着就用力踢厨房的门板。

母亲用尽力气，将柴刀咔的一声立在砧板上，顺手抄起一根竹管，气急败坏、一言不发、劈头盖脸地就打了下来。

我一转身，飞也似的跑了出去。平常，我们一旦忤逆母亲，只要一溜烟跑掉，她就不再追究，所以只要母亲一火，我们总是一口气跑出去。

那一天，母亲大概是气极了，并没有转头继续工作，反而快速地追了出来。我正好奇的时候，发现母亲的速度异乎寻常的快，像一阵风。我心里升起一种恐惧，想到脾气一向很好的母亲，这一次大概是真的生气了，万一被抓到一定会被狠狠打一顿。母亲很少打我们，但只要她动了手，必然会把我们打到讨饶为止。

边跑边想，我立即选择了那条有火车道的小径，那是家附近比较复杂而难走的小路，整条路都是枕木，铁轨还通过旗尾溪，悬空架在溪上面，我们天天都在这里玩耍，路径熟悉，通常母亲追我们的时候，我们就选这条路逃跑，母亲往往不会继续追来，而她也很少生气到晚上，只要晚一点回家，让她担心一下，她的气就消了，顶多也就是数落一顿。

那一天真是反常极了，母亲提着竹管，快步地跨过铁轨的枕木追过来，好像不追到我不肯罢休。我心里虽然害怕，却还是有恃无恐，因为我已经长得快与母亲一样高了，她即使用尽全力也追不上我，何况是在火车道上。

我边跑还边回头看母亲，母亲脸上的表情是冷漠而坚决的，我们一起维持着二十几米的距离。

"哎哟！"我跑过铁桥时，突然听到母亲惨叫一声，一回头，正好看到母亲扑跌在铁轨上面，砰的一声，显然跌得不轻。

我的第一个反应是想：一定很痛！因为铁轨上铺的都是不规则的石子，我们这些小骨头跌倒都痛得半死，何况是母亲？

我停下来，转身看母亲，她一时爬不起来，用力搓着膝盖，我看到鲜血从她的膝上汩汩流出，鲜红色的，非常鲜明。母亲咬着牙看我。

我不假思索地跑回去，跑到母亲身边，用力扶她站起来，看到她腿上的伤势实在不轻，我跪下去说："妈，您打我吧！我错了。"

母亲把竹管用力地丢在地上，这时，我才看见她的泪从眼中急速地流出，然后她把我拉起来，用力抱着我，我听到火车从很远的地方开过来。

我用力抱着母亲说："我以后再也不敢了。"

这是我小学二年级时的一幕。每次一想到母亲，那情景就立即回到我的脑海，重新显影。

另一幕是，有时候家里没有了青菜，母亲会牵着我的手，穿过屋前的一片芒花地，到番薯田里去采番薯叶，有时候到溪畔野地去摘鸟莘菜或芋头的嫩茎。有一次母亲和我穿过芒花地的时候，我发现她和新开的芒花一般高。芒花雪一样的白，母亲的发丝墨一般的黑，真是非常美。那时感觉到能让母亲牵着手，真是天下最幸福的事儿。

还经常上演的一幕是，父亲到外面喝酒彻夜未归，如果是夏日的夜晚，母亲就会搬着藤椅坐在晒谷场说故事给我们听，讲虎姑婆，或者孙悟空，讲到孩子们都睁不开眼而倒在地上睡着。

有一回，她说故事说到一半，突然叫起来："呀！真美。"我们回过头去，原来是我们家的狗互相追逐着跑进前面那一片芒花地，栖在芒花里无数的萤火虫霍然飞起，满天星星点点，衬着在月光下波浪一样摇曳的芒花，真是美极了，美得让我们都呆住了。我再回头，看到那时才三十岁的母亲，脸上流露出欣悦之情，在星空下，我深深觉得母亲是那么美丽，在那时，母亲的美与满天的萤火形成了一幅极美的画。

于是那一夜，我们坐在母亲的身旁，看萤火虫一一飞入芒花地，最后，只剩下一片宁静优雅的芒花轻轻摇动。

我和母亲的因缘也不可思议，她生我的那天，父亲急急地跑出去请产婆来接生，产婆还没有赶到，我就生出来了，是母亲拿起床头的剪刀亲手剪断我的脐带，使我顺利地投生到这个世界。

年幼的时候，我是最令母亲操心的一个，她为身体病弱的我不知道流了多少泪，在我突发急病的时候，她抱着我跑几公里路去看医生，是常有的事。大弟死后，她对我的照顾更是无微不至。我今天能有很棒的身体，是母亲在十几年间仔细调护的结果。

我的母亲是这个世界上无数的平凡人之一，却也是这个世界上无数伟大的母亲之一，她是那样传统，有着强大的韧力与耐力，才能从艰苦的农村生活过来，丝毫不怀怨恨。她们那一代的生活目标非常的单纯，只是顾着丈夫、照护儿女，几乎从没有想过自己的存在，在我的记忆中，母亲的忧病都是因我们而起，她的快乐也是因我们而起。

不久前，我回到乡下，看到旧家前的那一片芒花地已经完全不见了，盖起一栋栋的透天厝。现在那些芒花仿佛都飞来开在了母亲的头上，母亲的头发已经花白了，我想起母亲年轻时候走过芒花的黑发，不禁百感交集。尤其是父亲过世以后，母亲显得更孤单了，头发也更白了，这些，都是她把半生的青春拿来抚育我们的代价。

童年时候陪伴母亲看萤火虫飞入芒花的情景，在时空无常的流变里已不再清晰，只有当我望见母亲的白发时才想起这些，想起萤火虫如何从芒花中霍然飞起，想起母亲脸上突然缩放的光泽，想起在这广大的人间我唯一的母亲。

云在青天水在瓶

春日清晨，到山上去。

大树下的酢浆草长得格外的肥美，草茎有两尺长，淡紫色的花组织盛开，我轻轻地把草和花拈起，摘一大束，带回家洗净，放在白瓷盘中当早餐吃。

当我把这一盘酢浆草端到窗前，看到温和的春日朝阳斜斜落下，我深深地吸了一口气，仿佛闻到山间凄凉流动的露气，然后我慢慢地咀嚼酢浆草，品味它的小小的酸楚，感觉到能闲逸无事地吃着如此特别的早餐，是一种不可言说的幸福。

我看着用来盛装酢浆草的白瓷盘，它的造型和颜色都很特别，是平底的椭圆形，滚着一圈极细的蓝线；它不是纯白色的，而是带着古玉一样的质感。我一直对陶瓷有一种偏爱，最精致的瓷与最粗糙的陶，都能使我感动。最好是像我手中的白瓷盘，不是高级到需要供奉，而是可以拿到生活里来用；但它一点不粗俗，只是放着观赏，也觉得它超越了实用的范围。

如果要装一些有颜色的东西，我也喜欢用瓷器，因为瓷器会把颜色反射出来，使我感受到人间的颜色是多么的可贵。白色的瓷盘不仅仅是用来装食物，放上几个在河边小溪捡到的石头，那原本毫不起眼的石头，洗净了自有动人之美，那种美，使我觉得随手捡来的石头也可以像宝石一样，以庄严之姿来供养。

从手里的白瓷盘，我觉得我们生在这个世界，应该学习更多更深刻的谦卑与感恩。我们住的这个地方，不管任何季节走进树林去，就会发现到处充满了勃勃生机，草木吸收露珠、承受阳光，努力地生长；花朵握紧拳头，在风中奋斗，然后伸展开放；蝉在地底长期的蛰伏，用几年漫长的爬行，才能在枝头短暂悠扬地歌。

不管是什么生命，它们都有动人的颜色，即使是有毒的蛇、蜘蛛，如果我们懂得去欣赏，就会看见它们的颜色是多么活泼，使我们感到生命的伟大力量。

抬起头来，看到云天浩渺，才感到我们住的地球是多么的渺小，地球上的每一个生命是多么的渺若微尘，在白色、红色、蓝色的星星的照耀下，我们行过的原野是何其卑微。幸而，这世界有这么丰富的颜色，有如此繁茂的生命，使我们虽渺小也是可以具足，虽卑微而不失庄严。我们之所以无畏，是因为我们可以把生命带进我们的心窗，让阳光进入我们的心灵，洗涤我们身心的尘埃；让雨水落入杂乱的思绪，使我们澄明如云。

我觉得人可以勇迈雄健，那是因为人并不独立生活在世界的生命之外，每一个人是一个自足的世界，而世界是一个人的圆满。自性的开启，不是走离世界，而是进入宇宙之心。我愿学习白瓷盘，收敛自己的美来衬托一切放在盘上的颜色，并在这些颜色过后再恢复自己的洁白。就好像生命的历程里，一切生活经验都使它趋向美好，但不沉溺这种美好。

我要学习一种介于精致与朴素的风格，虽精致而不离开生活，不要住在有玻璃框的房子里；虽朴素但使自己无瑕，使摆放的地方都焕发光辉。我要学习一种光耀包容的态度，来承受喜乐或痛苦的撞击，使最平凡的东西，一放在白瓷盘上，都成为宝贵的珍品。

佛教经典常常把人喻成一个"宝瓶"，在我们的宝瓶里装着最珍贵的宝物，可惜的是人却不能看见自己瓶里的宝物，反而去追逐外在的事物。我们的宝瓶里有着最清明的空性与最柔软的菩提，只可惜被妄想和执着的瓶塞盖住了，既不能让自性进入法界，也不能让法界的动静流入我们的内在。

我们的宝瓶本是与佛一样的珍贵，可惜长久以来都装了一些污浊的东西，使我们早已忘记了宝瓶的本来面目。不知道当我们回到清净的面貌，一切事物放进来都会显得珍贵无比。

打开我们妄想和执着的瓶盖，这是悟！使生活的一切都珍贵无比，在是悟后的世界！试着把瓶里的东西放下，体验一下瓶里瓶外的空气，原来是相同的，在是空性！

因此，我不只要学习做白瓷盘来衬托人间事物的颜色，我更要学习做宝瓶，即使空无一物，也能在虚空中流动香气，并释放出内在的音乐。我要在人群里有独处的心，在独处时有人群的爱，我要云在青天水在瓶，那样的自由自在并保有永久的清明。

太阳雨

对太阳雨的第一印象是这样子的。

幼年随母亲到芋田里采芋梗，要回家做晚餐，母亲用半月形的小刀把芋梗采下，我蹲在一旁看着，想起芋梗油焖豆瓣酱的美味。

突然，被一阵巨大震耳的雷声所惊动，那雷声来自远方的山上。

我站起来，望向雷声的来处，发现天空那头的乌云好似听到了召集令，同时向山头的顶端飞驰奔跑去集合，密密层层地叠成一堆。雷声继续响着，仿佛战鼓频催，一阵急过一阵，忽然，将军喊了一声："冲呀！"

乌云里哗哗洒下一阵大雨，雨势极大，大到数公里之外就听见噼啪之声，撒豆成兵一样。我站在田里被这阵雨的气势慑住了，看着远处的雨幕发呆，因为如此巨大的雷声、如此迅速集结的乌云、如此不可思议的澎湃之雨，是我第一次看见。

说是"雨幕"一点也不错，那阵雨就像电影散场时拉起来的厚重黑幕，整齐地拉成一列，雨水则踏着军人的正步，齐声踩过田埂，还呼喊着雄壮威武的口令。

平常我听到大雷声都要哭的，那一天却没有哭，就像第一次被鹅咬到屁股，意外多过惊慌。最奇异的是，雨虽是那样大，离我和母亲的位置不远，而我们站的地方阳光依然普照，母亲也没有跑的意思。

"妈妈，雨快到了，下很大呢！"

"是西北雨，没要紧，不一定会下到这里。"

母亲的话说完才一瞬间，西北雨就到了，有如机枪掠空，哗啦一声从我们头顶掠过，就在扫过的那一刹那，我的全身已经湿透，那雨滴的巨大也超乎我的想象，炸开来几乎有一个手掌，打在身上，微微发疼。

西北雨淹过我们，继续向前冲去。奇异的是，我们站的地方仍然阳光普照，使落下的雨丝恍如金线，一条一条编织成金黄色的大地，溅起来的水滴像是碎金屑，真是美极了。

母亲还是没有要躲雨的意思，事实上空旷的田野也无处可躲，她继续把未采收过的芋梗采收完毕，记得她曾告诉我，如果不把粗的芋梗割下，包覆其中的嫩叶就会壮大得慢，在地里的芋头也长不坚实。

把芋梗用草捆扎起来的时候，母亲对我说："这是西北雨，如果边出太阳边下雨，叫作'日头雨'，也叫作'三八雨'。"接着，她解释说，"我刚刚以为这阵雨不会下到芋田，没想到看错了，因为日头雨虽然大，却下不广，也下不久。"

我们在田里对话就像家中一般平常，几乎忘记是站在庞大的雨阵中，母亲大概是看到我愣头愣脑的样子，笑了，说："打在头上会痛吧！"然后顺手割下一片最大的芋叶，让我撑着，芋叶遮不住西北雨，却可以暂时挡住雨的疼痛。

我们工作快完的时候，西北雨就停了，我随着母亲沿田埂走回家，看到充沛的水在圳沟里奔流，整个旗尾溪都快涨满了，可见这雨虽短暂，是多么巨大。

太阳依然照着，好像无视于刚刚的一场雨，我感觉自己身上的雨水向上快速地蒸发，田地上也像冒着腾腾的白气。觉得空气里有一股甜甜的热，土地上则充满着生机。

"这西北雨是很肥的，对我们的土地是最好的东西，我们做田人，偶尔淋几次西北雨，以后风呀雨呀，就不会轻易让我们感冒。"田埂只容一人通过，母亲回头对我说。

这时，我们走到蕉园附近，高大的父亲从蕉园穿出来，全身也湿透了。"咻！这阵雨真够大！"然后他把我抱起来，摸摸我的光头，说，"有给雷公惊到否？"我摇摇头，父亲高兴地笑了，"哈……金刚头，不惊风、不惊雨、不惊日头。"

接着，他把斗笠戴在我头上，我们慢慢地走回家去。

回到家，我身上的衣服都干了，在家院前我仰头看着刚刚下过太阳雨的田野远处，看到一条圆弧形的彩虹，晶亮地横过天际，天空中干净清朗，没有一丝杂质。

每年到了夏天，在台湾南部都有西北雨，午后刚睡好午觉，雷声就会准时响起，有时下在东边，有时下在西边，像是雨和土地的约会。在台北都城，夏天的时候如果空气污浊，我就会想："如果来一场西北雨就好了！"

西北雨虽然狂烈，却是土地生机的来源，也让我们在雄浑的雨景中，感到人是多么渺小。

我觉得这世界之所以会人欲横流、贪婪无尽，是由于人不能自见渺小，因此对天地与自然的律则缺少敬畏的缘故。大风大雨在某些时刻给我们一种无尽的启发，记得我小时候遇过几次大台风，从家里的木格窗，看见父亲种的香蕉，成排成排地倒下去，心里忧伤，却也同时感受到无比的大力，对自然有一种敬畏之情。

台风过后，我们小孩子会相约到旗尾溪"看大水"，看大水淹没了溪洲，淹到堤防的腰际，上游的牛羊猪鸡，甚至农舍的屋顶，都在溪中浮沉漂流而去，有时还会看见两人合围的大树，整棵连根流向大海，我们就会默然肃立，不能言语。呀！从山水与生命的远景看来，人是渺小一如蝼蚁的。

我时常忆起那骤下骤停、瞬间阳光普照，或一边下大雨、一边出太阳的"太阳雨"。所谓的"三八雨"就是一块田里，一边下着雨，另外一边却不下雨，我有几次站在那雨线中间，让身体的右边接受雨的打击、左边接受阳光的照耀。

三八雨是人生的一个谜题，使我难以明白，问了母亲，她三言两语就解开这个谜题，她说：

"任何事物都有界限，山再高，总有一个顶点；河流再长，总能找到它的起源；人再长寿，也不可能永远活着；雨也是这样，不可能遍天下都下着雨，也不可能永远下着……"

在过程里固然变化万千，结局也总是不可预测的，我们可能同时接受着雨的打击和阳光的温暖，我们也可能同时接受阳光无情的曝晒与雨水有情的润泽，山水介于有情与无情之间，能适性地、勇敢地举起脚步，我们就不会因自然的轻易得到感冒。

在苏东坡的词里有一首《水调歌头》，是我很喜欢的，他说：

落日绣帘卷，亭下水连空。

知君为我新作，窗户湿青红。

长记平山堂上，欹枕江南烟雨，杳杳没孤鸿。

认得醉翁语：山色有无中。

一千顷，都镜净，倒碧峰。

忽然浪起掀舞，一叶白头翁。

堪笑兰台公子，未解庄生天籁，刚道有雌雄。

一点浩然气，千里快哉风！

在人生广大的倒影里，原没有雌雄之别，千顷山河如镜，山色在有无之间，使我想起南方故乡的太阳雨，最爱的是末后两句："一点浩然气，千里快哉风！"心里存有浩然之气的人，千里的风都不亦快哉，为他飞舞、为他鼓掌！

这样想来，生命的大风大雨，不都是我们的掌声吗？

寒梅着花未

终于过了三十岁的生日。那一天，我独自开车到台北近郊的八里乡去，八里乡有一个临着海口的弯道，在冬日的雾气里美丽而古典。右边海的湛蓝在东北季风的吹袭下，浪花用力拍击着岩岸，发出崩天裂云的嘶嘶声；左近的山壁葱葱绿绿地长出各色的花草，人在其中情绪十分复杂，山给我们的壮怀与海给我们的远志在抬眼眺望的时刻，交织成一幅充满梦想的视景。

八里的海湾是我常去的地方，那里几乎没有人迹，只偶尔呼啸而过几辆疾驰的货车，让人蓦地觉到人的脚迹真是无远弗届；这个地方在秋天的时候常常有孤鹰出入，在天空中缓缓盘旋，运气好的话会看到飞翔很久的鹰突然落脚在山顶的枝丫上，睁着巨眼遥望海口，顺着海势而去，也许可以看到尽处的蓝天吧！

渔船也是美的，它是生活与搏斗得来的美，从高处看，它顺着浪头在海中一起一落一起一落，连渔民弯腰的姿影都清晰可见。我是经常想到渔民辛苦的人，可是想到他们每天在波涛大浪中涌动的生活，应该也油然而兴起宇宙苍茫浩大的情思吧！八里最美的还不是那个海湾，而是到八里的路上有一段种了许多杜鹃花，有红、有白、有紫，生得零乱错综，不像是人有意种上去的。杜鹃正好在山道的临沿，每次我路过总是把车速放慢，看早春的杜鹃在空静的山中绽放。可是不知道为什么车子经过时会从车窗飘进来一阵淡淡的香气，原来，目见的美色也会刺激我们的嗅觉，好像三十年往事一幕幕浮现时，竟能嗅闻出当时的味道一般。

这次我去八里，路经那一段杜鹃花道，杜鹃已经开得很盛，有许多刚凋谢的花铺在马路上，鲜新的颜色还未褪去，车子的风过，花魂就向两旁溅飞起来，到远一点的地方才落下，逝去的花有逝去的美，被惊起的花魂也像蝴蝶一样有特别的姿势。

长在枝丫上的杜鹃虽好看，但总觉得拥挤，它们抢着在春天来时开成枝头第一株，于是我们感觉杜鹃花不是一朵朵，而是一群群的，等到它们落了散居在地面，才看清原来每一朵都有不同的面貌。

对我而言，往事也是如是，处在进行的时刻，很难把每一件事检点出来，看出它的前因后果，因为每一往事都牵连着另一件，交织成一片未曾消逝。等往事经过了，我随手一捞，竟像谢去的杜鹃，每一段都能整理出一个完整的面貌，有许多颜色还清新如昔。

我走在八里海边上，仰起头来散步，想起自己过去三十年的生命历程，有一种感觉，好像一篇已经印刷出版的文章，里面大部分是畅顺的，可是有许多地方分段分错了，还有许多地方逗点和句号摆错了地方，修改重新来过，已经无能为力了。

快黄昏的时候，海上突然下起雨来，我看着海面上的雨线一直向海岸逼近，才一晃眼，雨已经逼到身侧，愈下愈大，很快我就被淋湿了，想起年少时代的喜欢下雨，这时淋到雨竟有一些无可奈何的心境。

回程的时候，路过杜鹃花道，本来在路上的花魂被雨淋过，被车辗过，都成为五颜六色的尘泥，贴黏在地上。我下了车，在微雨的黄昏中看那些花，不禁看得痴了，花而有知，知道年年春天的兴谢，知道美丽的盛放后就是满地的尘泥，不晓得会有何感叹？

到家的时候已是黑夜了，妻子与朋友为我准备了生日盛宴，人声笑语正从院落中热闹地传出来，我看到院子的梅花还开着，不觉心情一松——有谢了的花，总有新的花要开起。

　　然而，人过了而立之年，如果是一株寒梅，是不是到开花结实的时候了呢？

海边的白蝴蝶

我和两个朋友一起去海边拍照、写生，朋友中一位是摄影家，一位是画家，他们同时为海边的荒村、废船、枯枝的美惊叹而感动了，白净绵长的沙滩反而被忽视，我看到他们拿出相机和素描簿，坐在废船头工作，那样深情而专注，我想到，通常我们都为有生机的事物感到美好，眼前的事物生机早已断丧，为什么还会觉得美呢？恐怕我们感受到的是时间，以及无常、孤寂的美吧！

然后，我得到一个结论：一个人如果愿意时常保有寻觅美好感觉的心，那么在事物的变迁之中，不论是生机盎然或枯落沉寂都可以看见美，那美的原不在事物，而在心灵、感觉，乃至眼睛。

正在思维的时候，摄影家惊呼起来："呀！蝴蝶！一群白蝴蝶。"他一边叫着，一边立刻跳起来，往海岸奔去。

往他奔跑的方向看去，果然有七八只白影在沙滩上追逐，这也使我感到讶异，海边哪来的蝴蝶呢？既没有植物，也没有花，风势又如此狂乱。但那些白蝴蝶上下翻转地飞舞，确实是非常美的，怪不得摄影家跑那么快，如果能拍到一张白蝴蝶在海浪上飞的照片，就不枉此行了。

我看到摄影家站在白蝴蝶边凝视，并未举起相机，他扑上去抓住其中的一只，那些画面仿佛是默片里无声、慢动作的剪影。

接着，摄影家用慢动作走回来了，海边的白蝴蝶还在他的后面飞。

"拍到了没？"我问他。

他颓然地张开右手，是他刚刚抓到的蝴蝶。我们三人同时大笑起来，原来他抓到的不是白蝴蝶，而是一片白色的纸片。纸片原是沙滩上的垃圾，被海风吹舞，远远看，就像一群白蝴蝶在海面飞。

真相往往是这样无情的。

我对摄影家说："你如果不跑过去看，到现在我们都还以为是白蝴蝶呢！"

确实，在视觉上，垃圾纸片与白蝴蝶是一模一样、无法分别的，我们的美的感应，与其说来自视觉，还不如说来自想象，当我们看到"白蝴蝶在海上飞"和"垃圾纸在海上飞"，不论画面还是视觉是等同的，差异的是我们的想象。

这更使我想到感官的感受原是非实的，我们许多时候是受着感官的蒙骗。

其实在生活里，把纸片看成白蝴蝶也是常有的事呀！

结婚前，女朋友都是白蝴蝶，结婚后，发现不过是一张纸片。

好朋友原来都是白蝴蝶，在断交反目时，才看清是纸片。

未写完的诗、没有结局的恋情、被惊醒的梦、在对山看不清楚的庄园、缘尽情未了的故事，都是在生命大海边飞舞的白蝴蝶，不一定要快步跑去看清。只要表达了，有结局了，不再流动思慕了，那时便立刻停格，成为纸片。

我回到家里，坐在书房远望着北海的方向，想想，就在今天的午后，我还坐在北海的海岸吹海风，看到白色的蝴蝶——喔，不！白色的纸片——随风飞舞，现在，这些好像真实经验过的，都随风成为幻影。或者，会在某一个梦里飞来，或者，在某一个海边，在某一世，也会有蝴蝶的感觉。

唉唉！一只真的白蝴蝶，现在就在我种的一盆紫茉莉上吸花蜜哩！你信不信？

你信！恭喜你，你是有美感的人，在人生的大海边，你会时常看见白蝴蝶飞进飞出。

你不信？也恭喜你，你是重实际的人，在人生的大海边，你会时常快步疾行，去找到纸片与蝴蝶的真相。

迷路的云

一群云朵自海面那头飞起，缓缓从他头上飘过。他凝神注视，看那些云飞往山的凹口。

他感觉着海上风的流向，判断那群云朵必会穿过凹口，飞向另一海面夕阳悬挂的位置。

于是，像平常一样，他斜躺在维多利亚山的山腰，等待着云的流动；偶尔也侧过头，看努力升上山的铁轨缆车叽叽喳喳地朝山顶上开去。每次如此坐看缆车，他总是感动着，这是一座多么美丽而有声息的山，沿着山势盖满色泽高雅的别墅，站在高处看，整个香港九龙海岸全入眼底，可以看到海浪翻滚而起的浪花，远远地，那浪花有点像记忆里河岸的蒲公英，随风四散，就找不到踪迹。

记不得什么时候开始爱这样看云，下班以后，他常信步走到维多利亚山车站，买了票，孤单地坐在右侧窗口的最后一个位置，随车升高。缆车道上山势多变，不知道下一刻会有什么样的视野。有时视野平朗了，以为下一站可以看得更远，下一站却被一株大树挡住了；有时又遇到一座数十层高的大厦横挡视线。由于那样多变的趣味，他才觉得自己幽邈地存在，并且感到自身存在的那种腾空的快感。

他很少坐到山顶，因为不习惯山顶上那座名叫"太平阁"的大楼里吵闹的人声，通常在山腰就下了车，找一处僻静的所在，能抬眼望山、能放眼看海，还能看云看天空，看他居住了二十年的海岛和小星星一样罗列在港九周边的小岛。好天气的日子，可以远望到海边豪华的私人游艇靠岸，在港九渡轮的扑扑声中，仿佛能听到游艇上的人声与笑语。在近处，有时候英国富豪在宽大翠绿的庭院里大宴宾客，红粉与鬓影有如一谷蝴蝶在花园中飞舞，黑发的中国仆人端着鸡尾酒，穿黑色西服、打黑色蝴蝶领结，忙碌穿梭找人送酒，在满谷有颜色的蝴蝶中，如黑夜的一只蛾，奔波地找着有灯的所在。

如果天阴，风吹得猛，他就抬头专注地看奔跑如海潮的云朵，一任思绪飞奔：云是夕阳与风的翅膀，云是闪着花蜜的白蛱蝶；云是秋天里白茶花的颜色，云是岁月里褪了颜色的衣袖；云是惆怅淡淡的影子，云是愈走愈遥远的橹声；云是……云有时候甚至是天空里写满的朵朵挽歌！

少年时候他就爱看云，那时候他家住在台湾新竹，冬天的风城，风速是很激烈的，云比别的地方来得飞快，仿佛赶着去赴远地的约会。放学的时候，他常捧着书坐在碧色的校园，看云看得痴了。那时他随父亲经过一长串逃难的岁月，惊魂甫定，连看云都会忧心起来，觉得年幼的自己是一朵平和的白云，由于强风的吹袭，竟自与别的云推挤求生，匆匆忙忙地跑着路，却又不知为何要那样奔跑。

更小的时候，他的家乡在杭州，但杭州几乎没有给他留下什么印象，只记得离开的前一天，母亲忙着为父亲缝衣服的暗袋，以便装进一些金银细软，他坐在旁边，看母亲缝衣；本就沉默的母亲不知为何落了泪，他觉得无聊，就独自跑到院子，呆呆看天空的云，记得那一日的云是黄黄的琥珀色，有些老，也有点冰凉。

是因为云的印象吧！他读完大学便急急想留学，他是家族留下的唯一男子，父亲本来不同意他的远行，后来也同意了，那时留学好像是青年的必经之路。出发前夕，父亲在灯下对他说："你留学也好，可以顺便打听你母亲的消息。"然后父子俩红着眼互相对望，一句话也说不出口。

他看到父亲高大微偻的背影转出房门，自己支着双颊，感觉到泪珠滚烫迸出，流到下巴的时候却凉了，冷冷的，落在玻璃桌板上，四散流开。那一刻他才体会到父亲同意他留学的心情，原来还是惦记着留在杭州的母亲。父亲已不止一次忧伤地对他重复，离乡时曾向母亲允诺："我把那边安顿了就来接你。"他仿佛可以看见青年的父亲从船舱中含泪注视着家乡在窗口里愈小愈远，他想，倚在窗口看浪的父亲，目光定是一朵一朵撞碎的浪花。那离开母亲的心情，应是自己留学前夕与他面对时相同的情绪吧！

初到美国那几年，他确实想尽办法打听母亲的消息，但印象并不明晰的故乡如同迷蒙的大海，完全得不到一点回音。他的学校在美国北部，每年冬季冰雪封冻，由于等待母亲的音讯，他觉得天气格外冷冽。他拿到学位那年夏天，在毕业典礼上看到各地赶来的同学家长，突然想起在新竹的父亲和在杭州的母亲，在晴碧的天空下，同学为他拍照时，险险冷得落下泪来，不知道为什么就断绝了与母亲重逢的念头。

也就在那一年，父亲遽然去世，他千里奔丧，竟未能见到父亲的最后一面，只从父亲的遗物里找到一帧母亲年轻时代的相片。那时的母亲长相秀美，挽梳着乌云光泽的发髻，穿一袭几乎及地的旗袍，有一种旧中国的美。他原想把那帧照片放进父亲的坟里，最后还是将它收进自己的行囊，作为对母亲的一种纪念。

他寻找母亲的念头因那帧相片又复活了。

美国经济不景气的那几年，他像一朵流浪的云一再被风追赶着转换工作，并且经过了一次失败而苍凉的婚姻，母亲的黑白旧照便成为他生命里唯一的慰藉。他的美国妻子离开他时说："你从小没有母亲，根本不知道怎么和女人相处；你们这一代的中国人，一直过着荒谬的生活，根本不知怎样去过一个人最基本的生活。"这话常随着母亲的照片在黑夜的孤单里鞭笞着他。他决定来香港，实在是一个偶然的选择，公司在香港正好有缺，加上他对寻找母亲还有着梦一样的向往，最重要的原因是：

如果他也算是有故乡的人，在香港，两个故乡离他都很近了。

"文革"以后，透过朋友寻找，联络到他老家的亲戚，才知道母亲早在五年前就去世了。朋友带出来的母亲遗物里，有一帧他从未见过的父亲青年时代着黑色西装的照片。考究的西装、自信的笑容，与他后来记忆中的父亲有着相当遥远的距离。那帧父亲的照影，和他像一个人的两个影子，是那般相似，父亲曾经有过那样飞扬的姿容，是他从未料到的。

他看着父亲青年时代有神采的照片，有如隔着迷濛的毛玻璃，看着自己被翻版的脸。他不仅影印了父亲的形貌，也继承了父亲一生在岁月之舟里流浪的悲哀。那种悲哀，拍照时犹是青年的父亲是料不到的，也是他在中年以前还不能感受到的。

他决定到母亲的坟前祭拜。火车愈近杭州，他愈是有一种逃开的冲动，因为他不知道在母亲的坟前，自己是不是承受得住。看着窗外飞去的景物，是那样陌生，灰色的人群也是影子一样，看不真切。下了杭州车站，月台上因随地吐痰而凝结成的斑痕使他几乎找不到落脚的地方。这就是日夜梦着的自己的故乡吗？他靠在月台的柱子上冷得发抖，而那时正是杭州燠热的夏天正午。

他终于没有找到母亲的坟墓，因为当时大多数人都是草草落葬，连个墓碑都没有，他只有跪在最可能埋葬母亲的坟地附近，再也按捺不住，仰天哭号起来，深深感觉到作为人的无所归依的寂寞与凄凉，想到妻子丢下他时说的话，这一代的中国人，不但没有机会过一个人最基本的生活，甚至连墓碑上的一个名字都找不到。

他没有立即离开故乡，甚至还依照旅游指南去了西湖，去了岳王庙，去了灵隐寺、六和塔和雁荡山。那些在他记忆里不曾存在的地方，他却肯定在他最年少的最初，父母亲曾牵手带他走过。

印象最深的是他到飞来峰看石刻，有一尊肥胖的笑得十分开心的弥勒佛，是刻于后周广顺年间的，佛像斜躺在巨大的石壁里，挺着肚皮笑了一千多年。

那里有一副对联："泉自冷时冷起，峰从飞处飞来。"传说"飞来峰"原是天竺灵鹫山的小岭，不知何时从印度飞来杭州。他面对笑着的弥勒佛，痛苦地想起了父母亲的后半生。一座山峰都可以飞来飞去，人间的漂泊就格外渺小起来。在那尊佛像前，他独自坐了一个下午，直到看不见天上的白云，斜阳在峰背隐去，才起身下山，在山阶间重重地跌了一跤，那一跤这些年都在他的腰间隐隐作痛，每想到一家人的离散沉埋，腰痛就从那跌落的一处迅速窜满他的全身。

香港平和的生活并没有使他的伤痕在时间里平息，他有时含泪听九龙开往广州最后一班火车的声音，有时鼻酸地想起他成长的新竹，两个故乡，使他知道香港是个无根之地，和他的身世一样找不到落脚的地方。他每天在地下铁里看着拥挤着涌向出口奔走的行人，好像自己就埋在五百万的人潮中，流着流着流着，不知道要流往何处——那感觉还是看云，天空是潭，云是无向的舟，应风而动，有的朝左流动，有的向右奔跑，有的则在原来的地方画着圆弧。

即使坐在港九渡轮，他也习惯站在船头，吹着海面上的冷风，因为在那平稳的渡轮上如果不保持清醒，也将成为一座不能确定的浮舟，明明港九是这么近的距离，但父亲携他离乡时不也是坐着轮船的吗？港九的人已习惯了从这个渡口到那个渡口，但他经过乱离，总隐隐有一种恐惧，怕那渡轮突然在一个不知名的地方靠岸。

"香港仔"也是他爱去的地方，那里疲惫生活着的人使他感到无比的真实，一长列重叠靠岸的白帆船，总不知要航往何处。有一回，他坐着海洋公园的空中缆车，俯望海面远处的白帆船，白帆张扬如翅，竟使他有一种悲哀的幻觉，港九正像一艘靠在岸上可以乘坐五百万人的帆船，随时要启航，而航向未定。

海洋公园里有几只表演的海豚是台湾澎湖来的，每次他坐在高高的看台上欣赏海豚表演，就回到他年轻时代在澎湖服役的情形。他驻防的海边，时常有大量的海豚游过，一直是渔民财富的来源，他第一次从营房休假外出到海边散步，就遇到海岸上一长列横躺的海豚，那时潮水刚退，海豚尚未死亡，背后脖颈上的气孔一张一闭，吞吐着生命最后的泡沫。他感到海豚无比美丽，它们有着光滑晶莹的皮肤，背部是蔚蓝色，像无风时的海洋；腹部几近纯白，如同海上溅起的浪花；有的怀了孕的海豚，腹部是晚霞一般含着粉红的琥珀色。

渔民告诉他，海豚是胆小聪明善良的动物，渔民用锣鼓在海上围打，追赶它们进入预置好的海湾，等到潮水退出海湾，它们便曝晒在滩上，等待死亡。运气好的海豚，被外国海洋公园挑选去训练表演，大部分的海豚则在海边喘气，然后被宰割，贱价卖去市场。

他听完渔民的话，看着海边一百多条美丽的海豚，默默做着生命最后的呼吸，忍不住蹲在海滩上将脸埋进双手，感觉到自己的泪濡湿了绿色的军服，也落到海豚等待死亡的岸上。不只为海豚而哭，想到他正是海豚晚霞一般的腹中的生命，一生出来就已经注定了开始的命运。

这些年来，父母相继过世，妻子离他远去，他不只一次想到死亡，最后救他的不是别的，正是他当军官时蹲在海边看海豚的那一幕，让他觉得活着虽然艰难，到底是可珍惜的。他逐渐体会到母亲目送他们离乡前夕的心情，在中国人的心灵深处，别离地活着甚至胜过团聚着等待死亡的噩运。那些聪明有着思想的海豚何尝不是这样希望自己的后代回到广阔的海洋呢？

他坐在海洋公园的看台上，每回都想起在海岸喘气的海豚，几乎看不见表演，几次都是在海豚高高跃起时被众人的掌声惊醒，身上全是冷汗。看台上笑着的香港人所看的是那些外国公园挑剩的海豚，那些空运走了的则在小小的海水表演池里接受着求生的训练，逐渐忘记那些在海岸喘息的同类，也逐渐失去它们曾经拥有的广大的海洋。

澎湖的云是他见过最美的云，在高高的晴空上，云不像别的地方松散飘浮，每一朵都紧紧凝结，如一个握紧的拳头，而且它们几近纯白，没有一丝杂质。

香港的云也是美的，但美在松散零乱，没有一个重心，它们像海洋公园的海豚，因长期豢养而肥胖了。也许是海风的关系，香港的云朵飞行的方向也不确定，常常右边的云横着来，而左边的云却直着走了。

毕竟他还是躺在维多利亚山看云，刚才他所注视的那一群云朵，正在通过山的凹处，一朵一朵有秩序地飞进去，不知道为什么跟在最后的一朵竟离开云群有些远了，等到所有的云都通过山凹，那一朵却完全偏开了航向，往岔路绕着山头，也许是黄昏海面起风的关系吧！那云愈离愈远，向不知名的所在奔去。

这是他看云极少有的现象，那最后的一朵云为何独独不肯顺着前云飞行的方向？它是在抗争什么吧！或者它根本就仅仅是迷路的一朵云！顺风的云像是写好的一首流浪的歌曲，而迷路的那朵就像滑得太高或落得太低的一个音符，把整首稳定优美的旋律带进一种深深孤独的错误里。

夜色逐渐涌起，如茧一般包围着那朵云，慢慢地，慢慢地，将云的白吞噬了，直到完全看不见。他忧郁地觉得自己正是那朵云，因为迷路，连最后的抗争都被淹没。

坐铁轨缆车下山时，港九遥远辉煌的灯火已经亮起，向他招手，由于车速，冷风从窗外掴着他的脸，他一抬头，看见一轮苍白的月亮，剪贴在墨黑的天空，在风里是那样不真实。回过头，在最后一排靠右的车窗玻璃，他看见自己冰凉的流泪的侧影。

猫空半日

坐在茶农张铭财家的祖厅兼客厅兼烘焙茶叶的茶坊里，我们喝着上好的铁观音，听着外面狂乱的风雨，黄昏蒙蒙，真让人感觉这一天像梦一样。

我们坐的这个临着悬崖的地势，有一个非常奇特的名字"猫空"，从门口望出去，站在家屋前那棵巨大的樟树，据说已有一百多年的历史了。

左边有两株长得极像莲雾的树，名字叫"香果"，在风雨中落了一地。风雨虽大，并且阵阵扑进窗隙，但房中的茶香比风雨更盛，那是昨夜烘焙好的一笼铁观音还在炉子上，冒着热气，铁观音特殊的沉厚之香，浓浓地从炉子上流出来。

"猫空，真是奇怪的名字！"我说。

张铭财听了笑着说："我也觉得怪，但如果你用闽南语发音就不怪了，空就是洞，这是猫洞。为什么叫猫洞呢？因为三面屏障，中留下一个小通口，让猫进出，所以叫猫洞，你看外面风雨这样大，其实不用担心，吹不进猫洞的。"

"怎么确定吹不进来呢？"

"因为，我们家在这里，从我祖父开始，已经住了快一百年了。"张铭财得意地说，"我家的地理是很棒的，从风水上说，我家的地方是美人座，对面的指南山背是铜镜台，这在风水上叫'美人对镜'。"

我们顺他的眼光望去，正看到指南山的翠绿向两边开展出去，中间隔着一条幽深的谷口。

张铭财是在猫空这间老厝出生的，他说他从四岁就开始到茶园去采茶了，和茶结下不解之缘。如今他家墙上挂着满满的茶赛得来的奖状，是他三十多年努力的成绩。

我们翻开台湾茶叶的历史，找到"铁观音"的条目，上面这样写着：

相传"铁观音茶"名称之由来，系清乾隆年间，福建安溪魏荫氏在一观音寺的山岩发现一棵茶树，认为是观音菩萨所赐，几经移植繁殖，由于叶片厚重制成的茶叶色泽如铁，而称之为"铁观音"。清光绪二十二年（1896年）张妙、张乾兄弟由安溪携铁观音茶苗十二株在木栅樟湖（今指南里一带）种植，逐渐繁殖迄今，当地茶园面积达七十公顷，是全台正宗铁观音茶产地。

张铭财正是张迺妙、张迺乾兄弟的后人，而在这一个山谷里，种铁观音维生的也都是姓张的，屈指一算，有近百年的历史。张铭财家最早的祖厅现在还屹立着，红瓦砖墙，十分优美，他说那是来自福建安溪的人亲手盖成的。

正言谈间，我们看外面的风势渐渐大起来，黄昏渐渐深了，想起立告辞，张铭财却说："再坐一下嘛，山里没有什么好东西招待你们，只有这茶，这茶是我妈妈一叶一叶摘的，是我炒的，我太太泡的，你们不喝光就走，真是太可惜了。"

我们只好把风雨暂时在心底封藏，用心地品起铁观音的滋味。这铁观音真是与我平常所喝的茶大有不同，可能是刚烘焙出来，也可能是主人的热情，使我们不仅喝出了那深厚的香醇，也品到了山香云气，再加上张太太冲茶的方法十分独特，这铁观音的香气直冲云霄，把我日常喜爱的冻顶与武夷远远抛在后面了。

在厚实的饭桌上喝茶，使我思及今天奇特的缘分。昨夜新闻刚发布了佩姬台风将在今天登陆的警报，清晨，一位疯狂的朋友打电话来说："到山里去喝茶，看风雨吧？"

"下午有台风呀！"

"台风晚上八点才登陆，紧张什么？"

什么山呢？

朋友说，在木栅指南山有一个开放的茶园，卅农会在山上盖了一栋木造的现代建筑，临着高高的窗口，可以看到整个绿绒绒的山谷。"并且，那里有着上好的铁观音与包种茶，保证不虚此行。"

我们便沿着指南路开始往山上开去。一入山，才发现这一整片山除了林木，就是茶园，茶园虽然没有什么变化，但只要想到它的芳香，那每一片茶叶都美丽了起来。走过了樟山寺，佩姬的裙摆便开始浪漫地摇摆起来了。

一路上走走停停，绕过瓦厝、樟湖，时常有动人的视野出现，尤其到了樟湖的拗口附近，同时有三条彩虹出现：天上一道，山谷里也有两弯。在糅合着雨丝与阳光的午后，有一种出尘之美，朋友说："看到这三条彩虹，再大的风雨也值得了吧？"

等我们到达了传闻中美丽的建筑，才知道这栋外表全以红砖建造，内部由木头构成的楼房名称是"台北市铁观音、包种茶展示中心"，名字虽然俗气，内部倒是十分雅致。它背山面谷，一望无际，我想，在这样的地方喝茶，不管什么茶都会好上三分。

可惜福缘不够，这茶中心已经打烊了，我们虽然一再拜托，但中心的人因为要赶着下山，便不能招待我们了。这时走过来一位年轻帅气的青年，热情地说："你们要喝茶，请到我们家来吧！"

这位青年就是眼前的张铭财。

他把我们带回家的时候，他的母亲和妻子并不感意外，那是因为他时常带人回家里喝茶，在他家的前庭还盖了一个露天饮茶的石桌椅，可惜风雨太大，使我们不能在户外喝茶。

张铭财对他自己所种的茶叶有十足的信心。他说自己在茶树中长大，由于住在深山之中，对物质早已没什么欲望，他最大的理想是研究茶的品种与技术，希望能种出更好的茶来。

"做出更好的茶，实在是一个茶农小小的心愿呀！"他看着窗外，谈起了他回到茶乡的一些心情。

张铭财退伍的时候很有可能在平地发展，但最后他选择回到家乡，那时他找到一位贤淑的妻子，她为了鼓励他继续在茶方面发展，同意随他搬到山上，才使他更安心在山上种茶。他现在是木栅观光茶园的示范户，平时又在茶中心上班，生活过得非常惬意。

张太太说刚住到山上来有些不习惯，日子久了，习于山上平静的生活，也懒得下山了。他们有两个小孩，都很活泼可爱，这样的风雨天还在屋前的茶园玩耍，我想着：这会不会又是铁观音的新一代呢？

天色已暗，我们才不舍地告辞出来。张铭财的母亲赶紧跑进屋内，提了一袋她早上才从竹笋田挖来的竹笋，说："山里没有什么招待你们，带点竹笋回去吧！"请不容辞，我摸摸竹笋，感觉到一种山上人家特有的温暖，这才是人的真实，只是我们久为红尘所扰，失去了这种真实吧！

回到家里，打开随手在茶展示中心拿的简介，上面有两段描述茶的味道的句子，很有意思：

铁观音茶：形状半球紧结，冲泡之茶汤水色蜜绿澄清，香醇有独特之喉韵。
包种茶：形状条索整齐，冲泡之茶汤水色蜜黄澄清，甘怡有清雅之花香味。

有时候，我们喝一壶茶，知道某种联想、某种韵律，是从生活的温暖与真实中泡出来，那么不仅是茶，连人情世界都是蜜绿澄清、香醇甘怡，有独特的韵味了。

妙高台上

在浙江奉化有个雪窦寺，开山祖师叫妙高禅师。如今在雪窦寺山上还有一个妙高台，传说从前的妙高禅师就在那台上用功，因而得名。

妙高禅师原来在台上靠山的一边用功，昼夜不息，但因为精力有限，时常打瞌睡。他心想自己的生死未了却天天打瞌睡，实在太没用了，为了警策自己别打瞌睡，他就移到妙高台边结跏趺坐，下面是几十丈的悬崖山涧，如果打瞌睡，一头栽下去就没命了。

可是，妙高禅师功夫还没到家，坐到台边还是打瞌睡，有一次打瞌睡，真的就摔下去了，他心想这一次没命了，没想到在山半腰时，忽然觉得有人托着他送上台来，他很惊喜地问："是谁救我？"

空中答曰："护法韦驮！"

妙高禅师心想：还不错，居然我在这里修行，还有韦驮菩萨来护法，就问韦驮说："像我这样精进修行的人，世间上有多少？"

空中答曰："像你这样修行的，过恒河沙数之多！因你有这一念贡高我慢心，我二十世不再护你的法！"

妙高禅师听了痛哭流涕，惭愧万分，心又转想：原先在这里修行，好坏不说，还蒙韦驮菩萨来护法，现因一念贡高我慢心起，此后二十世他不再护示了。左思右想，唉！不管他护不护法，我还是坐这里修我的，修不成，一头栽下去，摔死算了，就这样，他依然坐在妙高台上修行。

坐不久，他又打瞌睡，又一头栽下去，这次他认为真没命了，可是他快要落地的时候，又有人把他双手接着送上台来，妙高禅师又问："是谁救我？"

空中答曰："护法韦驮！"

"你不是说二十世不来护我的法吗，怎么又来？"妙高禅师说。

韦驮菩萨说："法师！因你一念惭愧心起，已超过二十世矣！"妙高禅师听了，豁然开悟！

上面这个故事出自民初高僧淡虚法师的《影尘回忆录》，是他在参访雪窦寺时听寺中师父所说。最后，淡虚法师下了这结论："佛法的妙处也应这里，一念散于无量劫，无量劫摄于一念，所谓'十世古今不离当念，微尘刹土不隔毫端'。"

我想，这个故事应该给我们一些启示，就是发愿产志要发勇猛心、精进心，岂止是修行办道，就是人间世界的一切成就，不也是勇猛心和精进心的动力吗？

光是勇猛心、精进心还不够，必须再有惭愧心、忏悔心的配合，才能使勇猛不致躁时，精进不致浮夸，也才能有长远不退的志愿。

另外，我们应该认识到时空是相对的，不是绝对的，意念在其中扮演了极重要的角色，如果我们能意不散乱、心念专一，那么一念跨过二十世的尘沙并不是不可能的。

我非常喜欢这个故事，每次想起就心水澄澈，惭愧心起，我们连妙高台都坐不上，实在不该有一丝慢心。其实，妙高台和妙高禅师只是个象征，象征寻找智慧与开悟的道路真是又妙又高。

妙高台也不在奉化雪窦寺，而是我们自己的心，我们每时每刻都坐在妙高台上打瞌睡，只是尚未堕崖，自己不自知罢了！

空白笔记本

到一家非常精致、讲究品位的书店买书，顺道绕到文具部去，发现一个非常奇特的现象。

在这家书局里的书售价都在一百到二百元之间，可是一本普通的笔记本售价都在两百元以上，稍微精致一点的则都在五百元以上。由于我平常都使用廉价的笔记本来记事，使我对现今笔记本的售价感到有点吃惊。

站在作者的角度，一本书通常所使用的纸张都比笔记本要多要好，而一本书的成本有印刷、排版、校对、版税等等费用，理论上成本比笔记本高得多。再加上书籍的流通有特定对象，范围比笔记本小得多，销路比不上笔记本，因此，一本笔记本售价在五百至一千元，感觉上价格是不太合理的。

我问店员小姐说："为什么这些笔记本这么贵呢？比一本书贵太多了！"

她给了一个我意想不到的答复，她说："哎呀！书都是别人写的，写得再好也是别人的思想，笔记本是给自己写的，自己的想法当然比别人的想法卖得贵了。"

说得真好！

走出书店，我沿着种满松香树的敦南大道散步，想到笔记本卖得昂贵其实是好现象，表示这个社会的人生活得比从前富裕了，大家也更讲究品质了，有能力花更多的金钱来购买进口的文具。

但是我立刻想到，从前的作家钟理和在写作的时候，甚至没有钱买稿纸，很多文章是写在破旧的纸片上。今年春天我特别到美浓去看钟理和纪念馆，看到作家工整的笔记写在泛黄的纸片上，心中感慨良深。

　　接着我想到了，现在大部分的人都用昂贵的笔记本，但真正拿来写笔记的又有几人呢？记得我离开书局的时候，店员小姐说："现在很多人花钱买笔记本不是用来写的，他们只收藏笔记本，他们可能从来不写笔记，但他们不断地买笔记本，使得笔记本的设计日益精美，售价也一天比一天昂贵了。"

　　比较起来，我自己是有点实用主义的倾向，再美丽精致的笔记本拿到手里总是要写的，有时候，一年要写掉很多笔记本，由于消耗量大，反而不会太在乎笔记本的质量。

　　但是一本写满自己的生活、感受与思想的笔记本，虽然形式简单、纸张粗糙，总比那些永远空白的昂贵笔记本有价值得多。——在这一点，我觉得店员小姐说得好极了，笔记是为了记录自己思想而存在的，如果我们只是欣赏而不用它，那不是辜负了那棵因做笔记本而牺牲的树吗？

　　一个人活在世上，可能庸庸碌碌地过一辈子，然后什么都没有留下就离开了尘世，因此我常鼓励别人写笔记，把生活、感受、思想记录下来，这样，一则可以时时检视自己的生命痕迹；二则透过静心写笔记的动作可以"吾日三省吾身"；三则逐渐使自己的思想精明有体系。

　　一天写几页笔记不嫌多，一天写一句感言不嫌少，深刻的生命、思维就是这样成熟的，如果我们不能在急速流过的每一天，为生活留下一些什么，生活就会如海上的浮沤，一粒粒破灭，终至消失。

　　我们有很多人有密密麻麻的电话簿，有麻麻密密的账簿，也有很多人在做生涯的规划，做五年计划、十年计划，可是有谁愿意给自己的今天写些什么呢，愿意给生活的灵光一闪写些什么呢？

　　唯有我们抓住生活的真实，才能填补笔记的空白，若任生活流逝，笔记本就永远空白了。

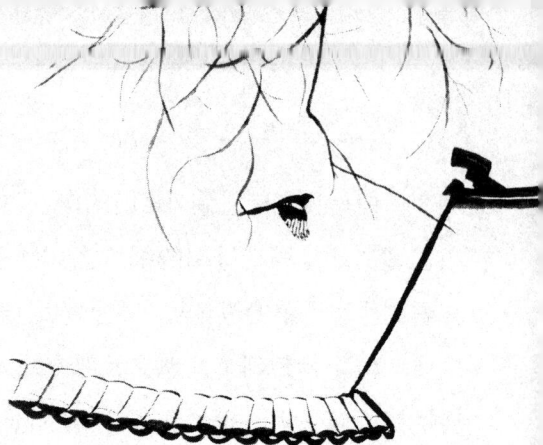

日日是好日

云门交偃禅师有一天把弟子召集在一起，说："十五日以前不问汝，十五日以后道将一句来！"

弟子听了面面相觑，他自己代答说："日日是好日。"

这段公案非常有名，有许多研究禅宗的学者都解过，但我的看法不同的，这段话翻成白话是："开悟以前的事我不问你们了，开悟以后的情境，用一句话说来听听！"学生们正在想的时候，他就说："天天都是好日子呀！"

为什么云门禅师用"十五日"来问呢？因为十五是月圆之日，用来象征见性的圆满，还没有圆满之前的心性是有缺陷的，一旦觉得圆满，当然天天都是好日子了。

"日日是好日"很能表现禅宗的精神，就是见性开悟是最重要的事，没有比开悟更重要的了。在我们没有开悟的时候看禅宗的公案，真像丈二金刚摸不到头脑，一旦开悟再回来看公案，就像看钵里饭，粒粒晶莹；看桶中水，波波清澈；看掌上纹，条条明白；看山河大地草木，一一都是如来。

云门禅师还有一个有名的公案，有一天他遇见饭头（厨房的伙夫），就问饭头说："汝是饭头吗？"饭头说："是。"禅师问他说："米里有几颗？颗里有几米？"饭头无法回答，禅师就说："某甲瞻星望月。"

从前我读这个公案，感到莫名其妙，现在总算抓到一点灵机。当禅师说"米里有几颗？颗里有几米"的时候，问的正是"自性"与"身体"的关系，也是"法身"与"报身"的关系，翻成白话可以说是："你见到身体里有佛性，佛性里有身体吗？"饭头没有这种体证，无法回答，禅师就开示他："你看星星的时候，也要看月亮呀！"

可惜，一般人看星星时，总看不到月亮，只注意小小的身体，而见不到伟大光明的圆满如月的佛性。

再回到"日日是好日"，对于见性人，知道心性虚空，包含一切江月松风、雾露云霞，那么一切的横逆苦厄都是阴雨黄昏而已，对虚空有什么破坏呢？当我们有一个巨大的花园时，几朵玫瑰花的兴谢，又有什么相干呢？

日日是好日，使我们深切知道自在无碍明朗光照的人生不是不可为的，因为日日是好日，所以处处是福地，法法是善法，夜夜是清宵。

永嘉玄觉禅师在《证道歌》里说：

一性圆通一切性，一法遍含一切法，一月普现一切水，一切水月一月摄。
诸佛法身入我性，我性同共如来合，一地具足一切地，非色非心非行业。

由于佛性不受染，不可毁不可赞，如如不动，所以才是"日日是好日"，这不是梦想，而是实情。

云门所说的"米里有几颗？颗里有几米"，也正是永嘉证道歌中的"取不得，舍不得，不可得中保么得"。

我们如果想过"日日是好日"的生活，没有别的方法，十五日以前不必说它。觉悟！觉悟！今天就十五日了。

思想的天鹅

有时候我在想,人的思想究竟是像什么呢?有没有一种具体形象的事物可以来形容我们的思想?

偶尔,我觉得思想像彩色的蝴蝶,在盛开的花园中采蜜,但不取其味,不损色香;而这蝴蝶不能在我们预设的花园中飞翔,它随风翻转,停在一些我们不能考察的花丛中,甚至让我们觉得,那蝴蝶停下来时有如一枝花。

偶尔,我觉得思想犹如海洋,广大与深度都不可探测,在它涌动的时候,或者平缓如波浪,或者飞溅如海啸,或者反映蓝天与星光。只是,思想在某些时候会有莫名的力量,那像是鱼汛或暖流、黑潮从不知的北方来到,那可能就是被称为"灵感"的东西。

偶尔,我觉得思想像是《诗经》中说的"鸢飞戾天,鱼跃于渊"的鸢或是鱼,上及飞鸟下至渊鱼,无不充满了生命力,无不欢欣悦怡、德教明察。鸢鸟的眼睛是最锐利的,可以在一千公尺以上的高空,看见茂盛草原奔跑的一只小鼠;鱼的眼睛则永远不闭,那是由于海中充满凶险,要随时改变位置。

不过,蝴蝶的翅力太弱,生命也太短暂。而海洋则过于博大,不能主宰。鸢呢?鸢太过强猛,欠缺温柔的性质。鱼则过于惊慌,因本能而生活。

思想如果愿意给一个形象，我愿自己的思想像天鹅一样。天鹅的古名叫鹄，是吉祥的鸟，是"燕雀安知鸿鹄之志"中的那种两翼张开有六尺长的大鸟。它生长于酷寒的北方，能顺着一定的轨迹，越过高山大河到达南方的温暖之地。它既善于飞翔，非白即黑；它能安于环境，不致过分执着……天鹅有许多好的品性，它的耐力、毅力与气质，都是令人倾倒的。芭蕾舞剧《天鹅湖》中，对情感至死不渝的天鹅，不知道有多少人为之动容。

　　我愿意自己的思想浩大如天鹅之越过长空，在动荡迁徙的道路上，不失去温和与优雅的气质。更要紧的是，天鹅是易于驯养的，使我不至于被思想牵动，而能主引自己的思想，让它在水草丰美的湖滨自在优游。

　　据说，驯养天鹅有两个方法。一个是把天鹅的一边翅膀修剪，使它失去平衡不能起飞，它就会安住于湖边。另一个方法是，把天鹅养在一个较小的池塘里。由于天鹅的起飞，必须先在水中滑翔一段路途，才能凌空而去。若池塘太小，它滑翔的路程太短就不能起飞了。从前，欧洲的动物园用前一个方法驯养天鹅，后来觉得残忍，并且展翅的时候丑陋，现在都用后面的方法。

　　驯养思想的天鹅似乎不必如此，而是确立一个水草丰美的湖泊作为天鹅的家乡，让它既保有平衡的双翼（智慧与悲悯），也让它有广大的湖泊（清白的自性），然后就放心地让它展翅翱翔吧！只要我们知道天鹅是季候之鸟，不管它飞到万里之外，它在心灵中永远不会忘记自己的家乡。经过数万里时空，在千万劫里流浪，有一天，它就会飞回它的家乡。

　　传说从前科举时间，凡是到京城应试的士子都要穿"鹄袍"，译成白话就是要穿"天鹅服"，执事的人只要看见穿白袍的人就会肃然起敬。因为那些穿着白衣的年轻孩子，将来会有许多位至公卿，是不可轻视的。佛教把居士称为"白衣"，称为"素"，也是这个意思。思想的天鹅也像是身穿白袍的士子，纯洁、青春，充满了对将来的热望，在起飞的那一刻不能轻视，因为它会万里翱翔，主宰人的一生。

在我的清明之湖泊，有一只时常起飞的天鹅，我看它凌空而去，用敏锐的眼睛看着世界，心里充满对生命探索的无限热忱。我让那只天鹅起飞，心里一点不操心，因为我知道天鹅有一个家乡，它的远途旅行只是偶然的栖息，它总会飞回来，并以一种优雅温柔的姿势，在湖中降落。

辑三

人生遗憾才完美

油面摊子

家附近有一担卖油面的小摊子，我平常并不太注意。有一回，我带孩子散步路过，只见那卖面的小贩把油面放进烫面用的竹捞子里，刹那间十几个竹捞子就被他塞满了，然后他又把连成长串的竹捞子放进锅里烫，再以迅雷不及掩耳的速度，将十几个碗一字排开，放入各种作料，又很快地捞面、加汤，十几碗面煮好的过程还不到五分钟，我和孩子看呆了。

在我们离开面摊的时候，孩子突然抬起头来说："爸爸，我猜如果你和那个卖油面的老板比赛卖面，你一定输！"

我莞尔，并立即坦然承认："不只会输，还会输得很惨。"后来我又和孩子谈到我在这世界上是会输给很多人的。接下来的几天，我带着孩子到处去看工作中的人。我们在一个豆浆店看伙计揉面粉做油条，我对孩子说："爸爸比不上炸油条的人。"

我们在一个饺子店看一位山东老乡包饺子，我对孩子说："爸爸比不上包饺子的人。"

我们在一个水果店看一个店员削梨子，他削水果时，刀子如同自手中长出，动作利落又优美，我对孩子说："爸爸比不上削水果的人。"

就在我们放眼这个世界的时候，如果以自我为中心，很可能会以为自己是顶尖人物，一旦我们把狂心歇息下来，用赤子之心来观照，就会发现自己是多么渺小，这是为什么连圣贤都感叹地说"吾不如老农，吾不如老圃"的缘故。

看到人们貌似简单，事实上不易的生活动作时，我觉得每一个人都值得给予最大的敬意。努力生活的人们都是可敬佩的，他们以动作表达了对生命的承担。

承担，是生命里最美的东西！

我时常想，我们既然生而为人，不是草木虫鱼，就要安然接受人生可能发生的一切。

在古印度人的观念里，认为只要是两条河交汇的地方一定是圣地。人生何尝不是如此，在人与人相会的那一刻，如果都有很好的心来相印，互相对流，当下自己的心就是圣地了。

油面摊子是圣地，豆浆店是圣地，水果摊是圣地……到处都是圣地，只是看我们有没有足够神圣的心来对应这些人、这些地方。

我带着孩子观察了许多地方以后，孩子问："爸爸，你有什么可以比得上别人呢？"

我说："如果比写文章，爸爸可能会比得上那卖油面的老板吧！"

孩子说："也不会，油面老板几分钟煮好十几碗面，爸爸要很久才写完一篇文章！"

父子俩相对大笑，是呀，这世界有什么东西可以相比，有什么人可以相比呢？事实上，所有的比较都是一种执着！

期待父亲的笑

父亲躺在医院的加护病房里，还殷殷地叮嘱母亲不要通知远地的我，因为他怕我在台北工作担心他的病情。还是母亲偷偷叫弟弟来通知我，我才知道父亲住院的消息。

这是父亲典型的个性，他是不论什么事总是先为我们着想，至于他自己，倒是很少注意。我记得在很小的时候，有一次父亲到凤山去开会，开完会他去市场吃了一碗肉羹，觉得是很少吃到的美味，他马上想到我们，先到市场去买了一个新锅，买一大锅肉羹回家。当时的交通不发达，车子颠簸得厉害，回到家时肉羹已冷，且溢出了许多，我们吃的时候已经没有父亲所形容的那种美味。可是我吃肉羹时心血沸腾，特别感到那肉羹是人生难得，因为那里面有父亲的爱。

在外人的眼中，我的父亲是粗犷豪放的汉子，只有我们做子女的知道他心里极为细腻的一面。提肉羹回家只是一端，他不管到什么地方，有好的东西一定带回给我们，所以我童年时代，父亲每次出差回来，总是我们最高兴的时候。

他对母亲也非常的体贴，在记忆里，父亲总是每天清早就到市场去买菜，在家用方面也从不让母亲操心。这三十年来我们家都是由父亲上菜场，一个受过日式教育的男人，能够这样内外兼顾是很少见的。

父亲的青壮年时代虽然受过不少打击和挫折，但我从来没有看过父亲忧愁的样子。他是一个永远向前的乐观主义者，再坏的环境也不皱一下眉头，这一点深深地影响了我，我的乐观与韧性大部分得自父亲的身教。父亲也是个理想主义者，这种理想主义表现在他对生活与生命的尽力，他常说："事情总有成功和失败两面，但我们总是要往成功的那个方向走。"

由于他的乐观和理想主义，使他成为一个温暖如火的人，只要有他在就没有不能解决的事，就使我们对未来充满了希望。他也是个风趣的人，再坏的情况下，他也喜欢说笑，他从来不把痛苦给别人，只为别人带来笑声。

小时候，父亲常带我和哥哥到田里工作，透过这些工作，启发了我们的智慧。例如我们家种竹笋，在我没有上学之前，父亲就曾仔细地教我怎么去挖竹笋，怎么看土地的裂痕，才能挖到没有出青的竹笋。二十年后我到竹山去采访笋农，曾在竹笋田里表演了一手，使得笋农大为佩服。其实我已二十年没有挖过笋，却还记得父亲教给我的方法，可见父亲的教育对我影响多么大。

由于是农夫，父亲从小教我们农夫的本事，并且认为什么事都应从农夫的观点出发。像我后来从事写作，刚开始的时候，父亲就常说："写作也像耕田一样，只要你天天下田，就没有不收成的。"他也常叫我不要写政治文章，他说："不是政治性格的人去写政治文章，就像种稻子的人去种槟榔一样，不但种不好，而且常会从槟榔树上摔下来。"他常教我多写些于人有益的文章，少批评骂人，他说："对人有益的文章是灌溉施肥，批评的文章是放火烧山；灌溉施肥是人可以控制的，放火烧山则常常失去控制，伤害生灵而不自知。"他叫我做创作者，不要做理论家，他说："创作者是农夫，理论家是农会的人。农夫只管耕耘，农会的人则为了理论常会牺牲农夫的利益。"

父亲的话中含有至理，但他生平并没有写过一篇文章。他是用农夫的观点来看文章，每次都是一语中的，意味深长。

有一回我面临了创作上的瓶颈，回乡去休息，并且把我的苦恼说给父亲听。他笑着说："你的苦恼也是我的苦恼，今年香蕉收成很差，我正在想明年还要不要种香蕉，你看，我是种好呢，还是不种好？"我说："你种了四十多年的香蕉，当然还要继续种呀！"

他说："你写了这么多年，为什么不继续呢？年景不会永远坏的。""假如每个人写文章写不出来就不写了，那么，天下还有大作家吗？"

我自以为在写作上十分用功，主要是因为我生长在世代务农的家庭。我常想：世上没有不辛劳的农人，我是在农家长大的，为什么不能像农人那么辛劳？最好当然是像父亲一样，能终日辛劳，还能利他无我，这是我写了十几年文章时常反躬自省的。

母亲常说父亲是劳碌命，平日总闲不下来，一直到这几年身体差了还时常往外跑，不肯待在家里好好地休息。父亲最热心于乡里的事，每回拜拜他总是拿头旗、做炉主，现在还是家乡清云寺的主任委员。他是那一种有福不肯独享，有难愿意同当的人。

他年轻时身强体壮，力大无穷，每天挑两百斤的香蕉来回几十趟还轻松自在。我还记得他的脚大得像船一样，两手摊开时像两个扇面。一直到我上初中的时候，他一手把我提起还像提一只小鸡，可是也是这样棒的身体害了他，他饮酒总不知节制，每次喝酒一定把桌底都摆满酒瓶才肯下桌，喝一打啤酒对他来说是小事一桩，就这样把他的身体喝垮了。

在六十岁以前，父亲从未进过医院，这三年来却数度住院，虽然个性还是一样乐观，身体却不像从前硬朗了。这几年来如果说我有什么事放心不下，那就是操心父亲的健康，看到父亲一天天消瘦下去，真是令人心痛难言。

父亲有五个孩子，这里面我和父亲相处的时间最少，原因是我离家最早，工作最远。我十五岁就离开家乡到台南求学，后来到了台北，工作也在台北，每年回家的次数非常有限。近几年结婚生子，工作更加忙碌，一年更难得回家两趟，有时颇为自己不能孝养父亲感到无限愧疚。父亲很知道我的想法，有一次他说："你在外面只要向上，做个有益社会的人，就算是有孝了。"

母亲和父亲一样，从来不要求我们什么，她是典型的农村妇女，一切荣耀归给丈夫，一切奉献都给子女，比起他们的伟大，我常觉得自己的渺小。

我后来从事报道文学，在各地的乡下人物里，常找到父亲和母亲的影子，他们是那样平凡、那样坚强，又那样的伟大。我后来的写作里时常引用村野百姓的话，很少引用博士学者的宏论，因为他们是用生命和生活来体验智慧，从他们身上，我看到了最伟大的情操，以及文章里最动人的质素。

我常说我是最幸福的人，这种幸福是因为我童年时代有好的双亲和家庭，我青少年时代有感情很好的兄弟姊妹；进入中年，有许多知心的朋友。我对自己的成长总抱着感恩之心，当然这里面最重要的基础来自于我的父亲和母亲，他们给了我一个乐观、关怀、良善、进取的人生观。

我能给他们的实在太少了，这也是我常深自忏悔的。有一次我读到《佛说父母恩重难报经》，佛陀这样说：

假使有人，为于爹娘，手持利刀，割其眼睛，献于如来，经百千劫，犹不能报父母深恩。假使有人，为于爹娘，亦以利刀，割其心肝，血流遍地，不辞痛苦，经百千劫，犹不能报父母深恩。假使有人，为于爹娘，百千刀戟，一时刺身，于自身中，左右出入，经百千劫，犹不能报父母深恩……

读到这里，不禁心如刀割，涕泣如雨。这一次回去看父亲的病，想到这本经书，在病床边强忍着要落下的泪，这些年来我是多么不孝，陪伴父亲的时间竟是这样的少。

母亲也是，有一位也在看护父亲的郑先生告诉我："要知道你父亲的病情，不必看你父亲就知道了，只要看你妈妈笑，就知道病情好转，看你妈妈流泪，就知道病情转坏，他们的感情真是好。"为了看顾父亲，母亲在医院的走廊打地铺，几天几夜都没能睡个好觉。父亲生病以后，她甚至还没有走出医院大门一步，人瘦了一圈，一看到她的样子，我就心疼不已。

我每天每夜向菩萨祈求，保佑父亲的病早日康健，母亲能恢复以往的笑颜。

这个世界如果真有什么罪业，如果我的父亲有什么罪业，如果我的母亲有什么罪业，十方诸佛、各大菩萨，请把他们的罪业让我来承担吧，让我来背父母亲的业吧！

但愿，但愿，但愿父亲的病早日康复。以前我在田里工作的时候，看我不会农事，他会跑过来拍我的肩说："做农夫，要做第一流的农夫；想写文章，要写第一流的文章；要做人，要做第一等人。"然后觉得自己太严肃了，就说，"如果要做流氓，也要做大尾的流氓呀！"然后父子两人相顾大笑，笑出了眼泪。

我多么怀念父亲那时的笑。

也期待再看父亲的笑。

至亲的人远离，乃是人间不可避免的苦痛，但假若我们不能令亡者在这一生中得到真正的安息，那么生者何堪，死者何欢？

水月河歌

带孩子坐小火车到淡水，去河口看夕阳。

这是我青年时代喜欢短程旅行的一条路，那时候总是一个人跳上小火车到淡水去，最好是下午时分，小火车通常是空荡荡的，给我一种愉悦的平安心情。

那时候到淡水的公车颠簸得厉害，而且要经过许多风沙的洗礼，坐火车是最好的交通工具。火车铁道的两岸，偶然可以见到水牛与白鹭鸶，放眼望去全是翠绿的稻田，时常令我想起南方的家乡，从台北到淡水就好像穿过一个美丽的传说。

到了淡水，从车站出来，我常跑到小镇的两家古董店里，那古董店被极厚的灰尘蒙住，仿佛从未清洗过，古董也堆积得乱七八糟，一般人走过也不会发现的，可是我常在里面盘桓半天，常常会找到一些令人惊喜的东西。

如果时间还早，顺便看附近几家卖竹器的小店，他们有精美的虾笼、草鞋、竹篮，价钱便宜。然后，从竹器店旁边永远泥泞的小巷穿进去就是淡水龙山寺了，那里有最安静的午后的阳光，独眼老妇泡来一壶很粗苦的老人茶，喝到完全没有味道时，正好读完一本诗集。

茶喝完后，以一种极为休闲的心情踱过古老的石板路，没着依旧鲜明的老墙垣，先到鱼市去看鱼贩子叫卖鲜鱼，体会一下生活的艰辛，这时候看夕阳的时间大概就到了。

河口的地方通常泊着一些刻写着岁月风霜的小木舟，岸上有一些人立着钓鱼，注视着海面，钓鱼的人从七十多岁的老先生到七八岁的孩子都有，有的是阿公带着孩子。看他们站的姿势，大概可以知道他们是哪里人，外地来的人有点局促，淡水本地人则自在得近乎无为。

运气好的话，正好可以赶上从淡水开到八里的小渡轮，买了票，三三两两上船，在船上看巨大清澄的夕阳从遥远的海面落下，注意看，那海面是有间层的，靠近我们的地方是深蓝色，然后是浅蓝色、绿色，靠近夕阳的那一条线则是黄金色的。夕阳也有间层，靠海面的一端是深红色，中间橘色，上面是金色，夕阳外面是放着万道霞光的天空。

我一直认为淡江夕照是台湾最美的夕照，那是因为海交接处非常辽阔干净，左面又有翠绿的观音山作屏障，而这里的夕阳也显得格外巨大，巨大到犹如就在身边。

看完夕阳，海面开始起夜风了，巷道里有一家著名的鱼丸汤，是由鲜嫩的鱼酱做成。热气蒸腾，人潮汹涌，喝完汤后，会觉得是人生至美的享受了。

这时不要去吃海鲜，因为如果吃了海鲜就"过度"了，过度则失去美感，应该在夜色升起之际赶搭小火车离开淡水，在离开的时候计划下一次的造访，于是，就在火车上，已经期待着下一次的淡江与夕照了。我的青春时代有非常多的假日时光就是这样度过的，许多我喜欢的诗集也都在淡水龙山寺里读过一次。后来我结婚了，和妻子常去；有了孩子，在假日时候就带孩子去。我曾经无数次在黄昏时刻，突然造访淡水的夕阳。

雨天没有夕阳的时候也是好的，只是秩序要倒过来，先到河口去，看汹涌的蓝黑色的海水拍打海岸，看在云雾中缥缈的观音山，然后在寒气里走过泥泞的市场，去龙山寺喝茶，像那样粗糙的茶叶我平常是不喝的，可是听着落在天井里的雨声，却能品到那茶的滋味无比。

我的孩子没有像我那么幸运，我第一次带他坐小汽车到淡水的时候，龙山寺的茶摊早就被寺庙赶走了，内部已全部改装粉刷，好像一个臃肿的中年胖妇，努力涂满脂粉，却反而显露出庸俗的面貌，龙山寺的岁月随着美感，同时失落在充满腥味的市场里。

古董店的好古董全部被卖光了，看一下午也看不到一个惊喜。

竹器店里的东西再也不如以前精致了。

鱼市场里，海鲜一样多，可是有时候渔人把招潮蟹也捕来卖，招潮蟹一点也没有肉，是用来骗外地人的，可见得道德的低落。

最糟的是小火车所路经的两边，美景已经不再，大部分时候都弥漫着青灰色的烟尘，使人不敢大口呼吸的一种颜色。

河口的海岸上已经没有人垂钓，听说如果有人在河口边钓到大鱼已经是奇迹了，大部分鱼虾都顺污染而死，不死的也往外海游去了，海面上是一片点点星星的浮油，散发着微微的臭气，在海上漂去又聚拥，好像永远不会消散的样子。

连夕阳照在海面的颜色都变了，光泽不再有任何的间层，只是黑黝黝的一片。

我的孩子很少有机会坐小火车，在火车上跑来跑去兴奋得不得了，到了河口的时候，他看海看山都痴了，他说，山好高，海好大，夕阳好美。

当他说："爸爸，大海好美。"说完赞美地叹了一口气，我也随他叹了一口气。我的孩子从来无法比较，因此他认为眼前就是最美的海了，所以叹气。我的叹气是，我永远也无法告诉孩子，我少年时代眼中所见到的同一个海口是多么美，那是他所不可能追想的。

河海的面相如此，我们差不多可以推想，那一条曾经有过辉煌人文史实的淡水，从最上游到最下游，几乎全被污染了，鱼虾固已死灰。我想，也没有人敢喝一口淡水河里的水了，一口，想必就能致命。

谁能想到，这种变化只是十几年的事呢？

有一位民意代表曾经在抨击淡水河川污染时，激动地希望主管污染的官员去喝一口淡水河的水，并且说出他心底最低的希望，他说："我们不敢盼望淡水河有河清之日，但是我希望在两千年时有人敢跳下淡水河游泳，能做到这样，污染的防治就成功了。"他的心情我是可以理解的。

带孩子回台北的时候，天色已经全黑了，我回望淡水，想起少年时代的情怀与往事，都已经去远了，是镜花，也是水月，由于一条河的败坏，更感觉到那水月镜花是虚幻不实的。

那一切的水月河歌，虽曾真实存在过，却已默默流失，这就是无常。

无常是时空的必然进程，它迫使我们失去年轻的、珍贵的、戴着光环的岁月，那是可感叹遗憾的心情，是无可奈何的。可是，如果无常是因为人的疏忽而留下惨痛的教训，则是可痛恨和厌憎的。

"世界光如水月，身心皎若琉璃"，这个世界的水月不再光明剔透了，作为一个渺小的人，只有维持自心的清明，才能在这五浊的世间唱一首琉璃之歌吧！

我抱紧我的孩子，随火车摇摆，离开了淡水，失去了一个年轻时代的故梦。

野生兰花

万华龙山寺附近，看到几位山地青年在卖兰花。

他们的兰花不像一般花市种在花盆里的那么娇贵，而是随意用干草捆扎，一束束躺在地上。有位青年告诉我，这是他们昨日在东部的山谷中采来的兰花，有许多是冒着生命危险采自断崖与石壁。

"虽然采来很不容易，价钱还是很便宜的啦！"青年说。

"可是这从山里采来的兰花，要怎么种呢？"我看到地上的兰草有些干萎，忍不住这样问。

"没关系的啦，随便找个盆子种都会活。我们在山里随便拿个宝特汽水瓶种都会活的呢！"旁边一位眼睛巨大、黑白分明的青年插嘴道。

"对了，对了。山上的兰花长在深谷里、大石边、巨树上，随便长随便活呢！"原先的青年说。山地人说话的声调轻扬，真是好听。尤其是说"随便随便"的时候。

我买了一束兰花回来，一共有五株，不管三七二十一把它种在阳台的空盆里，奇迹似的，它们真的就那样活起来。

这倒使我思考到一些从未想过的问题，从前一直以为兰花是天生的娇贵，它要用特别的盆子，要小心翼翼地照顾，价钱还十分的高昂，因此平常人家种盆栽，很少想到养兰花。现在知道兰花原来是深山中生长的花草，心中反倒有一些怅然，我们对兰花娇贵的认知，何尝不是一种知识的执着呢？

看着自己种植的野生兰花，使我想起自己非常喜爱的书画家郑板桥。郑板桥在画史上以画兰竹驰名，他性格耿介，与"扬州八怪"同时，是清朝艺术史上的明星，他有一次看见自己种在盆中的兰花长得很憔悴，有"思归之色"，就打破花盆，把兰花种在太湖石边，第二年兰花"发箭数十挺"，果然长得十分茂盛，花开得比从前更多，香味比往昔坚厚，他不禁题诗道：

兰花本是山中草，
还向山中种此花；
尘世纷纷植盆盎，
不如留与伴烟霞。

直到我种了野生的兰花，才稍稍体会了板桥写此诗的心情，他这是用来自况，不愿意在山东当七品官，希望回到自己的家乡与烟霞为伴。

郑板桥留下许多兰画，他的兰花与一般画家所画不同，他常把兰花与荆棘画在一起，认为荆棘也是一样的美，用以象征君子与小人杂处的感叹。晚年的时候，他爱画破盆的兰花，有一幅画他这样题着：

春雨春风洗妙颜，
一辞琼岛到人间；
而今究竟无知己，
打破乌盆更入山。

用来表白心中渴望辞去官职追求自由的志向，但也说明了兰花本身的遭遇。从琼岛来到人间的兰花，虽种在细心照顾的盆中，却失去了山中的许多知己呀！

一个人本来自然活在世间，没有什么欲望，但当他过惯了娇贵的生活，就如同生在盆里的兰花，会失去很多自由，失去很多知己，所以人宁可像野生的兰花，活在巨石之缝、高山之顶、幽谷深处与烟霞作伴。这是自由与自在的追求，正如郑板桥最流行的一幅字所说："难得糊涂：聪明难，糊涂难，由聪明转入糊涂更难；放一着，退一步，当下心安，非图后来福报也。"

我最喜欢郑板桥写给儿子的四首儿歌：

二月卖新丝，五月粜新谷。医得眼前疮，剜却心头肉。
耕苗日正午，汗滴禾下土。谁知盘中飧，粒粒皆辛苦。
昨日入城市，归来泪满巾。遍身罗绮者，不是养蚕人。
九九八十一，穷汉受罪毕。才得放脚眠，蚊虫獚蚤出。

这歌中充满了大悲与大爱，真如深谷中幽兰的芳香，无怪乎当他被富人杯葛离开潍县令的任所时，百姓跪在道旁，流着眼泪送他辞官归里。郑板桥终于回到家乡，像一株盆中的兰花回到山林，他晚年的书画为中国写下了光灿灿的一页。

我不是很喜欢兰花，因为感觉到它已沦为富者的玩物，但一想到山间林野的兰花丛时，就格外感知了为什么古来中国文人常把兰花当成知己的缘由。名士与名兰往往会沦为官富人家酬酢的玩物，尽管性格高旷，玉洁冰清，也只能在盆里吐放香气，这样想起来就觉得有无限的悲情。

从山地青年手里买来的野生兰花，几个月后终于枯萎了，一直到今天我还不确知原因，却仿佛听见了板桥先生的足声从很远的地方走近，又走远了。

报岁兰

　　花市排出了一长排的报岁兰，一小部分正在盛开，大部分是结着花苞，等待年风一吹，同时开放。报岁兰有一种极特别的香气，那香轻轻细细的，但能在空气中流荡很久，所以在乡下有一个比较土的名字"香水兰"，因为它总是在过年的时候开，又叫作"年兰"，在乡下，"年兰"和"年柑"一样，是家家都有的。

　　童年时代，每到过年，我们祖宅的大厅里，总会摆几盆报岁兰和水仙，浅黄浅红的报岁兰和鲜嫩鲜白的水仙，一旦贴上红色对联，就成为一个色彩丰富的年景了。乡下四合院，正厅就是祖厅，日日都要焚烧香烛，檀香的气息和报岁兰、水仙的香味混合着，就成为一种格外馨香的味道，让人沉醉。我如今想起祖厅，仿佛马上就闻到那个味道，鲜新如昔。

　　我们家的报岁兰和水仙花都是父亲亲手培植的，父亲虽是乡下平凡的农夫，但他对种植作物似乎有特殊的天生才能，只要是他想种的作物很少长不成功的。父亲在世的时候，我们家的农田经营非常多元，他种了稻子、甘蔗、香蕉、竹子、槟榔、椰子、莲雾、橘子、柠檬、番薯，乃至于青菜。中年以后，他还开辟了一个占地达四百公顷的林场，对于作物的习性可以说了如指掌。

　　我小学六年级的时候，父亲不知从哪里知道了种花可以赚钱，在我们家后院开建了一个广大的花园，努力地培育两种花，一种是兰花，一种是玫瑰花。

那时父亲对花卉的热爱到了着迷的程度，经常看花卉的书籍到深夜，自己研究花的配种，有一年他种出了一种"黑色玫瑰"，非常兴奋，那玫瑰虽不是纯黑色，但它如深紫色的绒布，接近于黑的程度。

对于兰花，他的心得更多。我们家种兰花的竹架占地两百多平，一盆盆兰花吊在竹架上，父亲每天下田前和下田后都待在他的兰花园里。田地收成后的余暇，他就带着一把小铲子独自到深山去，找寻那些野生的兰花，偶有收获，总是欢喜若狂。

在爱花种花方面，我们兄弟都深受父亲的影响，是由于幼年开始就常随父亲在花园中整理花圃的缘故。但是在记忆里，父亲从未因种花而得什么利润，倒是把兰花的幼根时常送给朋友，或者用野生兰花和朋友交换品种，我们家的报岁兰，就是朋友和他交换得来的。

父亲生前最喜欢的兰花有三种，一是报岁兰，一是素心兰，一是羊角兰。他种了不少名贵的兰花，为何独爱这三种兰花呢？记得有一次他对我说："有很多兰花很鲜艳很美，可是看久了就俗气；有一些兰花是因为少而名贵，其实没什么特色；像报岁兰、素心、羊角虽然颜色单纯，算是普通的兰花，可是它朴素，带一点喜气，是兰花里最亲切的。"

父亲的意思仿佛是说：朴素、喜乐、亲切是人生里最可贵的特质，这些特质也是他在人生里经常表现出来的特色。

我对报岁兰的喜爱就是那时种下的。

父亲种花的动机原是为增加收入，后来却成为他最重要的消遣。父亲没有什么特别的嗜好，只是喜欢喝茶、种花、养狗，这三种嗜好一直维持到晚年，他住院的前几天还是照常去公园喝老人茶，到花圃去巡视。

中学的时候，我们家搬到新家，新家是在热闹的街上，既没有前庭，也没有后院，父亲却在四楼顶楼搭了竹架，继续种花。我最记得搬家的那几天，父亲不让工人动他的花，他亲自把花放在两轮板车上，一趟一趟拉到新家，因为他担心工人一个不小心，会把他钟爱的花折坏了。

搬家以后，父亲的生活步调并没有改变，他还是每天骑他的老爷脚踏车到田里去，每天晨昏则在屋顶平台上整理他的花圃，虽然阳台缺少地气，父亲的花卉还是种得非常的美，尤其是报岁兰，一年一年地开。

报岁兰要开的那一段时间，差不多是学校里放寒假的时候，我从小就在外求学，只有寒暑假才有时间回乡陪伴父亲，报岁兰要开的那一段日子，我几乎早晚都陪父亲整理花园，有时父子忙了半天也没说什么话，父亲会突然冒出一句："唉！报岁兰又要开了，时间真是快呀！"父亲是生性乐观的人，他极少在谈话里用感叹号，所以我每听到这里就感慨极深，好像触动了时间的某一个枢纽，使人对成长感到一种警觉。

报岁兰真是准时的一种花，好像不过年它就不开，而它一开就是一年已经过去了，新年过不久，报岁兰又在时间中凋落，这样的花，它的生命好像只有一个特定的任务，就是告诉你："年到了，时间真是快呀！"从人的一生中，无常还不是那么迫人的，可是像报岁兰，一年的开放就是一个鲜明的无常，虽然它带着朴素的颜色、喜乐的气息、亲切的花香同时来到，在过完新年的时候，还是掩不住它的惆怅。

就像父亲，他的音容笑貌时时从我的心里映现出来，我在远地想起他的时候，这种映现一如他生前的样子，可是他已经不在这个世上了。我知道，我忆念的父亲的容颜虽然相同，其实忆念的本身已经不同了，就如同老的报岁兰凋谢，新的开起，样子、香味、颜色没什么不同，其实中间已经过了整整的一年。

偶然路过花市，看到报岁兰，想到父亲种植的报岁兰，今年那些兰花一样地开，还是要摆在贴了红色春联的祖厅。唯一不同的是祖厅的神案上多了父亲的牌位，墙上多了父亲的遗照，我们失去了最敬爱的父亲。这样想时，报岁兰的颜色与香味中带着一种悲切的气息：唉！报岁兰又要开了，时间真是快呀！

满天都是小星星

夜晚沿着仁爱路的红砖道散步，正是春夜晴好。仁爱路上盛放着橙色的木棉花，叶已全数落尽，木棉树的枝丫呈现接近黑的褐色，仿佛已经干去一般，它唯一还证明自己活着的，是那些有强硬花瓣的在夜风中微微抖动的花朵。

到了二段以后，木棉少了，只有安全岛上的椰子树孤单而高傲地探触着天空一角。不知道为什么，我总觉得城市里的木棉与椰子树是兄弟一样的品种，不开花的时候，往往使我们忘记它的存在，但是它们却一年年活了下来，互相看守道路，在寂寞的时候互相照应。

有时我追索着为什么把它们当成相同的品种，长久的观察使我知道，都市的木棉与椰子是永不结果的。如果在我的故乡，春末的木棉花开过后并不掉落，它们在树上结成棉果，熟透之后就在树上爆裂，木棉的棉絮如冬天第一场细雪，随风飘落。每一片乳白的木棉絮都连着一粒黑色的种子，随风落处，只要是有土的所在，第二年就长出木棉树的嫩芽。所以我们常会在水田中看到一株孤零零的木棉耸立，那可能是几里外另一株木棉飘过来的种子。

到了夏天，是椰子结实的时候，那时椰子纷纷"放花"完成，饱满青苍色的椰子好像用起重机高高地升到树顶上。但是收采椰子的时候，农人常常留下几棵最强壮的椰子做种，等到椰子内部长成实心的时候才采收下来，埋在地下，不久就长芽抽放；如果将它放在大盆子里，每天浇点清水，椰子也照样发芽，然后运送到城市，成为充满绿意的盆栽。

记得我故乡的小学，沿着低矮的围墙种满了椰子树，门口的两株长得格外高大，那椰子树是父亲读小学时就有的，后来我才知道整个校园的椰子树全是由门口的两株传种，一个校园的上百株椰子树，事实上是一个庞大的家族，有着血亲的关系。每次想到那一群椰子，都给我一种莫名的感动。

如今在仁爱路上的椰子，不要说结实传种，甚至是不开花的，只有站在安全岛的一角，默默倾听路过的车声。

过了临沂街右转，就走进铜山街的巷子，走进了我生命中的一段历史。

十几年前我初到台北，虽然心中有着向新环境开拓的想法，但从偏远的乡间突然进入这样的大城市，不免有一种惶惑和即将迷失的恐惧。我从台北车站小心翼翼地坐上零南公车，特别交代车掌小姐在临沂街口让我下车。我坐在车掌身后的位子上，张皇地看着窗外的景物，直到看见了仁爱路上的椰子和木棉，才稍稍放松心情。

公车到站的时候，就读小学三年级的大侄女在站牌下等我，带我到堂哥家里。堂哥当时住在铜山街三十三巷一号，是一栋两百坪的日式平房，屋前的庭园种着正在盛开的花草，门口的两边各种了一株数丈高的椰子树，那时正结满了椰子。屋后的院子是水泥地，让小孩子玩耍。

初到台北时寄住在堂哥家里，他让我住在庭园边的小房间，每天从窗口都能看见那两株高大到几乎难以攀爬的椰子树。那时的堂哥正当盛年，意气风发，拥有一家规模极大的石棉工厂，和一家中型的水泥厂，他曾在故乡担任过一届县议员和两届省议员，受到普遍尊敬的。我非常敬爱他，虽然我们年龄相差很大，观念也不太能沟通，甚至在家里也很少交谈，但是我每天看他清晨在园中浇水，然后爱惜地抚摸椰子树干，心里就充满了感动。

有一次我们坐在一起听音乐，同时看着窗外，目光不约而同落在椰子树上，堂哥的脸上突然流过孩子一般天真的笑容，对我说：“你看，这椰子是不是长得和家里种的一样好？有人说台北的椰子不结果，我种的一年可以生一百多粒呢！"我点头表示同意，他随即感喟地说："可惜这椰子长得太瘦了，没有我们家的强壮。"

接着我们沉默起来，黄昏逐渐退去，黑暗慢慢地流进来。

我找到过去住的铜山街，门牌的号码早就更换了，堂哥的房子被铲平，盖成一栋七层的大楼，不要说椰子树，连一朵花都看不见了。

我在堂哥家住了一年，直到我考上郊区的学校才搬走。接着是台北空前的经济低潮，堂哥的事业纷纷因负债而被拍卖，甚至连住的房子都保不住。房子要卖之前我去看他，他仍像往常一样乐观，反过来安慰我："大不了我回家种田就是了。只是这两丛椰子砍掉，实在可惜。"

那一次卖房子对堂哥的打击很大，他的身子没有以前健朗，加上租屋居住，时常搬家，使他的性格也变得忧郁了。他把最后的积蓄投资在建筑业，奋力一搏，没想到遭逢建筑业不景气，反而使他一病不起。

他过世的前几天，我到医院看他，他从沉沉的午睡中惊醒，那时他的耳朵重听，身体已不能动了，说话十分吃力，看到我却笑了一下，我俯身听他说话，他竟说："我刚刚做了一个梦，梦见乡下的粉肠和红糟肉，你小时候我带你去吃过的，真是好吃。"说完，失神的眼睛仿佛转回了故乡那一担以卖粉肠和红糟肉闻名的小摊。

第二天，我带粉肠和红糟肉给他吃，他只各吃了一口，就流下泪来，把东西放在病床一角，微弱地说："真是不如我们乡下的呀！"他默默地流泪，一句话也不肯再说。一个星期后，堂哥过世了。他留下来的最后一句话是："赶快把我送回乡下去埋葬吧！墓前种两丛椰子树。"

堂哥留下四个孩子，当年在站牌下等我的大侄女，如今已是大学四年级的学生，时间就这样流逝，好像清晰如昨日，没想到已经十几年了。静夜里我常想起堂哥的一生，想到他和椰子树那不为人知的情感，令我悲伤莫名。或者他就是乡间移植到城市的一株椰子树，经过努力地灌溉，虽然也结果，却不免细瘦，在整个城市与时间的流转中，默默地消失了。

我沿着铜山街，一步一步走到底，整条街竟看不见一株椰子树，而仁爱路上的那些，是没有一株会结果的。

走出铜山街，抬头见到满天的小星星，忆起童年常唱的两句歌词："一闪一闪亮晶晶，满天都是小星星。"星星还是一样的星星，可是星星知道什么呢？星星知道人世里的一株树有时会令人落泪吗？

我突然强烈地思念故乡，想起故乡的木棉和椰子那落地生根的力量，想起堂哥犹新的墓园，以及前面那两株栽种不久还显得娇嫩的椰子树。

等到那椰子成熟，会不会长出更多的椰子树呢？那上面，永远都会有微笑闪动的光明的星星吧！

香鱼的故乡

　　在台北的日本料理店里有一道名菜，叫"烤香鱼"，这道烤鱼和其他的鱼都不一样。其他的鱼要剖开拿掉肚子，香鱼则是完整的，可以连肚子一起吃，而且香鱼的肚子是苦的，苦到极处有一种甘醇的味道，正像饮上好的茗茶。

　　有一次我们在日本料理店吃香鱼，一位朋友告诉我香鱼为什么可以连肚子一起吃的秘密。他说："香鱼是一种奇怪的鱼，它比任何的鱼都爱干净，他生活的水域只要稍有污染，香鱼就死去了，所以它的肚子永远不会有脏的东西，可以放心食用。"

　　朋友的说法，使我对香鱼产生了极大的兴趣，是怎么样的一种鱼，心情这样高贵，容不下一点环境的污迹？这也使我记忆起，十年前在新店溪旁碧潭桥头的小餐馆里，曾经吃过新店溪盛产的香鱼，它的体型细小、毫不起眼，当时还是非常普通的食物，如今，新店溪的香鱼早就绝种了，因为新店溪被人们染污了，香鱼拒绝在那样的水域里存活。

　　现在日本料理店的香鱼，已经不产在新店溪，而要从日本空运来台，使香鱼的身价大大增高，几乎任何鱼都比不上。听说在澎湖某些没有被污染的海域，还能找到香鱼的踪迹，可是为数甚少，早就无法满足吃客的需求了。本来在新店溪旁的普通食物，如今却在台湾找不到故乡，想起来就令人伤感。

　　每次吃香鱼的时候，我的心情就不免沉重，那种沉重来自香鱼的敏感，在许多人的眼里，所有的鱼除作为食物以外，就没有别的意义了。香鱼却不同，因为它的喜爱洁净，使我们更觉得应该有一个清洁的生存空间。在某一个层次上，香鱼是比人更高贵的，我们生活在一个被污染的环境，到处充满了刺耳的噪音和汽车排放的黑烟，可是时间一久，我们就适应了这样的环境，甚至一点抗辩也没有。

没有新鲜的空气，没有干净的溪水，没有清爽的天空，甚至没有安静的听觉，我们都已经习焉不察了，面对着一天比一天沉沦的生活空间，有时我们完全失去了警觉。

香鱼不然，它不肯自甘于污浊的溪水，不肯改变自己去适应一个更坏的环境，于是它选择了死，宁洁而死，不浊而生，那样的气节，更使我们面对香鱼的时候低回不已。

记得多年以前，我在梨山上，参观过鳟鱼的养殖。鳟鱼是濒临绝迹的鱼类，在台湾，只有梨山上清澈的溪水和适当的水温，能让它们乐于悠游，正由于它们独特的品性，使养殖的人丝毫不敢掉以轻心，也正因为这样，鳟鱼在人们的心目中，永远不会和吴郭鱼相提并论。

有一次我在澎湖的海边度假，渔民们邀请我到海边去欣赏奇景。那一天，许多海豚无缘无故地游到岸上集体自杀，我站在海岸边，看着那些到处罗列的海豚，它们从海里跳到岸上等待着死亡，却没有人知道原因，我也不知道。

海豚的集体自杀，给当地的渔民带来一笔小财，没有人探问它们为什么拒绝生存，我的心里却充满了疑惑：海豚是一种智商很高的动物，它们到底为什么要集体自杀呢？是不是心情上受了什么委屈？在以前海面干净的往日，是不是也有海豚自杀呢？

生物学家恐怕也无法解开海豚自杀的谜题，但是我深知，海豚的自杀不是"无缘无故"，一定有它的理由，只可惜，我们不能理解。唯一可以理解的是，动物有动物的想法，鱼也有鱼的心情。干净的海，是海豚的故乡；清澈的溪水，是香鱼和鳟鱼的故乡；它们宁可做失乡的游魂，也不愿活在污浊的水域，这是作为人的我们，应该深切反省的。

有许多饲养鸟类和热带鱼的朋友，经常向我抱怨，不管他们如何细心照料，鸟和鱼都会无故的死去，我想，鱼鸟的死都不是无故的，因为鸟是属于山林的，不属于笼子；鱼是属于河海的，不属于水箱。现在更严重的是，即使在山林河海，由于人为的污染，许多动物都活得不快乐，恐怕在大自然里，只有一种动物对坏的环境能安之如常，那种动物的名字叫作"人"。

几年前，人们在新店溪"放香鱼"，让香鱼回到它的故乡，据说现在新店溪里已有为数极少的香鱼存活，如果河川不继续污染，将来我们食用的香鱼不必从空中来，而是本乡的土产。

香鱼是我们的，故乡也是我们的，我们千万不要让故乡成为香鱼拒绝的地方。

一朝

十二岁的时候，第一次读《红楼梦》似懂非懂，读到林黛玉葬花的那一段，以及她的葬花诗，里面有这样几句：

> 尔今死去侬收葬，未卜侬身何日丧？
> 侬今葬花人笑痴，他年葬侬知是谁？
> 试看春残花渐落，便是红颜老死时。
> 一朝春尽红颜老，花落人亡两不知！

那是我第一次感受到落花也会令人忧伤，而人对落花也像待人一样，有深刻的情感。那时当然不知道林黛玉的自伤之情胜过于花朵的对待，但当时也起了一点疑情，觉得林黛玉未免小题大做，花落了就是落了，有什么值得那样感伤，少年的我正是"侬今葬花人笑痴"那个笑她的人。

我会感到葬花好笑是有背景的，那时候父亲为了增加家用，在田里种了一亩玫瑰，因为农会的人告诉他，一定有那么一天，一朵玫瑰的价钱可以抵上一斤米。可惜父亲一直没有赶上一朵玫瑰一斤米的好时机，二十几年前的台湾乡下，根本不会有人神经到去买玫瑰来插。父亲的玫瑰是种得不错，却完全滞销，弄到最后懒得去采收了，一时也想不出改种什么，玫瑰田就荒置在那里。

我们时常跑到玫瑰田去玩，每天玫瑰花瓣，黄的、红的、白的落了一地，用竹扫把一扫就是一畚箕。到后来大家都把扫玫瑰田当成苦差事，扫好之后顺手倒入田边的旗尾溪，千红万紫的玫瑰花瓣霎时铺满河面，往下游流去；偶尔我也能感受到玫瑰飘逝的忧伤之美，却绝对不会痴到去葬花。

不只玫瑰是大片大片地落，在我们山上，春天到秋天，坡上都盛开着野百合、野姜花、月桃花、美人蕉，有时连相思树上都是一片白茫茫，风吹来了，花就不可计数地纷飞起来。

山上的孩子看见落花流水，想的都是节气的改变，有时候压根儿不会想到花，更别说为花伤情了。

只有一次为花伤心的经验，是有一年父亲种的竹子突然有十几丛开花了，竹子花真漂亮，细致的、金黄色的，像满天星那样怒放出来。父亲告诉我们，竹子一开花就是寿限到了，花朵盛放之后，就会干枯，死去。而且通常同一母株育种的竹子会同时开花，母亲和孩子会同时结束生命。那时我每到竹林里看极美丽、绝尘不可逼视的竹子花就会伤心一次，到竹子枯死的那一阵子，总会无端地落下泪来，不过，在父亲插下新枝后，我的伤心也就一扫而空了。

多几次感受到竹子开花这样的经验，就比较知道林黛玉不是神经，只是感受比常人敏锐罢了，也慢慢能感受到"昨宵庭外悲歌发，知是花魂与鸟魂？花魂鸟魂总难留，鸟自无言花自羞。愿侬此日生双翼，随花飞到天尽头。天尽头，何处有香丘？未若锦囊收艳骨，一抔净土掩风流，质本洁来还洁去，不教污淖陷渠沟"那种借物抒情，反观自己的情怀。

长大一点，我更知道了连花草树木都与人有情感、有因缘，为花草树木伤春悲秋，欢喜或忧伤是极自然的事，能在欢喜或悲伤时，对境有所体会观照，正是一种觉悟。

最近又重读了《红楼梦》，就体会到花草原是法身之内，一朵花的兴谢与一个人的成功失败没有两样。人如果不能回到自我，做更高智慧之追求，使自己明净而了知自然的变迁,有一天也会像一朵花一样在无知中凋谢了。

同时,看一片花瓣的飘落,可以让我们更深地感知无常,正如贾宝玉在山坡上听见黛玉的葬花诗"不觉恸倒山坡上,怀里兜的落花撒了一地"。那是他想到黛玉的花容月貌终有无可寻觅之时,又推想到宝钗、香菱、袭人亦会有无可寻觅之时,当这些人都无可寻觅,自己又安在呢?自身既不知何在何往,将来斯处、斯园、斯花、斯柳,又不知当属谁姓!

看看这种无常感,怎么能不恸倒在山坡上?我觉得,整部《红楼梦》就在表达"人生如梦"四字,这是一种无可如何的无常,只是借黛玉葬花来说,使我们看到了无常的焦点。

《红楼梦》还有一支曲子,我非常喜欢,说的正是无常:

为官的,家业凋零;富贵的,金银散尽;有恩的,死里逃生;无情的,分明报应。欠命的,命已还;欠泪的,泪已尽;冤冤相报自非轻,分离聚合皆前定,欲知命短问前生,老来富贵也真侥幸。看破的,遁入空门;痴迷的,枉送了性命;好一似,食尽鸟投林,落了片白茫茫大地真干净。

从落花而知大地有情,这是体会;从葬花而知无常苦空,这是觉悟;从觉悟中知道万法了不可得,应该善自珍摄,不要空来人间一回,这就是最初步的菩提了。读《红楼梦》不也能使我们理解到青原惟信禅师说的"三十年前见山是山,见水是水。及后亲见亲知,有个入处,见山不是山,见水不是水。如今得个休歇处,依旧见山只是山,见水只是水"的过程吗?

相传从前有一位老僧,经卷案头摆了一部《红楼梦》,一位居士去拜见他,感到十分惊异,问他:"和尚也喜欢这个?"

老僧从容地说:"老僧凭此入道。"

这虽是传说,但也不无道理,能悟道的,黄花翠竹、吃饭睡觉、瓦罐瓶勺都会悟道了,何况是《红楼梦》!

虽然《红楼梦》和"悟道"没有必然关系，但只要时时保有菩提之心，保有反观的觉性，就能看出在言情之外言志的那一部分，也可以看到隐在小儿女情意背后那广大的空间。

知悉了大地有情、觉悟了无常苦空、体会了山水的真实、保有了清明的菩提，我们如何继续前行呢？正是"一朝春尽红颜老"的那个"一朝"，是"万古长空，一朝风月"的"一朝"，是知道"放弃今日就没有来日，不惜今生就没有来生"，是"此身不向今生度，更待何生度此身"，是"当下即是"，是"人圆即佛成"！

那么就在每一个"一朝"中保有菩提，心田常开智慧之花，否则，像竹子一样要等到临终才知道盛放，就来不及了。

两只松鼠

自从搬到山上来住，我最高兴的莫过于山后有两只野松鼠。

每天清晨，阳光刚从庭前射来，鸟儿的歌声吱吱啾啾鸣动，这时我就搬一张摇椅到庭前的花园，等待那两只野松鼠。我的园子里种了一棵高大的木瓜树，终年长满了木瓜，松鼠们总爱在阳光刚刚扑来的时候，来到我的园子里吃木瓜。

才一忽儿时间，两只野松鼠就头尾相衔，一高一低从远处奔跑过来，松大的尾巴高高地晃动着，它们每天都显得那么快乐，好像一对蹦蹦跳跳的孩子，顽皮地互相追逐着，伸头进栏杆时先摇摇嘴上的长须，一跃而入，往木瓜树蹿去。

争先恐后地上树后，便津津有味地吃起我种的木瓜了，它们先用爪子扒开木瓜的尾部，把尖嘴伸到木瓜里面，大吃大嚼起来，木瓜子和木瓜屑霎时间就落了一地，有时它们也更换一下姿势，回头偷偷瞧我，吱吱连声。

吃饱了早餐，用前爪抹抹嘴，顺着木瓜树干滑下来，滑到一半，借力往栏杆外一跳，姿势俊美到极点。两只松鼠一蹦一跳并肩地跑远，转眼间就没入长草不见了，仿佛是一对天真的小孩儿吃饱了饭，急着去庙里看杂耍似的。

我在园子里看松鼠已经有一年的时间了，它们总是在我通宵工作的黎明时跑来，成为我最好的精神伙伴。有时候，木瓜不熟，它们也跑来园子里搞来搞去，奔跃嬉耍，尽兴了才离去。有时候，我会在栏杆上绑两根香蕉，看它们欢天喜地地吃香蕉，吃完了望望我，一溜烟跑了。

那两只松鼠一只黑色，一只棕色，毛色都是光鲜柔软，在清早的阳光下常反射出缎子一般的光泽。小眼珠子滴溜溜地转，尾巴翘得半天高，真是惹人怜爱。

我们相处的时日久了，它们的胆子也大了，偶尔绕到我摇椅边来玩，穿来穿去，我作势一吓，它们便飞也似的跑开，但并不逃走，站在远远的地方观察我的动静，然后慢慢再挨蹭过来。

除非我去远地，否则我和松鼠总像信守着诺言，每日在庭前相会，这一对小夫妻看起来相当恩爱，一日不可或离。

最近一个多月的时间，松鼠不来了，我每天黎明时刻减少了不少趣味，有时候愣愣地想起它们快乐的情状，它们到哪里去了呢？会不会换了山头？会不会松鼠妻子生了儿女？过一阵子说不定带一群小松鼠来看我哩！有时候仰望浩渺云天，想起我并不知道松鼠的家乡，我们只是在我客居的家前偶然相遇，却不知不觉生出一种奇妙的情缘，竟像日日相见的老友突然失踪，好生教人挂念——原来，相处的时候很难深知自己的情感，一别离便可测量，即使对一只小松鼠也是这样。

前几天我在山下散步时吃了一惊，社区的守卫室前挂着一个笼子，里面赫然是那只棕色的小松鼠，它正在笼子里的铁线圈拼命地跑动，跑累了，就伏在一边休息。

我问守卫老张，松鼠是怎么来的？他用浓重的山东口音说："一个多月前捉到的。"

"为什么要捉它？"

"俺常看到松鼠在社区里跑来跑去，用了一个陷阱，捉来玩玩。"

"只捉到一只吗？"

"捉到两只，一只黑的，很漂亮，捉来一个下午就死了。"

"怎么死的？"我吓了一大跳。

"捉到之后，它在笼子里乱撞乱跳，撞得全身都流血，我看它快撞死，宰来吃了。"

我一时间说不出话来，在我庭前玩耍了一年的松鼠被老张吃进了肚里，早已化为粪土，尸骨无存了，它的爱侣大概脾气比较驯顺，因此可以在笼中存活下来，每天在铁线圈上拼命奔跑来娱乐别人，松鼠有知当作何感叹？

最后，我买下那只棕松鼠，拿到庭前把它放了，它像一支箭一样毫不回头地向前奔去，棕影一闪，跑回它原来居住的山里去了。这只痛失爱侣的松鼠，日后不知要过什么样的生活，要再遇到什么样的伴侣，我想也不敢想了。

我最关心的是，它会不会再来玩？等了几天，松鼠都没有来。我孤单地在黑暗中等待黎明的阳光，再也没有松鼠来与我分享鸟声初唱的喜悦。

我深深知道，我再也看不到那一对可爱的松鼠了，因为生命的步伐已走过，冷然无情地走过，就像远天的云，它每一刻都在改变，可是永远没有一刻相同，没有一刻是恒久的，有时候我觉得很高兴能和松鼠玩在一起。但是想念它们的时候，我更觉得岁月的白云正在急速地变化，正在随风飘过。

不用名牌的幸福

到北京一家新开的商场，带我前往的朋友说："几乎你想得到的世界名牌，这里都有。"

我一向对精品名牌不感兴趣，更甭说是仿冒的名牌了，但为了感谢朋友，也就认真地逛起了那非常巨大的商场。

商场是摊位制的，并没有统一的规划。令人吃惊的是，每一家摊商卖的东西都大同小异，清一色全是名牌。

正如这些年来上海、广州、深圳、大连、天津、重庆……逛过的商场，可以说整个中国都被这种仿冒的名牌淹没了。

北京的朋友苦笑着说："名牌真的一点儿也不稀奇。在北京和上海打扫大楼的老太太，每一个人背的都是'路易·威登'（LV）呢！"

在被名牌淹没的商场里，实在没什么好逛的，我灵机一动，每到一个摊位前就问店员："有没有不打牌子的包包或衣服？"

店员一听都当场怔住，想了半天："没有牌子的？没有哇！我们的每一件都有牌子！"

有的店员说："有牌子才有价值呀！现在没有人认品质，都是认牌子！"

有的店员说："来我们这里的，就是来找牌子呀！"

确实令我感到意外，偌大的一座商场，数百家店里，竟然没有一家不卖名牌的店。

好不容易找到两个摊子，翻箱倒柜地找了半天，才找到几个没有"烙狗（Logo）"、没有牌子的包包，是手工制作、作者拿来寄卖的，因为很久卖不出去，就被店家束之高阁了。

我把那些没有名牌、没有商标的皮包，全买了下来，因为它们都是手工精细、品位超卓，连素材皮料都是精挑细选的。更重要的是，它们都非常价廉，价格还不到仿冒名牌的一半。

离开商场的时候，我和商家约定："你们应该多卖一些非名牌、纯手工的东西。你去多找一些，我下回来北京，再来向你买。"

店家笑了："你是第一个不买牌子的人呢。"

是呀，不只是北京，这个世界早就被名牌淹没了。我每年都要穿梭很多个国际机场，所有的机场全是一个样子：名牌蔓延、泛滥成灾，那些名牌已经一致性到完全吸引不了我的眼睛一瞥。环目四望，看见的就是这个世界的创造力正在严重地萎缩。

名牌节节高升的价位，更使这个世界处于饥饿边缘的人变得讽刺，一块在上海卖出的名牌手表，价钱可以供给黄土高原上全村居民一年的粮食；一条在深圳卖出的名牌皮带，是蒙古草原一头牛的价格；一个在北京卖出的名牌皮包，正好可以供一名来自穷乡僻壤的学生在北京大学从大一读到毕业。

世界完全失衡了，名牌更使这种失衡跌落深渊！

这世界应该有更多人站出来，说："我们不要名牌，没有半件名牌的人也可以很幸福！"

当我们不爱名牌，仿冒的问题自然就解决了。

我那些品位最好的北京朋友，看到我买的包包后，都说："林老师的眼睛好毒，最好看的包都被你挑走了！"

我说："我一点儿也没挑，只是买了没有马克（Mark）的皮包呀！"

背着无名牌的包包在台北街上行走，经常有很时尚的男女跑来问我："先生！你的包包在哪里买的？真好看！"

叫我如何说？那是在北京越秀商场地下室唯一两家有非名牌的小摊子买的！

我希望有更多的人可以做自己，每个人确立自我的独特性，走入名牌的丛林，可以"百花丛中过，片叶不沾身"。

这个时代，假时尚之名，行文化侵略之实，已经使价值思维、理想、品位……都完全扭曲了！

暹罗猫的一夜

朋友去海外前夕，坚持要送我一只暹罗猫，我虽然向来对猫没有什么好感，但朋友说："如果你不领养它，我只好把它捉到市场去放生。"听起来非常的不忍心，才决定要收养那只猫。

看到猫的时候，我很为它的娇小而感到吃惊，因为这只猫才出生十五天，而朋友为了安排在台湾的后事，早把它的母亲送人了，只是为了这只小猫吃奶的问题，母猫还一直没有送走。"你一捉走小猫，下午就有人会来把母猫带走。"朋友说。

我不禁惶恐起来，问说："可是这只小猫这么小，没有母亲的奶我怎么喂它呢？"

"去买个婴儿的奶瓶嘛！"朋友恶戏地说，"趁你还没有小孩，用猫来实习做父亲的滋味，我连名字都帮你取好了，叫 YOKO！"

"为什么叫 YOKO 呢？"

"YOKO 是日文名字，翻成中文是洋子。前几年被刺而死亡的约翰·列侬的日本老婆就叫作大野洋子，老外人人都叫她 YOKO，YOKO 是个好名字呢！"

我想起来年青时代与朋友一起着迷于披头音乐的景况，那时就对这个列侬身边那个神秘、敏感、充满了古典艺术气息又糅合了东方现代气质的像猫一样的女人充满了好感，忍不住笑了起来，对朋友说：

"好，我决定收养大野洋子。"

洋子初到我们家的时候，毛还没有完全长全，稀稀疏疏的绒绒的一团，眼睛半睁半闭的，看起来十分弱不禁风，可是行动的快速却令我吃惊，它可以在一眨眼的时间飞奔过整个客厅，除非好意相求，否则无法逮住它。

我去买了一个最小号的奶瓶和奶嘴，回到家时才知道洋子的嘴巴张开到极限也不足以塞进奶嘴，它自己又不会吃，想要向朋友求告，他又刚刚去了美国。眼看洋子饿得乱转乱叫却又无法喂食，真把我急得一夜失眠。清晨点眼药水时灵机一动，就把整瓶眼药水挤光清洗干净，装了牛奶喂食，这下子十分灵光，总算让洋子吃了一顿牛奶大餐，虽然它食量奇小，一回只吃一瓶眼药水的量。

我用眼药水瓶子喂猫的消息很快传开了，一时之间访客络绎不绝，都把洋子看成是我们新收养的女儿，有送奶粉的，有送罐头的，还有的周日接它到家里度周末，而洋子越来越美，又善于撒娇，我的朋友无非是打着如意算盘，等洋子生产以后能分到一只小暹罗猫。

我们确实把洋子当成是女儿一样，特别辟了一个房间给它，里面有一角还铺了沙堆，每日更换沙子，俨然如一间高级套房，夜里还说故事给它听，一有空闲就带它出外散步，遇有较长的旅行也把它带在身边。只除了没有送它上学，现代人对于女儿的关心与疼爱我们大概都做到了。

洋子也不负众望，长得亭亭玉立，苗条修长，线条之文雅、姿势之优良真是罕有其匹，它的毛色也不像其他暹罗猫身上披一团灰气，除了头尾稍带灰色，身上就像浅白的法兰丝绒，令人看了忍不住打心底喜欢。

它愈长大一点就愈像个淑女，连叫声都是轻声娇嗔，不像小时候那样大吵大闹地胡来，有时候一天也不说一句话，只是窝在沙发里发呆或者梳理自己光洁的毛发。它吃东西和走路也开始有了讲究，吃东西时一定站得挺直有如淑女吃法国大餐，而且食量很小，很少把碗里的菜都吃完，用餐完毕还会抹抹嘴唇，把碗推到角落里去。走路更是细致，它从不走曲线，一向走的直线，无声无息，像是顶着书练习走红毯的新娘。

不用说，它小时候随地大小便、哭闹不休、时常抓破椅背、拼死也不肯洗澡、喜欢舔人脚趾的坏习惯是早就改掉了。

太太看洋子变得那样淑女，也有一点喜不自胜，逢人便说："我家洋子如何如何……"时常说了半天，对方才知道话题的中心是一只猫，因为她说起洋子的时候，脸上流露着母亲的光辉。有时候她抱起洋子亲了又亲、十分不舍的样子对我说："你应该给你的女儿找个婆家了。"

这话说的也是，洋子再怎么说也是一只纯种的暹罗猫，总该找一头可以和它匹配的公猫，这种事女儿通常不好意思开口，做父亲的只好担起重责大任。我便先从亲戚朋友的名单中找养暹罗猫的家庭，还不时到宠物店里去寻找较好的血统，前前后后一共看了二十几只暹罗猫，最后选中了三只，我选女婿的条件非常简单，就是：一、身家清白；二、无不良嗜好；三、外貌英挺；四、身体健康。其他学历、年龄等等不在考虑之列。对方的条件也十分简单，生下来的儿女对半均分，如果是单数则女儿多分一只，如果是独生子就归女方所有。

这三位乘龙快婿于是开始分批住进我们家里来，先来的一只最年轻，夜里从洋子的房间里传来怪叫连连，我对妻子说："好事已经成了，其余两只可要退聘了。"到第二天打开洋子的房内，屋里一团混乱，洋子蹲在墙角气呼呼地看着我，它的夫婿则是一溜烟跑到客厅，我趋前查看，才看到那只公猫的前胸后背都受了伤。这倒使我纳闷起来，不知道发生何事，只好帮公猫敷药送还它的主人，而洋子几天都不说话，我心想处女变成新娘大概都是如此，并未特别注意。但是经过很长时间，洋子都没有怀孕的迹象倒使我着急起来，不得不找来第二个女婿，当夜的情形也和洋子的初夜一样，吵闹不休，第二天这只年纪稍大、颇有经验的公猫也负伤而出。

洋子的肚子仍然没有消息，但它显然开始不安于室了。每天在大门口走来走去，不安地徘徊，不时低声地呜咽。到了夜里更是大声小叫，如婴儿夜啼，再也不肯睡在房间里，每天都在窗户边张望。妻子看了不忍，说："还是放它出去吧，这样也不是办法。"我是坚持不行的，就像严格的父亲不准女儿在外面过夜，我说："如果这一刻放它出去，生了小猫我们一定会后悔的，还是给它找一位门当户对的吧！"当天火速进行，把第三位女婿请来，这个女婿可不是吴下阿蒙，它是宠物店中的种猫，娶过的女子何止千百，宠物店老板还拍胸脯保证百发百中。我看它老成持重的样子也就放了心，当夜让它们同房。

不幸的是，这第三位女婿也是负伤而出。这下子令我大惑不解，不敢确知洋子所要的是什么，如果它不肯出嫁，那何至于夜夜在窗口叫春呢？如果她正合适于出嫁，为什么又对我们所挑选的门当户对的女婿不满呢？如果它的搏头奋战是对我的抗议，我是不是应该让步，让它去找自己所要的呢？

不行！我在心里这样呐喊，因为我知道一旦把洋子放出去的结果。它从小就在这样的空间长大，出去不认得路，很可能就沦为街上的野猫，即使认得路回来，一定肚子里要怀着马路上的野种，这是做父亲的不能忍受的事。

于是洋子又在我的禁令之下，在家里吵闹了几个礼拜，我则忙于给它物色新的公猫。这时我稍做让步，除了暹罗猫以外，波斯猫也行，说不定洋子喜欢洋人哩！

有一天回到家里，我惊奇地发现客厅落地窗的纱窗被抓破了一个大洞，而洋子却不见了踪影，很显然它是趁我们不在抓破纱窗，越墙而去。洋子的离家出走，使我们陷进了忧伤的境地中，好像一年来抚养、疼惜它的心神都白费了，也破坏了我们对它未来的妥善的安排。

三天以后，洋子回来了，它蹲在楼梯口，看到我们深深地把头垂了下来。它全身像在泥巴里打过滚，而且浑身都是抓伤还未愈合的伤口。我只好帮它洗澡疗伤，好像父亲迎接离家归来的女儿，不忍责问它的去处。洋子则除了眼神，一直是默默的，不肯叫一声。

洋子终于怀孕了，我们只有忍痛接受了这个事实。几个月以后它生出了五只小猫，一只是白的，两只花的，两只黑的。而且两只花的也不同，一只有白趾；两只黑的又不同，一只白的尾巴呈灰色。可以说五只小猫长得都不一样，除了身形还有一点暹罗猫的遗迹，其他看起来就像街上到处翻垃圾找东西吃的野猫。我们看了以后大失所望，洋子大概也能了解我们这种心情，尽量地把它的小孩移到隐秘的地方，有时候一天迁移两次，我们看了也于心不忍，只好承认它和它的孩子，并且开始给它买鱼坐月子。

一直到现在我还是不能明白，洋子为什么不肯接受我们的安排，宁可到街上去找对象呢？它是真的喜欢那些街上的野猫吗？还是只是为了抗拒我们所给它的安排？只是小孩子对父母的必然的反叛吗？

它到底在想什么呢？它挣脱着离家出走那一个晚上做了些什么？它的小猫是和什么样的公猫生的？是一只公猫呢？还是几只公猫？怎么小猫的颜色都不一样呢？

这些对我都是永远不能解开的谜题了，但是由于洋子的出走却启示了我的视野，了解到情感是非常微妙的东西，即使小小的一只猫都是争取着情感的自主和自由的吧！那么何况是一个人呢？做父母的人不明白这个道理，所以这个世界将会不断地有类似的悲剧发生。

当我把小猫载到市场放生时，想到我家洋子为了争取情感自由所付出的代价，差些激动得落下泪来，因为这五只杂种猫没有人愿意收养，它们日后也将步上父亲流落街头的命运，而洋子在为自己抗争时是未曾想过这些的吧！

洋子比以前更成熟，似乎在这一次的教训里长大了许多，只是这个教训的代价未免太大了！

有情十二帖

前生

前生，我们也是这样的溪水畔道别的吧！

要不然，我从山径一路走来，心原是十分平静的，可是我看见这条溪时，心为什么如水波一样涌动起来？周围清冽的空气，使我感到一种不知何处流来的可惊的寒冷。

以溪水为镜，我努力地想知道，这条溪与我有着什么样的因缘？或者是，我如何在溪的此岸，看着你渐远的身影？或者是，同在一岸，你往下游走去，而我却溯流而上？

我什么都照映不出来，因为溪水太激动了。

这已是春天了呀！草正绿着，花正开着，阳光正暖，溪水为什么竟有清冷而空茫的感觉呢？

想是与久远的前生有着不可知的关系。

在春天的时候，临溪而立，特别能感觉到生命是一道溪流，不知从何流来，不知流向何处。

此刻的我，仿佛是，奔流的河溪中刚刚落下的，一片叶子。

流转

在十字路口的古董店临窗的角落，我坐在一张太师椅上，立刻就站起来，因为那张椅子上还留着别人坐过的温度。

从小我就不习惯别人坐过的热椅子，宁可站着等那椅子冷了，才落座。尤其是古董椅子，据说这张椅子是清朝传下的，那美丽的雕花让我知道这不是平民的椅子，它的第一主人曾经是富有的人吧！

现在，那个富有的人，他的财富必然已经散尽了，他的身体一定也在时空中消亡了，留下这一组椅子，没有哭笑，在午后的阳光中静静的，几乎是睡着一般。

我在古董店转了一圈，好像与时空一起流转，唐朝的三彩马，明代的铜香炉，清朝的瓷器，民初的碗盘，有很多还完美如新。有一张八仙彩，新得还像一个脸容贞静的妇女一针一针刺绣上去，针痕还在锦上，人却已经远去了，像空气，像轻轻的铜铃声。

在古董店，我们特别能感受时光的无情，以及生命的短暂，步出古董店时我觉得，即使在早春，也应珍惜正在流转的光阴。

山雨

看着你微笑着，无声，在茫茫的雨雾从山下走来，你撑着的花伞，在每一格石阶一朵一朵开上来，三月道旁的杜鹃与你的伞一样有艳红的颜色。在春雨的绵绵里，我的忧伤，像雨里的乱草缠绵在一起，忧伤的雨就下在我的眼中。

眼看你就要到山顶，却在坡道转弯处隐去了，隐去如山中的风景，静默。雨，也无声。

山顶的凉亭里，有人在下棋。因为棋力相当，两个人静静地对坐着，偶尔传来一声"将军"，也在林间转了又转，才会消失。

我看着满天的雨，感觉这阵雨永远也不会停。

你果然没有到山顶上，转过坡道又下山了，我看着你的背影往山下走去，转一道弯就消失了，消失成雨中的山，空茫的山。

山雨不停，我心中忧伤的雨也一如山雨。

这阵雨永远也不会停了！看着满天的雨，我这样想着。

突然听到凉亭里传来一声高扬的：将军！

四月

我最喜欢四月的阳光，四月的阳光不愠不火，透明温润，有琉璃的质感。

四月的阳光，使每一朵花都是水晶雕成，在风里唱着希望之歌，歌声五色仿佛彩虹。

四月的阳光使每一株草都是翡翠繁生，在土地写着明日之诗，诗章湛蓝一如海洋。

在四月的阳光中，我们把冬寒的灰衣褪去，肤触着遥远天际传来的温热，使我想起童年时代，赤身奔跑过四月的田野，阳光就像母亲温暖的怀抱，然后我们跳入还留着去年冬寒的溪里游水。最后，我们带着全身琉璃的水珠躺在大石上，水一丝丝化入空中，我们就在溪边睡着了。

在四月的阳光中，草原、树林、溪流、石头都是净土，至少对无忧的孩子是这样的。所以，不论什么宗教，都说我们应胸怀一如赤子，才能进入清净之地。

四月还是四月，温暖的阳光犹在，可叹的是我们都不再是赤子了。

石狮

我们走过生命的原野时，要像狮子一样，步步雄健，一步留下一个脚印。

我们渡过生命河流之际，要像六牙香象，中流砥柱，截河而流，主宰自己生命的河流与方向。

我们行经生命的丛林小径，要像灰鹿之王，威严而柔和，雄壮而悲悯，使跟随我们的鹿都能平安温饱。

这些都是佛经的譬喻，是要我们期许自己像狮子一样威猛，像大象一样壮大，像鹿王一样温和庄严。当我们想起这几种动物，真有如自己站在高山顶上，俯视着莽莽的林木与茫茫的草原，也有那样的气派。

狮子是文殊师利菩萨的坐骑，白象是普贤菩萨的坐骑，都极有威势的护法，尤其是狮子更是普遍，连民间一般寺庙都是由狮子来护法的。

今天路过一座寺庙，看到门前的石狮子有不同的表情，几乎是微笑着的，然后我想起每座寺庙前的狮子，虽是石头雕成，每只的表情都有细微的不同。

即使是石狮子，也是有心，特别是在温馨的五月清晨的微风之中。

欢喜

黄山谷有一天去拜访晦堂禅师，问禅师说："禅宗的奥义究竟是什么？"

晦堂禅师说："论语上说：'二三子，以我为隐乎？吾无隐乎尔。'禅对你们也没有什么隐藏，这意思你懂吗？"

黄山谷说："我不懂。"

然后，两人都沉默了。一起在山路上散步，当时，木犀花正开放，香味满山。

晦堂问："你闻到香味了吗？"

"是，我闻到了！"黄山谷说。

"我像这木犀花香一样，没有隐瞒你呀！"禅师说。

黄山谷听了，像突然打开心眼一样开悟了。

是的，这世界从来没有隐藏过我们，我们的耳朵听见河流的声音，我们的眼睛看到一朵花开放，我们的鼻子闻到花香，我们的舌头可以品茶，我们的皮肤可以感受阳光……在每一寸的时光中都有欢喜，在每个地方都有禅悦。

我曾在一个开满凤凰花的城市住了三年，今天看到一棵凤凰花开，好像唱着歌一样，使我的眼耳鼻舌身意都洋溢着少年时代的欢喜。

院子

农村里的秋天来得晚，但真正秋天来的时候都很写意的。

首先感觉到的是终于有黄昏的晚霞了，当河边的微风吹过，我们背着沉重的书包回家，站在家前院子往远山看去，太阳正好把半天染红；那云红得就像枫叶，仿佛一片一片就要落下来了。于是，我常常站在院子里就呆住了，一直到天边泼墨才惊醒过来。

然后，悬丝飘浮的、带着清冷的秋灯的、只照射自己的路的萤火虫，不知道是从河的对岸或树林深处来了，数目多得超乎想象，千盏万盏掠过院子，穿过弄堂，在草丛尖浮荡。有人说，萤火虫是点灯来找它前世的情缘，所以灯盏才会那么的凄清闪烁，动人肝肺。

最后，是大人们扇着扇子，坐在竹椅上清喉咙："古早、古早、古早……"说着他们的父亲、祖父一直传说不断忠孝节义的故事，听着这些故事，使我觉得秋天真是温柔，温柔中流着情义的血。我们听故事的那个院子，听说还是曾祖父用石块亲手铺成的。

秋天枫红的云，凄凉的萤火，用传说铺成的院子在闪烁，可惜现在不是秋天，也找不到那个院子了。

有情

"花，到底是怎么开起的呢？"有一天，孩子突然问我。

我被这突来的问题问住了，我说："是春天的关系吧。"

对我的答案，孩子并不满意，他说："可是，有的花是在夏天开，有的是在冬天开呀！"

我说："那么，你觉得怎样开起的呢？"

"花自己要开，就开了嘛！"孩子天真地笑着，"因为它的花苞太大，撑破了呀！"

说完孩子就跑走了，是呀！对于一朵花和对于宇宙一样，我们都充满了问号，因为我们不知它的力量与秩序是明确来自何处。

花的开放，是它自己的力量在因缘里的自然展现，它蓄积了自己的力量，使自己饱满，然后爆破，有如阳光在清晨穿破了乌云。

花开是一种有情，是一种内在生命的完成，这是多么亲切呀！使我想起，我们也应该蓄积、饱满、开放、永远追求自我的完成。

炉香

有一天，一位老太太问赵州从谂禅师："怎样去极乐世界呢？"赵州说：

"大家都去极乐世界吧！我只愿永远留在苦海。"

我读到这里，心弦震动，久久不能自已，一个已经开悟的禅师，他不追求极乐，而希望自己留在与众生相同的地方，在苦海中生活，这是真实的伟大的慈悲。就好像在莲花池边，大家都赶来看莲花，经过时脚步杂乱，纸屑满地，而他只愿留下来打扫莲花池。

抬起头来，我看见案前的檀香炉，香烟袅袅，飘去不可知的远方，香气在室内盘绕不息。这烟气是不是也飘往极乐世界呢？可是如果没有香炉的承受，接受火炼，檀香的烟气也不可能飞到远方。

赵州正是要做那一个大香炉，用自己的燃烧之苦来点拨众生虔诚的极乐之向往。

我也愿做烧香的铜炉，而不要只做一缕香。

天空

我和一位朋友去参观一处数有年代的古迹，我们走进一座亭子，坐下来休息，才发现亭子屋顶上刻着许多繁复、细致、色彩艳丽的雕刻，是人称"藻井"的那一种东西。

朋友说："古人为什么要把屋顶刻成这么复杂的样子？"

我说："是为了美感吧！"

朋友说不是这样的，因为人哪有那么多的时间整天抬头看屋顶呢！

"那么，是为了什么？"我感到疑惑。

"有钱人看见的天空是这个样子的呀！缤纷七彩、金银斑斓，与他们的珠宝箱一样。"这是我第一次听见的说法，眼中禁不住流出了问号，朋友补充说，"至少，他们希望家里的天空是这样子，人的脑子塞满钱财就会觉得天空不应该只是蓝色，只有一种蓝色的天空，多无聊呀！"

朋友似笑非笑地看着藻井，又看着亭外的天空。

我也笑了。

当我们走出有藻井的凉亭时，感觉单纯的蓝天，是多么美！多么有气派！

"水因有月方知静，天为无云始觉高。"我突然想起这两句诗。

如水

曾经协助丰臣秀吉统一全日本的大将军黑田孝高，他善于用水作战，曾用水攻陷了久攻不下的高松城，因此在日本历史上有"如水"的别号，他曾写过"水五则"：

一，自己活动，并能推动别人的，是水。

二，经常探求自己的方向的，是水。

三，遇到障碍物时，能发挥百倍力量的，是水。

四，以自己的清洁洗净他人的污浊，有容清纳浊的宽大度量的，是水。

五，汪洋大海，能蒸发为云，变成雨、雪，或化而为雾，又或凝结成一面如晶莹明镜的冰，不论其变化如何，仍不失其本性的，也是水。

这"水五则"也就是"水的五德"，是值得参究的，我们每天要用很多水，有没有想过水是什么，要怎样来做水的学习呢？

要学习水，我们要做能推动别人的、常探求自己方向的、以百倍力量通过障碍的、有容清纳浊度量的、永不失本性的人。

要学习水，先要如水一般无碍才行。

茶味

我时常一个人坐着喝茶，同一泡茶，在第一泡时苦涩，第二泡甘香，第三泡浓沉，第四泡清冽，第五泡清淡，再好的茶，过了第五泡就失去味道了。

这泡茶的过程令我想起人生，青涩的年少，香醇的青春，沉重的中年，回香的壮年，以及愈走愈淡、逐渐失去人生之味的老年。

我也时常与人对饮，最好的对饮是什么话都不说，只是轻轻地品茶；次好的是三言两语，再次好的是五言八句，说着生活的近事；末好的是九嘴十舌，言不及义；最坏的是乱说一通，道别人是非。

与人对饮时常令我想起，生命的境界确是超越言句的，在有情的心灵中不需要说话，也可以互相印证。喝茶中有水深波静、流水喧喧、花红柳绿、众鸟喧哗、车水马龙种种境界。

我最喜欢的喝茶，是在寒风冷肃的冬季，夜深到众音沉默之际，独自在清静中品茗，一饮而净，两手握着已空的杯子，还感觉到茶在杯中的热度，热，迅速地传到心底。

犹如人生苍凉历尽之后，中夜观心，看见，并且感觉，少年时沸腾的热血，仍在心口。

辑 四

活出生命的舒缓

水中的蓝天

开车从莺歌到树林，经过一个名叫"柑园"的地方，看到几个农夫正在插秧。由于太久没看到农夫插秧了，再加上春日景明，大地辽阔，使我为那无声的画面感动，忍不住下车。

农夫弯腰的姿势正如饱满的稻穗，一步一步将秧苗插进水田，并细致敬谨地往后退去。

每次看到农人在田里专心工作，心里就为那劳动的美所感动。特别是插秧的姿势最美，这世间大部分的工作都是向前的，唯有插秧是向后的，也只有向后插秧，才能插出笔直的稻田。那弯腰退后的样子，总使我想起从前随父亲在田间工作的情景，生起感恩和恭敬的心。

我站在田岸边，面对着新铺着绿秧的土地，深深地呼吸，感觉到春天真的来了，空气里有各种熏人的香气。刚下过连绵春雨的田地，不仅有着迷蒙之美，也使得土地湿软，种作更为容易。春日真好，春雨也好！看着农夫的身影，我想起一首禅诗：

手把青秧插满田，低头便见水中天；

六根清净方为道，退步原来是向前。

这是一首以生活的插秧来象征在心田插秧的诗。意思是唯有在心田里插秧的人，才能从心水中看见广阔的蓝天，只有六根清净才是修行者唯一的道路；而要走入那清净之境，只有反观回转自己的心，就像农夫插秧一样，退步原来正是向前。

站在百尺竿头的人，若要更进一步，就不能向前飞跃，否则便会粉身碎骨。只有先从竿头滑下，才能去爬一百零一尺的竿子。

人生里退后一步并不全是坏的，如果在前进时采取后退的姿势，以谦让恭谨的方式向前，就更完美了。"前进"与"后退"不是绝对的，假如在欲望的追求中，性灵没有提升，则前进正是后退；反之，若在失败中挫折里，心性有所觉醒，则后退正是前进。

农人退后插秧，是前进，还是退后呢？记得从前在小乘佛教国家旅行，进佛寺礼拜，寺院的执事总会教导，离开大殿时必须弯腰后退，以表示对佛的恭敬。

此刻看着农夫弯腰后退插秧的姿势，想到与佛寺离去时的姿势多么相像，仿佛从那细致的后退中，看见了每一株秧苗都有佛的存在。

"青青秧苗，皆是法身"，农人几千年来就以美丽谦卑的姿势那样地实践着。那美丽的姿势化成金黄色的稻穗，那弯腰的谦卑则化为累累垂首的稻子，在土地中生长，从无到有、无中生有，不正是法身显化的奇迹吗？

从柑园的农田离开，车子穿行过柳树与七里香夹道的小路，我的身心爽然，有如山间溪流一样明净，好像刚刚在佛寺里虔诚地拜过佛，正弯腰往寺门的方向退去。

空中的蓝天与水中的蓝天一起包围着我，从两颊飞过，带着音乐。

白鹭立雪

在山东东营旅行，最开心的是去看黄河入海口。

原本以为黄河入海口大约像台北淡水河河口，坐小船五分钟就可以横渡。

及至站在黄河入海口，完全被那景致的广大与壮阔震慑了：先是一望无际的芦苇，再是无边无涯的湿地，最后才是黄浪滚滚的海滨。

从遥远的黄河源头，穿越无数的山水平芜，到了海边往四面扩散。站在朔风野大的海边，把视觉放大到极致之境，也无法看清。河水到底有多么宽广呢？登上木造的小楼，用望远镜，左右扫瞄，依然无边。

无法形容那种感动。黄河原只是小小的一条，向前穿行时，许多的溪河、许多的雨雪，一点儿一点儿地汇集，黄河越来越大，最后流到了东营，便成为数百里的湿地了。

湿地的物产丰美，有数不清的鱼虾。

东营的朋友说："童年的时候，湿地还没有管制，跳进水里，空手就可以抓到许多鱼！"

"一点儿也不夸张，那时河海交界处，有许多大闸蟹，个个肥美。小时候还不懂吃大闸蟹，一捕一大桶，回家剁成小块喂鸭子，鸭子吃了大闸蟹，鸭蛋黄特别红！"朋友自我解嘲，"后来香港人来旅游，才知道大闸蟹是宝，大家才开始吃。早知道，二十年前开始外销，早就发财了！"

大闸蟹不解吃，倒是吃了不少野鸟，一直到管制以后才没人吃了。

东营是最大的野鸟集散地，留鸟与候鸟都很繁多，吃海水和淡水的鱼虾永不匮乏。

喜欢观鸟的人，带着望远镜来看会感动到哭。

河海茫茫、天地悠悠，看见一只丹顶鹤突然展翅飞起，群鹤比翼追随，在蔚蓝的海上自在回旋，想到人生能有几回看到这壮丽的景色，怎不感怀殊深！

或者是在冬季，大雪纷飞，把大地盖成一片安静的银白，那白是如此纯粹、如此无染。

突然，雪中有了一丝动静。

定睛凝视，原来是一只白鹭，在雪原中散步，一步一慢，久久才动一下。

心中一惊，原来那是古代禅师说的"白鹭立雪""银碗盛雪""白马入芦花""雪花一片又一片，飞入芦花都不见"的境界。

白中有白，白外有白，白上还有白。

以为白是静的，静中还有动；以为白是大的，大里又有小；以为白是无分别的，无二里还有独一。

"白鹭立雪"不只在说眼前的景，也在说开悟的境。

世俗的人看见了雪中的白鹭，便会忘记雪的存在；看见了追逐，忘失了平静；追求小的价值，忽略了纯净如雪的本质。

聪明的人知道白鹭伫于雪中，只是一时的、短暂的，常常会提醒自己，不要丢失了可贵的纯净。

有智慧的人，只是静观，不起分别。

雪是美，白鹭亦美；雪为纯净，白鹭亦为纯净。

雪是静的，白鹭是动的；雪为大，白鹭为小。

智者观之，皆起欢喜，因为了知白雪与白鹭都是天地的偶然，就像人站在下着雪的黄河入海口，也只是一个过客。

人间本来就是一个混沌。"白鹭立雪"是极目时的一道悟的闪光，你看见了，一切正像如此，明明白白。

回到繁华的东营市区，住进我预订的小房间。饭店的总经理突然造访，免费为我升格行政套房，两室一厅外加阳台，比我原订的小房间大十倍。

换房完成，心想："我用不着这么大的房间呀！这就像白鹭立雪，更显自己的渺小。"

正寻思时，总经理又来敲门，带来了笔墨求字，希望挂在大堂的墙上。

回不去那个小房间了，只好写字："白鹭立雪，愚人看鹭，聪明见雪，智者观白。"

"林老师！可否解释一下？"

"说不出来，慢慢参吧！"

心灵的护岸

吃晚饭的时候，我对妈妈和哥哥说："明天我想带孩子去护岸走走。"他们同时抬起头看了我一眼，点一下头，又继续吃饭了，那意思于我已经很明确了，就是护岸已经不值得去了。

护岸是家乡的古迹之一，沿着旗尾溪的岸边建筑，年代并不久远，是日据时代堆成的。筑造的原因，是从前的旗尾溪经常泛滥成灾，高达一丈的护岸，在雨季可以把溪水堵住，不至于淹没农田。

旗山的护岸或者也不能算是古迹，因为它只是由许多巨大的石头堆叠而成，它的特点是石头与石头之间并没有黏结，只依其各自的状态相互叠扣，石头大小与形状都各自不同，但是组成数公里的护岸，却是异常的雄伟与平整。

旗山原是平凡的小镇，没有什么奇风异俗，我喜欢护岸当然是感情因素。

在我幼年的时候，护岸正好横在我家不远的香蕉园里，我时常跑去上上下下地游戏，印象最深的是，春天的时候，护岸上只有一种植物"落地生根"，全数开花时，犹如满天的风铃，恍如闻到叮叮当当的响声。

在护岸底部沿着沟边，母亲种了一排芋田，夏天的芋叶像菩萨的伞盖，高大、雄壮，有着坚强的绿色，坐在护岸上看来，芋头的叶子真是美极了，如果站起来，绵延的蕉树与防风的竹林、槟榔交织，都有着挺拔高挑的风格，个个抬头挺胸。

我时常随父母到蕉园去，自己玩久了，往往爸妈已改变工作位置，这时我会跑到护岸上居高临下，一列列地找他们，很快就会找到，那护岸因此给我一种安全的感觉，像默默地守护着我。

我也喜欢看大水，每当暴雨过后，就会跑到护岸上看大水，水浪滔滔，淹到快与护岸齐顶，使我有一种奔腾的快感。平常时候，旗尾溪非常清澈，清到可见水里的游鱼，澈到溪底的石头历历，我们常常在溪里戏水、摸蛤蜊、抓泥鳅，弄到满身湿，起来就躺在护岸的大石上晒太阳，有时晒着晒着睡着了，身体一半赤一半白，爸爸总会说："又去煎咸鱼了，有一边没有煎熟呢。还未翻边就回来了。"

护岸因此有点像我心灵的故乡，少年时代负笈台南，青年时代在台北读书，每次回乡，我都会在黄昏时沿护岸散步，沉思自己生命的蓝图，或者想想美的问题，例如护岸的美，是来自它的自身呢，或是来自小时候感情，或者来自心灵的象征？后来发现美不是独立自存的，美是有受者、有对象的，真实的美来自生命多元的感应道交，当我们说到美时，美就不纯粹客观，它必然有着心灵与情感的因素。

我对护岸的心情，恐怕是连父母都难以理解的，但我在护岸散步时，常会想起父母作为农人的辛劳，他们正是我们澎湃汹涌的河流之护岸，使我即使在都市生活，在心灵上也不至于决堤，不会被都市的繁华淹没了平实的本质。

这一次我到护岸，还征求了三位志愿军，一个是我的孩子，两个是哥哥的孩子，他们常听我提到护岸是多么的美，却从来未去过。他们一走上护岸，我就看见他们眼里那失望的神色了。

旗尾溪由于上游被阻绝，变成一条很小的臭水沟，废物、馊水、粪便的倾倒，使整个护岸一片恶臭。岸边的田园完全被铲除，铺了一条产业道路，路旁盖着失去美感、只有壳子的贩厝。有好几段甚至被围起来养猪，必须要掩鼻才有走过的勇气，大石上，到处都是宝特瓶、铝罐子和塑胶袋。

走了几公里，孩子突然回头问我："爸爸，你说很美的护岸就是这里吗？"

"是呀，正是这里。"心里一股忧伤流过，不只是护岸是这样的，在工业化以后的台湾，许多有美感的地方不都是这样的吗？田园变色、山水无神，可叹的是，人都还那样安然地，继续把环境焚琴煮鹤地煮来吃了。

我本来要重复这样子说："我小时候，护岸不是这样子的。"话到口中又吞咽回去，只是沉默地、一步一步地走向护岸的尽头。

听说护岸没有利用价值，就要被拆了，故乡一些关心古迹文化的朋友跑来告诉我，我不置可否："如果像现在这个样子，拆了也并不可惜呀。"我铁了心肠说。

当我们说到环境保护的时候，一般人总是会流于技术的层面，或说"为子孙留下一片乐土"，或说"我们只有一个地球"。这些只是概念性的话。其实保护环境要先保护我们的心，因为我们有什么样的败坏的环境，正是来自我们有同样败坏的心。

就如同乡下一条平凡的护岸，它不只是石头堆砌而成的，它是心灵的象征，是感情的实现，它有某些不凡的价值，但是粗俗的人，怎么能知道呢？

我们满头大汗回家的时候，妈妈正在厨房里包扁食（馄饨），正像幼年时候，她体贴地笑问："从护岸回来了？"

"是呀，都变了。"我黯然地说。

妈妈做结论似的说："哪有几十年不变的事呀。"

然后，她起油锅、炸扁食，这是她最拿手的菜之一，是因为我返乡，特别磨宝刀做的。

契——，油锅突然一声响，香味四散，我的心突然紧绷中得到纾解。幸好，妈妈做的扁食经过这数十年，味道还没有变。

我走到锅前，学电视的口吻说："嗯，有妈妈的味道。"

妈妈开心地笑了，像清晨的阳光，像清澈的河水。

梅香

一个有钱的富人，正在自家的花园里赏梅花。

那是冬日寒冷的清晨，艳红的梅花正以最美丽的姿容吐露，富人颇为自己的花园里能开出这样美丽的梅花而感到无比的快慰。

突然，门外传来敲门的声音，富人去开了门，发现一个衣衫褴褛的乞丐，在寒风里冻得直打抖，那乞丐已在这开满梅花的园外冻了一夜，他说："先生，行行好，可不可以给我一点东西吃？"

富人请乞丐在园门口稍稍等候，转身进入厨房，端来一碗热腾腾的饭菜，他布施给乞丐的时候，乞丐忽然说："先生，您家里的梅花，真是非常芳香呀！"说完了，转身走出去。

富人呆立在那里，感到非常震惊，他震惊的是：穷人也会赏梅花吗？这是自己从来不知道的。另一个震惊的是，花园里种了几十年的梅花，为什么自己从来没有闻到过梅花的芳香呢？

于是，他小心翼翼地，以一种庄严的心情，生怕惊动梅香似的悄悄走近梅花，他终于闻到了梅花那含蓄的、清澈的、澄明无比的芬芳，然后他濡湿的眼睛流下了感动的泪水，为自己第一次闻到梅花的芳香。

是的，乞丐也能赏梅花，乞丐也能闻到梅花的香气，有的乞丐甚至在极饥饿的情况下，还能闻到梅花清香的气息。

可见得，好的物质条件不一定能使人成为有品位的人，而坏的物质条件也不会遮蔽人精神的清明，一个人没有钱是值得同情的，一个人一生都不知道梅花的香气一样值得悲悯。

一个人的品质其实是与梅香相似，是无形的，是一种气息，我们如果光是欣赏花的外形，就很难知道梅花有极淡的清香；我们如果不能细心地体会，也难以品味到一个人隐在外表内部的人格香气。

最可叹息的是，很少有人能回观自我，品赏自己心灵的梅香，大部分人空过了一生，也没有体会到隐藏在心灵内部极幽微，但极清澈的自性的芳香。

能闻到梅香的乞丐也是富有的人。

现在，让我们一起以一种庄严的心情，走到心灵的花园，放下一切的缠缚，狂心都歇，观闻从我们自性中流露的梅香吧！

清欢

少年时代读到苏轼的一阕词，非常喜欢，到现在还能背诵：

> 细雨斜风作小寒，淡烟疏柳媚晴滩，入淮清洛渐漫漫。
>
> 雪沫乳花浮午盏，蓼茸蒿笋试春盘，人间有味是清欢。

这阕词，苏轼在旁边写着"元丰七年十二月二十四日，从泗州刘倩叔游南山"，原来是苏轼和朋友到郊外去玩，在南山里喝了浮着雪花沫乳花的小酒，配着春日山野的蓼菜、茼蒿、新笋，以及野草的嫩芽等等，然后自己赞叹着："人间有味是清欢！"

当时之所以能深记这阕词，最主要是爱极了后面这一句，因为试吃野菜的这种平凡的清欢，才使人间更有滋味。"清欢"是什么呢？"清欢"几乎是难以翻译的，可以说是"清淡的欢愉"，这种清淡的欢愉不是来自别处，正是来自对平静的、疏淡的、简朴的生活的一种热爱。当一个人可以品味出野菜的清香胜过了山珍海味，或者一个人在路边的石头里看出了比钻石更引人的滋味，或者一个人听林间鸟鸣的声音感受到比提笼遛鸟更感动，或者甚至于体会了静静品一壶乌龙茶比起在喧闹的晚宴中更能清洗心灵……这些就是"清欢"。

清欢之所以好，是因为它对生活的无求，是它不讲求物质的条件，只讲究心灵的品位。"清欢"的境界是很高的，它不同于李白的"人生在世不称意，明朝散发弄扁舟"那样的自我放逐，或者"人生得意须尽欢，莫使金樽空对月"那种尽情的欢乐。它也不同于杜甫的"人生有情泪沾臆，江水江花岂终极"这样悲痛的心事，或者"人生不相见，动如参与商；今夕复何夕，共此灯烛光"那种无奈的感叹。

我们活在这个世界上，有千百种人生，文天祥的是"人生自古谁无死，留取丹心照汗青"，我们很容易体会到他的壮怀激烈。欧阳修的是"人生自是有情痴，此恨不关风与月"，我们很能体会到他的绵绵情恨。纳兰性德是"人到情多情转薄，而今真个不多情"，我们也不难会意到他无奈的哀伤。甚至于像王国维的"人生只似风前絮，欢也零星，悲也零星，都作连江点点萍"，那种对人生无常所发出的刻骨的感触，我们也依然能够知悉。

可是"清欢"就难了！

尤其是生活在现代的人，差不多是没有清欢的。

你说什么样是清欢呢？我们想在路边好好地散个步，可是人声车声不断地呼吼而过，一天里，几乎没有纯然安静的一刻。

我们到馆子里，想要吃一些清淡的小菜，几乎是杳不可得，过多的油、过多的酱、过多的盐和味精已经成为中国菜最大的特色，端出来时让人吓一跳，因为菜上挤的沙拉比菜还多。

我们有时没有什么事，心情上只适合和朋友去啜一盅茶、饮一杯咖啡，可惜的是，心情也有了，朋友也有了，就是找不到地方，有茶有咖啡的地方总是嘈杂的，而且难以找到一边饮茶一边观景的处所。

俗世里没有清欢了，那么到山里去吧！到海边去吧！但是，山边和海湄也不纯净了，凡是人的足迹可以到的地方有了垃圾，就有了臭秽，就有了吵闹！

有几个地方我以前常去的，像阳明山的白云山庄，叫一壶兰花茶，俯望着台北盆地里堆叠着的高楼与人欲，自己饮着茶，可以品到茶中有清欢。像在北投和阳明山间的山路边有一个小湖，湖畔有小贩卖功夫茶，小小的茶几、藤制的躺椅，独自开车去，走过石板的小路，叫一壶茶，在躺椅上静静地靠着，有时湖中的荷花开了，真是惊艳一山的沉默。有一次和朋友去，两人在躺椅上静静喝茶，一下午竟说不到几句话，那时我想，这大概是"人间有味是清欢"了。

现在这两个地方也不能去了，去了只有伤心。湖里的不是荷花了，是漂荡着的汽水罐子，池畔也无法静静躺着，因为人比草多，石板也被踏损了。到假日的时候，走路都很难不和别人推挤，更别说坐下来喝口茶，如果运气更坏，会遇到呼啸而过的飞车党，还有带伴唱机来跳舞的青年，那时所有的感官全部电路走火，不要说清欢，连欢也不剩了。

要找清欢就一日比一日更困难了。

我当学生的时候，有一位朋友住在中和圆通寺的山下，我常常坐着颠踬的公车去找他，两个人便沿着上山的石阶，漫无速度地，走走、坐坐、停停、看看。那时圆通寺山道石阶的两旁，杂乱地长着朱槿花，我们一路走，顺手拈下一朵熟透的朱槿花，吸着花朵底部的花露，其甜如蜜，而清香胜蜜，轻轻地含着一朵花的滋味，心里遂有一种只有春天才会有的欢愉。

圆通寺是一座全由坚固的石头砌成的寺院，那些黑而坚强的石头坐在山里仿佛一座不朽的城堡。绿树掩映，清风徐徐，我们站在用石板铺成的前院里，看着正在生长的小市镇，那时的寺院是澄明而安静的，让人感觉走了那样高的山路，能在那平台上看着远方，就是人生里的清欢了。

后来，朋友嫁人，到国外去了。我去了一趟圆通寺。山道已经开辟出来，车子可以环山而上，小山路已经很少人走。就在寺院的门口摆着满满的摊贩，有一摊是儿童乘坐的机器马，叽里咕噜的童歌震撼半山，有两摊是打香肠的摊子，烤烘香肠的白烟正往那古寺的大佛飘去，有一位母亲因为不准她的孩子吃香肠而揍打着两个孩子，激烈的哭声尖吭而急促……我连圆通寺的寺门都没有进去，就沉默地转身离开。山还是原来的山，寺还是原来的寺，为什么感觉完全不同了，失去了什么吗？失去的正是清欢。

下山时心情是不堪的，想到星散的朋友，心情也不是悲伤，只是惆怅，浮起的是一阕词和一首诗，词是李煜的："高楼谁与上？长记秋晴望。往事已成空，还如一梦中！"诗是李觏的："人言落日是天涯，望极天涯不见家。已恨碧山相阻隔，碧山还被暮云遮。"那时正是黄昏，在都市烟尘蒙蔽了的落日中，真的看到了一种悲剧似的橙色。

我二十岁的时候，心情很坏的时候，就跑到青年公园对面的骑马场去骑马，那些马虽然因驯服而动作缓慢，却都年轻高大，有着光滑的毛色。双腿用力一夹，它也会如箭一般呼噜向前蹿去，急忙的风声就从两耳掠过。我最记得的是马跑的时候，迅速移动着的草的青色，青茸茸的，仿佛饱含生命的汁液。跑了几圈下来，一切恶的心情也就在风中、在绿草里、在马的呼啸中消散了。

尤其是冬日的早晨，勒着缰绳，马就立在当地，踢着长腿，鼻孔中冒着一缕缕的白气，那些气可以久久不散，当马的气息在空气中消弭的时候，人也好像得到了某些舒放了。

骑完马，到青年公园去散步，走到成行的树荫下，冷而强悍的空气在林间流荡着，可以放纵地、深深地呼吸，品味着空气里所含的元素，那元素不是别的，正是清欢。

最近有一天，突然想到了骑马，已经有十几年没骑了。到青年公园的马场时差一点没有吓昏，原来偌大的马场里已经没有一根草了，一根草也没有的马场大概只有台湾才有，马跑起来的时候，灰尘滚滚，弥漫在空气里的尽是令人窒息的黄土，蒙蔽了人的眼睛。马也老了，毛色斑驳而失去光泽。

最可怕的是，不知道什么时候在马场搭了一个塑胶棚子，铺了水泥地，其丑无比，里面则摆满了机器的小马，让人骑用，其吵无比。为什么为了些微的小利，而牺牲了这个马场呢？

马会老是我知道的事，人会转变是我知道的事，而在有其马的地方放机器马，在马跑的地方没有一株草则是我不能理解的事。

就在马场对面的青年公园，那里已经不能说是公园了，人比西门时还拥挤吵闹，空气比咖啡馆还坏，树也萎了，草也黄了，阳光也照不灿烂了。我从公园穿越过去，想到少年时代的这个公园，心痛如绞，别说清欢了，简直像极了佛经所说的"五浊恶世"！

生在这个时代，为何"清欢"如此难觅？眼要清欢，找不到青山绿水；耳要清欢，找不到宁静和谐；鼻要清欢，找不到干净空气；舌要清欢，找不到蓼茸蒿笋；身要清欢，找不到清凉净土；意要清欢，找不到智慧明心。如果你要享受清欢，唯一的方法是守在自己小小的天地，洗涤自己的心灵，因为在我们拥有愈多的物质世界，我们的清淡的欢愉就日渐失去了。

现代人的欢乐，是到油烟爆起、卫生堪虑的啤酒屋去吃炒蟋蟀；是到黑天暗地、不见天日的卡拉 OK 去乱唱一气；是到乡村野店、胡乱搭成的土鸡山庄去豪饮一番；以及到狭小的房间里做方城之戏，永远重复着摸牌的一个动作……这些污浊的放逸的生活以为是欢乐，想起来毋宁是可悲的事。为什么现代人不能过清欢的生活，反而以浊为欢、以清为苦呢？

当一个人以浊为欢的时候，就很难体会到生命清明的滋味，而在欢乐已尽、浊心再起的时候，人间就愈来愈无味了。

这使我想起东坡的另一首诗来：

梨花淡白柳深青，柳絮飞时花满城。
惆怅东南一枝雪，人生看得几清明！

苏轼凭着东栏看着栏杆外的梨花，满城都飞着柳絮时，梨花也开了遍地，东栏的那株梨花却从深青的柳树间伸了出来，仿佛雪一样的清丽，有一种惆怅之美，但是，人生，看这么清明可喜的梨花能有几回呢？这正是千古风流人物的性情，这正是清朝大画家盛大士在《溪山卧游录》中说的："凡人多熟一分世故，即多一分机智。多一分机智，即少却一分高雅。""山中何所有？岭上多白云，只可自怡悦，不堪持赠君，自是第一流人物。"

第一流人物是什么人物？

第一流人物是在清欢里也能体会人间有味的人物！

三十岁后始觉悟

在人生最底层也不要放弃飞翔的梦想

我的人生几乎是从最底层出发的。我生长在一个几乎没有文化和文明的地方，而且家庭十分贫困。我没有读过什么好的学校，学校里的老师经验也都很不足。就像给我们教英文的老师，其实他只是受了几个月的短训就上岗了，但这没有妨碍我们的成长。

这位老师教我们用汉字来记住英文单词，"土堆"就是today，"也是土堆"是yesterday，而tomorrow就理所应当地变成了"土马路"。于是，我记住了这些单词，还明白了一个道理："今天是土堆没关系，昨天是土堆也没关系，只要明天能成为一条土马路就行。"

十七岁那年，我决定离开家乡。临行前，妈妈送了我一样东西，一个玻璃的瓶子，里面装着黑黑的东西。母亲说："你别小看，这里面装了三样重要的东西，一样是拜祖先的香炉里的香灰，一样是农田里的土，还有一样是井里的水。闽南人的祖先在离开家乡的时候都会带着这个，说是带着这个去到别处就不会水土不服；而且，有了它们，走到哪里，哪里就是你的家乡。"

这个瓶子至今还摆在我的桌上，它让我明白了什么是家乡。

因为身上没钱，离家后的生活一度过得很苦。我曾经在餐馆当过服务生，做过码头工人，摆过地摊，还在洗衣店烫过衣服，甚至还杀过猪。杀完猪回到家，洗完手，就继续写作，变成作家。那会儿我十七岁，开始陆续发表作品，被一部分读者视为"天才"。

我一直坚持写作，希望能变成一名成功的作家。在我们那个地方，几百年来没有出现过一名作家，我知道要实现自己的理想，一定要比别人更勤快。我从小学三年级时开始，规定自己每天写五百字，不管刮风下雨，心情好坏；到了中学，每天写一千字的文章；到了大学，每天写两千字的文章；大学毕业以后，每天写三千字的文章。到现在已经四十年了，我每天还写三千字的文章。

在我生长的年代，要当作家很难，因为稿费很少。我还有个习惯，就是绝不废话，能三千字写完的绝不会写成五千字，能五百字写完的绝不会变成一千字。

当作家并不是那么容易的一件事。为了生存，我开始去报社上班。我对成功的渴望很强，和当时的所有年轻人一样，希望得到名利、金钱、影响力。我工作很卖力，因而很快就升迁，第六年就当了总编辑，同时还在报纸上写十八个专栏，主持节目，当电视公司的经理，还做了广播节目《林清玄时间》，一时风头无两，成为大众眼中成功的人。

到如今，我一共写了一百七十几本书，摆起来比我的身高还高。当时台湾有本杂志，评选"四十岁以下的成功人士"，我排行第一，排在后面的人是马英九。

觉悟就是"学习看见我的心"

我以为，成功应该很快乐，应该每天带着"神秘的微笑"，但事实上很难，因为每天从早到晚要开七八个会，还要和很多你不喜欢的人约会、应酬。到最后，生命的时间和空间被挤压，我发现自己已经很难静下心来写一篇文章，而且幽默和浪漫精神不见了，对年轻时候向往的东西都失去了兴趣。

有一天，我在报馆里等待看样刊，无聊的时候就翻开了一本书，开篇第一句话说："到了三十岁的时候，要把全部的时间用来觉悟。如果到了三十岁还没有把全部时间用来觉悟，就会一步步走向死亡。"我当时很震惊，因为那会儿我已经过了三十岁了，却完全不知道觉悟是怎么回事。我开始思考：什么是觉悟？不久之后，我辞掉了所有的工作，到山上去闭关，去清修和思考，开始走进佛教的世界。清修持续了三年，这也是为什么后来我的作品中有了很多关于宗教的元素。

三年后，我觉得自己已经有了很多领悟，明白"觉"就是"学习看见"，"悟"就是"我的心"，所谓"觉悟"就是"学习看见我的心"，因为心恋红尘，我决定下山。

在山下路过一个水果摊，我想买点水果，当时老板不在，我便在边上等。这时候一个路人过来，问我水果怎么卖，将我误认为老板。我当时的第一反应是：我经过了三年修行，大家竟然看不出来我很有智慧？随即我就意识到，觉悟修行并不会改变人的相貌，只是内心起了革命。

之所以讲觉悟，是因为现代社会，很多人看不到自己的心。我们把生活分成两部分，一部分是重要的生活，一部分是紧急的生活，会发现很多人都在紧急地生活，随波逐流，而不是重要地生活。

什么是重要的生活？陪着爱人散步，躺在草地上看星星，有没有幽默感，懂不懂得爱和宽容——这些是重要的。而每天着急上班、学习、考试，是紧急的。当人整天在紧急的事情里面打转的时候，"琴棋书画诗酒花"就会变成"柴米油盐酱醋茶"。要学会腾出一些空间，进入"重要的生活"。

台湾有位有钱的博士，叫王永庆，他在九十二岁的时候去世了，在美国巡视工厂的时候。我听到消息很难过，我想：如果我九十岁有五千亿财产，我会去巡视工厂吗？答案是一定不会。王的后人迄今还在为财产争夺不休，这是一件很让人伤心的事，因为他们没有觉察到什么才是重要的生活。

还有一位富翁叫郭台铭，虽然他有很多财产，但他最后娶了一位平凡的舞蹈老师。我问他："你为什么会选她？"他回答我说："我太太最大的优点，是她身上闻不到钱的味道。"这表明，对于一个整天追逐金钱的人来说，没有钱的味道反而是最大的优点，意味着这个人并没有掉进欲望的泥沼。

再艰难时，也不要失去对人生真实价值的认知

怎样才能觉悟？你必须做到以下四点：

第一，要尽可能地把所有时间和空间都留给那些重要的事情。

历史上有一个很了不起的人，叫陆羽。他是一名弃儿，长大后，他给自己取了陆羽的名字，意思是漂流在陆地上的一根羽毛。他立志要喝遍天下的茶，饮遍天下的水，于是从九岁开始就一直旅行。我后来曾追随他的饮茶之路去寻访，深刻地体会到了他的不容易。全国的茶区那么多，在只依靠步行的年代，他都一一走遍，还写下了《茶经》——这成为迄今无人超越的经典，支撑他的，就是一股叫作梦想的力量。他懂得，在有限的人生里，什么是重要的事情。

第二，你必须意识到，世俗的事务并非无价。

什么是无价的？是浪漫的精神。有一次我去上海演讲，和朋友站在黄浦江边吹风，觉得夜晚的黄浦江格外的美，十分浪漫。此时，我的同伴撞了我

一下："喂，你知道黄浦江边每年有多少人自杀吗？"哈，真是煞风景。

什么是浪漫？"浪费时间慢慢吃饭，浪费时间慢慢走，浪费时间慢慢喝茶……这些都是浪漫"，浪漫其实就是创造一种时空、一种感受、一种向往、一种理想，在你的世俗土地上开出一朵玫瑰花。

即便是被世俗捆绑，即便是处于人生低谷，也要时刻保持浪漫精神。求婚也并不一定需要房子、车子、票子，以及很大的钻戒，我只是写了"纵使才名冠江东，生生世世与君同"两句诗，妻子就感动异常，嫁给了我。

第三，不要失去对真实价值的认知。

现代社会，很多人对价值的认知已经不那么清楚。

有一次，我在上海走过一家百货商场，看见橱窗里挂着一个包，售价是一百万元人民币。那是爱马仕的鳄鱼皮包。我很吃惊，谁会花一百万元人民币买这个包呢？但显然是因为有人买才会有销售。

很多人都被这些名牌捆绑和魅惑，在吃穿用度上，花很多钱来消费，但事实上，他们看中的并不是物品本身的价值，而是价格。我到商场里去买衣服，都会问服务员，有没有没牌子的东西？只有撕掉牌子，物件才会回归本身的价值。因为我希望寻找的是生命的价值。

我认识北京的一个有钱人，是个矿产大亨，每年赚一百多亿人民币。他家地面铺的是玻璃，下面水池里养着锦鲤。这些锦鲤都经过标准的挑选，不合格的鱼会被拿去扔掉或给大鱼吃。

因为不符合某些标准，有些锦鲤一出生就被决定了凄惨的命运。后来，我把那些不合格的鱼买了回来，养出来也格外与众不同。人如果只认识统一的、固定的价值观，实际上是很可怜的。好在人不是锦鲤，就算出生微贱，也可以通过自己的努力，找到自己生命的价值。

第四，要认识到这个世界是多元的而不是单一的。

这个世界的可怕之处在于，大部分人被训练成单一的人，按照上学、考试、工作、结婚等标准流程活着。这很值得检讨。

你看看这个世界，辣的是辣椒，酸的是柠檬，苦的是苦瓜，甜的是甘蔗。如果你把它们养在一块土地上，可能会出现两种结果：全部死掉，或只有一种活下来。它们本来活在不同的土地上，有不同的成长经历，如果硬将它们放在一起，也许辣椒最后会变成苦瓜。

人需要发展自己的特质，但是也要包容别人的不同，这个世界才会精彩。因此家长也不要总拿自己的孩子和别人家的作比较，因为辣椒不需要和茄子比较，辣椒只要自己够辣就好。

人从小就要发现自己最合适做什么，做什么才最快乐。我这辈子一直想当作家，从来没有改变。清华大学举行一百年校庆的时候，有学生问我："你已经写了一百七十多本书，还会接着写吗？"我的回答是："如果我下午会死，我会写到今天早上；如果明天会死，我会写到明天早上。我已经写了四十多年，一直在想，我最好的作品还没有写出来，我要一直努力。"

如果你现在问我什么是成功，我会说，今天比昨天更慈悲、更智慧、更懂爱与宽容，就是一种成功。如果每天都成功，连在一起就是一个成功的人生。不管你从哪里来，要去到哪里，人生不过就是这样，追求成为一个更好的、更具有精神和灵气的自己。

心眼同时，会心一笑

禅的起源有一个美丽的说法，经典上说："世尊在灵山会上，拈花示众，是时众皆默然。唯迦叶尊者破颜微笑。世尊曰：我有正法眼藏，涅槃妙心，实相无相，微妙法门，不立文字，教外别传。付嘱摩诃迦叶。"短短六十余字，给我们美丽非凡的联想，禅的开始就是这么多了，除了这些，世尊没有再交什么给迦叶了。

我每次想到禅的开始，就好像自己要拈花、又要微笑的样子，心里有着细致的欢喜。直到有一天，我正喝茶的时候品味这段话，突然生起两个想法：

一是，当释迦牟尼佛拈花的时候，幸好有迦叶尊者适时微笑，万一佛陀拈花的时候，灵山会上那么多的菩萨竟没有一个人微笑，这世界就没有禅了。

二是，万一佛陀拈花时，迦叶还来不及微笑，在场的菩萨同时哄堂大笑，那么，这世界也就没有禅了。

因此，"拈花微笑"四个字是多么美。一个是拈花，那样优雅；一个是微笑，那么沉静。两者都有着多么温柔的态度和多么庄严的表情呀！

"拈花微笑"使我想到，佛陀早就想要拈花，而迦叶也早就准备好微笑了，然后，在适当的场地，适当的时间，佛陀的拈花与迦叶的微笑，才使得禅有一种美好的开端。

现在，佛早就离开这个世界，留存在世界的是山河大地还有无数的众生，如果依佛所说，山河大地与六道众生都与如来无异，我们可以这样说，山河大地与我们所遇到的一切众生，无时无刻都在对我们拈花，只可惜我们不知道在适当的时间里微笑罢了。

我觉得，一个人想要进入禅的世界，一定有对世界微笑的准备，这种微笑，是生活的会心。因为，禅不应该有勉力而为的态度，一个人要得到禅，是要进入自然之道，有一种美好安定的心，等待心性开启的一刹那，就好像一朵花等待春天。

禅是一种直观的开悟，而不是推论的知识。禅的智慧与一般知识最大的不同，是知识里使用眼睛与意识过多，常使宇宙的本体流于零碎的片段；禅的智慧是非常主观的，是心与眼睛处在统一状态的整体。

以一朵花为例，没有会心的人看花，会立即想到这花是玫瑰花，颜色是红色，要剪下插在那里才好看，或者要把它送给别人，我是主，花是客，很难真正知道或疼惜一朵花，对待一朵花，我们多的是理性客观的态度。现在，我们把这种态度翻转，使它进入一种感性主观的风格，我就是花，花就是我，我的存在就像一朵花开在世界，我的离去，就好像花朵的凋落一般，我们只是生命的表相，那么，生命的真实何在？这就是智慧者的看花之道。与人相处，与因缘会面，如果我们也有像看花一样的主观与感性，我们的"会心"就使我们容易有悟。

在禅里有这样的故事：

有一个人走在路上，突然听见一阵凄哀的哭声，走过去一看，原来是一只朝生暮死的小虫在那里哀号。

他就问："你为什么哭？"

小虫说："我的太太死了，我下半辈子不知道要怎么过？"

那个人不禁哑然失笑，因为那时已过了中午，小虫再过半天就要死了，不过，他立即悟到，小虫的半天与我们的半生，在感受上，一样漫长；在实相上，一样短暂！

民国初年的高僧来果禅师，有一次在禅定中突然听到一阵哭喊，他步下禅床，寻声而往，看到一只跳蚤从床上跌下来，摔断了脚，正在那里哀号。那时他知道了：跳蚤的喜怒与人无异，而人如果只有生命的表相，又和跳蚤有什么不同呢？

我们在生活中，一切都是现成的，就在我们的眼前，可是常常被我们变成名相，如果能转回原来的面目，禅心就显露了。

曾经有一位僧人问法眼文益禅师："要如何披露自己，才能与道相合？"

法眼回答说："你何时披露了自己，而与道不相合呢？"

我们在对境时常发生两种情况：一种是对境界的漠然，以至于无感；一种是处处着相，以致为境所迁累。我们应该时时保有会心的一笑，心眼同时的直观，然后在感性的风格里超越。

法眼文益有一首美丽的诗：

幽鸟语如簧，柳摇金线长。

云归山谷静，风送杏花香。

永日萧然坐，澄心万虑忘。

欲言言不及，林下好商量。

在生活的会心里，我们时常做好一笑的准备，会使我们身心自在，处在一种开朗的景况，也使我们的心为之清澄，那么，不可思议的一悟就准备好了，只等待那闪电的一击。

手中的弓箭，离弦射出的时候。早已在眼中看到天空飞行的雕随箭而落。这是神射手的境界。

闭着眼睛在阴雨的黑夜，知道月亮或圆或缺并不失去，在好天气时，果然看到月的所在和月的光芒，这是明眼人的境界。

当法眼说："看万法不用肉眼，而是透过真如之眼，即法眼道眼。道眼不通。是被肉眼阻碍了。"使我们知道禅师是心眼合一的神射手，是处处都有会心的明眼人！

因此，拈花的时候，微笑吧！不拈花的时候，准备好微笑吧！

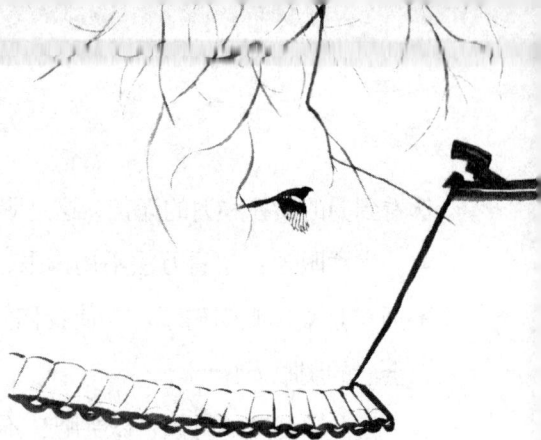

家家有明月清风

到台北近郊登山，在陡峭的石阶中途，看见一个不锈钢桶放在石头上，外面用红漆写了两个字"奉水"，桶耳上挂了两个塑料茶杯，一红一绿。在炎热的天气里喝了清凉的水，让人在清凉里感觉到人的温情，这桶水是由某个居住在这城市里陌生的人所提供的，他是每天清晨太阳未升起时就提这么重的一桶水来，那细致的用心是颇能体会到的。

在烟尘滚滚的尘世，人人把时间看得非常重要，因为时间就是金钱，几乎到了没有人愿意为别人牺牲一点点时间的地步，即使是要好的朋友，如果没有重要的事情，也很难约集。但是当我在喝"奉水"的时候，想到有人在这上面花了时间与心思，牺牲自己的力气，就觉得在忙碌转动的世界，仍然有从容活着的人，他为自己的想法去实践某些奉献的真理，这就是"滔滔人世里，不受人惑的人"。这使我想起童年住在乡村，在行人路过的路口，或者偏僻的荒村，都时常看到一只大茶壶，上面写着"奉茶"，有时还特别钉一个木架子把茶壶供奉起来。我每次路过"奉茶"，不管是不是口渴，总会灌一大杯凉茶，再继续前行，到现在我都记得喝茶的竹筒子，里面似乎还有竹林的清香。

我稍稍懂事的时候，看到了"奉茶"，总会情不自禁地想起乡下土地公庙的样子，感觉应该把放置"奉茶"者的心供奉起来，让人瞻仰，他们就是自己土地上的土地公，对土地与人民有一种无言无私之爱，这是"凡劳苦担重担的人，都到我这里来，我必使他得清凉"的胸怀。我想，有时候人活在这个人世，没有留下任何名姓也不是什么要紧的事，只要对生命与土地有过真正的关怀与付出，就算尽了人的责任。

很久没有看见"奉茶"了，因此在台北郊区看到"奉水"时竟低回良久，到底，不管是茶是水，在乡在城，其中都有人情的温热。山道边一杯微不足道的凉水，使我在爬山的道途中有了很好的心情，并且感觉到不是那么寂寞了。

到了山顶，没想到平台上也有一个完全相同的钢桶，这时写的不是"奉水"，而是"奉茶"，两个塑料茶杯，一黄一蓝，我倒了一杯来喝，发现茶是滚热的。于是我站在山顶俯视烟尘飞扬的大地，感觉那准备这两桶茶水的人简直是一位禅师了。在完全相同的桶里，一冷一热，一茶一水，连杯子都配得恰恰刚好，这里面到底是隐藏着怎么样的一颗心呢？

我一直认为不管时代如何改变，在时代里总会有一些卓然的人，就好像山林无论如何变化，在山林中总会有一些清越的鸟声一样。同样的，人人都会在时间里变化，最常见的变化是从充满诗情画意逍遥的心灵，变成平凡庸俗而无可奈何，从对人情时序的敏感，变为对一切事物无感。我们在股票号子里看见许多瞪着看板的眼睛，那曾经是看云、看山、看水的眼睛；我们看签六合彩的双手，那曾经是写过情书与诗歌的手；我们看为钱财烦恼奔波的那双脚，那曾经是在海边与原野散过步的脚。我们的眼耳鼻舌身意看起来仍然是与二十年前无异，可是在本质上，有时中夜照镜，已经完全看不出它们的联结，那理想主义的、追求完美的、每一个毛孔都充满了光彩的我，究竟何在呢？

清朝诗人张灿有一首短诗："书画琴棋诗酒花，当年件件不离他；而今七事都更变，柴米油盐酱醋茶。"很能表达一般人在时空中流转的变化，从"书画琴棋诗酒花"到"柴米油盐酱醋茶"，人的心灵必然是经过了一番极大的动荡与革命，只是凡人常不自觉自省，任庸俗转动罢了。

其实，有伟大怀抱的人物也未能免俗，梁启超有一首《水调歌头》我特别喜欢，其后半阕是："千金剑，万言策，两蹉跎。醉中呵壁自语，醒后一滂沱。不恨年华去也，只恐少年心事，强半为消磨。愿替众生病，稽首礼维摩。"我自己的心境很接近梁任公的这首词，人生的际遇不怕年华老去，怕的是少年心事的"消磨"，到最后只有"醒后一滂沱"了。

在人生道路上，大部分有为的青年，都想为社会、为世界、为人类"奉茶"，只可惜到后来大半的人都回到自己家里喝老人茶了。

还有一些人，连喝老人茶自遣都没有兴致了，到中年还能有奉茶的心，是非常难得的。

有人问我，这个社会最缺的是什么东西？

我认为最缺的是两种，一是"从容"，一是"有情"。这两种品质是大国民的品质，但是由于我们缺少"从容"，因此很难见到步履雍容、识见高远的人；因为缺少"有情"，则很难看见乾坤朗朗、情趣盎然的人。

社会学家把社会分为青年社会、中年社会、老年社会，青年社会有的是"热情"，老年社会有的是"从容"。我们正好是中年社会，有的是"务实"，务实不是不好，但若没有从容的生活态度与有情的怀抱，务实到最后正好是柴米油盐酱醋茶，牺牲了书画琴棋诗酒花。一个彻底务实的人正是死了一半的俗人，一个只知道名利实务的社会，则是僵化的庸俗社会。

在《大珠禅师语录》里记载了禅师与一位讲《华严经》座主的对话，可以让我们看见有情从容的心是多么重要。

座主问大珠慧海禅师："禅师信无情是佛否？"

大珠回答说："不信。若无情是佛者，活人应不如死人；死驴死狗，亦应胜于活人。经云：佛身者，即法身也，从戒定慧生，从三明六通生，从一切善法生。若说无情是佛者，大德如今便死，应作佛去。"

这说明禅的心是有情，而不是无知无感的，用到我们实际的人生也是如此，一个有情的人虽不能如无情者用那么多的时间来经营实利（因为情感是要付出时间的），可是一个人如果随着冷漠的环境而使自己的心也沉滞，则绝对不是人生之福。

人生的幸福在很多时候是得自于看起来无甚意义的事，例如某些对情爱与知友的缅怀，例如有人突然给了我们一杯清茶，例如在小路上突然听见冰果店里传来一段喜欢的乐曲，例如在书上读到了一首动人的诗歌，例如偶然听见桑间濮上的老妇说了一段充满启示的话语，例如偶然看见一朵酢浆花的开放……总的说来，人生的幸福来自于自我心扉的突然洞开，有如在阴云中突然阳光显露、彩虹当空，这些看来平淡无奇的东西，是在一株草中看见了琼楼玉宇，是由于心中有一座有情的宝殿。

"心扉的突然洞开"，是来自于从容，来自于有情。

生命的整个过程是连续而没有断灭的，因而年纪的增长等于是生活资料的累积，到了中年的人，往往生活就纠结成一团乱麻了，许多人畏惧这样的乱麻，就拿黄金酒色来压制，企图用物质的追求来麻醉精神的僵滞，以至于心灵的安宁和融都展现成为物质的累积。

其实，可以不必如此，如果能有较从容的心情，较有情的胸襟，则能把乱麻的线路抽出、理清，看清我们是如何地失落了青年时代理想的追求，看清我们是在什么动机里开始物质权位的奔逐，然后想一想：什么是我要的幸福呢？我最初所想望的幸福是什么？我的波动的心为何不再震荡了呢？我是怎么样落入现在这个古井呢？

我时常想起童年时代，那时社会普遍贫穷，可是，大部分人都有丰富的人情，人与人之间充满了关怀，人情义理也不曾被贫苦生活昧却，乡间小路的"奉茶"正是人情义理最好的象征。记得我的父亲常挂在嘴上的一句话是："人活着，要像个人。"当时我不懂这句话的涵义，现在才算比较了解其中的玄机。人即使生活条件只能像动物那样，人也不应该活得如动物失去人的有情、从容、温柔与尊严，在中国历代的忧患悲苦之中，中国人之所以没有失去本质，实在是来自这个简单的意念："人活着，要像个人！"

人的贫穷不是来自生活的困顿，而是来自在贫穷生活中失去人的尊严；人的富有也不是来自财富的累积，而是来自在富裕生活里不失去人的有情。人的富有实则是人心灵中某些高贵物质的展现。

家家都有明月清风，失去了清风明月才是最可悲的！喝过了热乎乎的"奉茶"，我信步走入林间，看到落叶层缝中有许多美丽的褐色叶片，拾起来一看，原来是褐蝶的双翼因死亡而落失在叶中，看到蝴蝶的翼片与落叶交杂，感觉到蝴蝶结束了一季的生命其实与树叶无异，尘归尘、土归土，有一天都要在世界里随风逝去。

人的身体与蝴蝶的双翼又有什么两样呢？如果活着的时候不能自由飞翔，展现这片赤诚的身心，让我们成为宇宙众生迈向幸福的阶梯，反而成为庸俗人类物质化的踏板，则人生就失去其意义，空到人间走一回了！

下山的时候，我想，让我恒久保有对人间有情的胸怀，以及一直保持对生活从容的步履；让我永远做一个为众生奉茶供水，在热闹中得到清凉的人。

无风絮自飞

在我们家乡有一句话，叫："菜瓜藤，肉豆须，分不清。"意思是丝瓜的藤蔓与肉豆的茎须一旦纠缠在一起，是无法分辨的。

因此，像兄弟分家的时候，夫妻离婚的时候，有许多细节部分是无法处理的，老一辈的人就会说："菜瓜藤与肉豆须，分不清呀！"还有，当一个人有很多亲戚朋友，社会关系异常复杂的时候，也可以用这一句来形容。以及一个人在过程中纠缠不清，甚至看不清结局之际，也可以用这一句来形容。

住在都市的人很难理解到这九个字的奥妙，因为他们没有机会看到丝瓜与肉豆藤须缠绵的样子。乡下人谈到人事难以理清的真实情境，一提到这句话都会不禁莞尔，因为丝瓜与肉豆在乡间是最平凡的植物，几乎家家都有种植。我幼年时代，院子的棚架下就种了许多丝瓜和肉豆，看到它们纠结错综，常常会令我惊异，真的是肉眼难辨，现在回想起来，感觉到现代人复杂难以理清的人际关系，确实像这两种植物藤蔓的纠缠，想找到丝瓜与肉豆的根与果是不难的，但要在生长的过程分辨就非常困难了。

有一次我发了笨心，想要彻底地分辨两者的不同，却把丝瓜和肉豆的茎叶都扯断了。父亲看见了觉得很好笑，就对我说："即使你能分辨这两株植物又有什么意义呢？你只要在它们的根部浇水施肥，好好地照顾让它们长大，等到丝瓜和肉豆长出来，摘下来吃就好了，丝瓜和肉豆都是种来食用的，不是种来分辨的呀！"

父亲的话给了我很好的启示，在人生一切关系的对应上也是如此，一个人只要站稳脚跟，努力地向上生长，有时不免和别人纠缠，又有什么要紧呢？不忘失自己的立场与尊严，最后就会结出果实来，当果实结成的时候，一切的纠缠就不重要了。

另外一个启示就是自然，万事万物都有其自然的法则，依循这自然的发展，常常回头看看自己的脚跟，才是生命成长正常的态度。种什么样的因会结出什么样的果，是必然的，丝瓜虽与肉豆无法分辨，但丝瓜是丝瓜，肉豆是肉豆，这是永远不会变的，我们能做的就是让丝瓜长出好的丝瓜，让肉豆结出肥硕的肉豆！

丝瓜是依自然之序而生长结果，红花是这样红的，绿叶也是这样绿的，没有人能断绝自然而超越地活在世界，所以禅师说："不雨花犹落，无风絮自飞。"花与絮的飞落不必因为风雨，而是它已进入了生命的时序。

日本的道元禅师到中国习禅归国后，许多人问他学到了什么，他说："我已真正领悟到眼睛是横着长、鼻子是竖着长的道理，所以我空着手回来。"

听到的人无不大笑，但是立刻他们的笑声都冻结了，因为他们之中没有人知道为何鼻子竖着长而眼睛横着长，这使我们知道，禅心就是自然之心，没有经过人生庄严地历练，是无法领会其中真谛的呀！

春夏秋冬

带孩子到百货公司，到处都挂着打折的招牌。

"为什么要打折呢？"孩子好奇地问。

"因为换季了。"

"什么是换季？"

"换季就是一个季节换成另一个季节，像现在是夏天要变成秋天了，天气就要开始冷了，短袖的衣服要推销出去，所以要换季打折。"我说。

"那么，什么是夏天，什么是秋天呢？"孩子天真地问，却使我感到吃惊，因为想不出什么叫作夏天或秋天，就决定与孩子来谈谈四季。我带着孩子找到一处可以喝咖啡的地方坐下，准备好好给他上一课。

"你记得前一阵子很热吗？一定要吹冷气才睡得着觉，这种很热的天叫夏天。"

孩子点点头。然后我说起去年我们住在乡间山上的冬天，整日寒风怒号，夜里常生一炉火，在炉边取暖，有时跑到草原去晒太阳的日子，那就是冬天了，我对孩子说，他也点点头。

"可是春天和秋天呢？"孩子说。

"春天就是冬天之后夏天之前百花盛开的时候，秋天就是夏天之后冬天之前天很蓝却很高的时候。"

"爸爸，你刚刚夏天说很热，冬天说很冷，春天说到花，秋天却说到云，冷热和花云怎么能相比？到底春天和秋天是冷不冷？"

"春天和秋天是不冷不热。"

"这两个都是不冷不热，到底有什么不一样？而且两个都和夏天冬天接在一起，是怎么接的？"对于孩子的问题我震了一下，我们成人觉得四季是一种自然的演变，反而很少去思考其中的相异，孩子内心则充满疑问。

我说："春天是比秋天温暖一点点，秋天则比春天凉爽一些。因为接在冬天后面，所以春天先冷后热，秋天是先热后凉。在春夏秋冬之间并没有界线，就好像我们爬楼梯一样，是慢慢发展的，而不是睡一觉，醒来就发现是冬天了。我们从一棵树可以看出四季，发芽的时候是春天，很绿的时候是夏天，叶子黄了是秋天，掉了叶子就是冬天！就像我们乡下路边的菩提树一样。"

孩子两只胖手撑着脸颊，专注地看着我，思考着四季的问题，突然，他的眼睛闪过一道闪光，叫着说："我知道了，我知道了，春天和秋天是比较凉爽的夏天，还有比较温暖的冬天！"

孩子眼中的闪光一下穿进我的心坎，是呀，其实四季、时间、生命、轮回都没有断灭相，春夏秋冬是以一种绵密的姿势向前推进着，我们所见到的一切断灭是我们的分别，在孩子的眼中，一片纯净，春天是凉的夏季，秋日是温暖的冬天，这使得四季都变得亲切可喜了。

"爸——"我又陷进不可救药的玄想中，孩子摇着我的手说，"在这个比较凉爽的夏天，你可不可以请我吃一个冰淇淋？"

带孩子去买冰淇淋，我买了两份，自己也吃了一个，吃的时刻感觉到生命真好，就在此刻，秋天已经来了，正是较凉的夏与较温暖之冬。

冬天也快来了，从秋天再往台阶上跳一格，冬天也只是很凉快很凉快，像坐在冷气房中的夏季吧！事无定相，因缘如流，如果在心里有春天，那么夏天是较温暖的春天，秋天是较清爽的春天，冬天是较凉快的春天，日日好日，季季如春，我们就能雀跃欢腾一如赤子，有了冰淇淋吃的孩子已经完全忘记春夏秋冬的争辩，看着孩子，我心里突然浮起一首诗："终日寻春不见春，芒鞋踏破岭头云；归来偶遇梅花下，春在枝头已十分！"

一个人到处去找春天，找到草鞋都踏破了，才发现春天是在梅花盛开的内部，春是冬的接棒者，是从最寒冷的地方起跑的。

这样想，就会知道无门慧开禅师关于四季的偈是多么充满了智慧：

春有百花秋有月，夏有凉风冬有雪；
若无闲事挂心头，便是人间好时节。

林边莲雾

到南部演讲，一位计程车司机来看我，送我一袋莲雾。

他说："这莲雾不同于一般莲雾，你一定会喜欢的。"

"这莲雾有什么不同吗？"我把莲雾拿起来端详，发现它的个儿比一般莲雾小一点，颜色较深，有些接近枣红。

"这是林边的莲雾，是我家乡的莲雾呀！"他说。

"林边不是生产海鲜吗？什么时候也出产莲雾呢？"我看着眼前这位出身于海边，而在城市里谋生的青年，他还带着极强的纯朴勇毅的乡村气息。

青年告诉我，林边的海鲜很有名，但它的莲雾也很有名，只可惜产量少，只有下港人才知道，不太可能运送到北部。加上林边莲雾长得貌不起眼，黑黑小小的，如果不知味的人，也不会知道它的珍贵。

来自林边的青年拿起一个他家乡的莲雾，在胸前衬衫上来回擦了几下，莲雾的光泽便显露出来，然后他递给我叫我当场吃下去。

"要不要洗一下？"我说。

"免啦，海边的莲雾很少洒农药。"

我们便在南方旅店里吃起林边莲雾了，果然，这莲雾与一般的不同，它结实香脆、水分较少，比一般莲雾甜得多，一点也吃不出来是种在海边的咸地上。我把莲雾的感想告诉了青年，他非常开心地笑起来，说："我就知道你会喜欢，今天我出门要来听你的演讲，对我太太说想送一袋莲雾给你，她还骂我神经，说：'莲雾也不是什么贵重的东西！'我就说了：'心意是最贵重的，这一点林先生一定会懂。'"

我听了，心弦震了一下，我说："即使不是林边的莲雾，我也会喜欢的。"

"那可不同，其他莲雾怎么可以和林边的相比！"他理直气壮地说道。

我也学着他的样子，拿一个莲雾在胸前搓搓，就请他吃了，我们两人就那样大嚼林边莲雾，甚至忘记这是他带来的礼物，或是我在请他吃。

话题还是林边莲雾，我说："很奇怪，林边靠海岸，怎么可能生出这样好吃的莲雾？"

"因为林边的地是咸的，海风也是咸的，莲雾树吸收了这些盐分，所以就特别香甜了。"他说。

"既然吸收的盐分，怎么会变成香甜呢？"

"它是一种转化呀！海边水果都有这种能力，像种在海岸的西瓜、香瓜、番茄，都比别的地方的香甜，只可惜长得不够大，不被重视。也可以说是一种对比，就像我们吃水果，再不甜的水果只要蘸盐吃，感觉也会甜一些。"这一段话真是听得我目瞪口呆，从盐分变成香甜感觉上是那样的自然。

看我有点发怔，青年说："这很容易懂的，就像如果我们拿糖做肥料，种出来的不一定甜，前一阵子不是有些农人在西瓜藤上打糖精吗？那打了糖精的西瓜说多难吃，就有多难吃！"

在那一刻，我感觉眼前的林边青年，就是一位哲学家。后来，他告辞了，我独自坐在旅舍里看着窗外黯淡的大地，吃枣红色的林边莲雾，感受到一种难以言说的滋味，感念这青年开老远的车，送我如此珍贵的礼物，也感念他给我的深刻启发。

在生命里确实是这样的，有时我们是站在咸地上，有时还会被咸风吹拂，这是无可如何的景况，不过，如果我们懂得转化、对比，在逆境中或者可以开出更香脆甜美的果实。

这样想来，林边莲雾是值得欢喜赞叹的，它有深刻的生命力，因而我吃它的时候，也不禁有庄严的心情。

养着水母的秋天

我从南部的贝壳海岸回来，带回来两个巨大的纯白珊瑚礁石。

由于长久埋在海边，那白色珊瑚礁放了许多天都依然润泽，只是缓慢地褪去水分，逐渐露出外表规则而美丽的纹理。但同时我也发现，失去水分的珊瑚礁仿佛逐渐失去生命的机能，连色泽也没有那样精灿光亮了。当然，我手里的珊瑚礁不知道在多久以前已经死亡，因于长期濡染海浪的关系，使它好像容蕴了海的生命，不曾死去。

为了让珊瑚礁能不失去色泽与生机，我把它们放进一个巨大的玻璃箱里，那玻璃箱原是孩子养水族的工具，在鱼类死亡后已经空了许久。我把箱子注满水，并在上面点了一只明亮的灯。

在水的围绕与灯的照耀下，珊瑚礁重新醒觉了似的，恢复了我在海边初见时那不可正视的逼人的白色，虽然没有海浪和潮声，它的饱满圆润也如同在海边一样。

我时常坐在玻璃箱旁，静静地看着这两块在海边极平凡的礁石，它们虽然平凡，但是要找到纯白不含一丝杂质，圆得没有半点欠缺的珊瑚礁也不容易。这种白色的珊瑚礁原是来自深海的生物，在它死亡后被强劲的海浪冲激到岸上来，刚上岸的时候它是不规则的，经过了千百年一再地冲刷，才使它的外表完全被磨平，呈现出白玉一般的质地。

圆润的白色珊瑚礁形成的过程，本身就带着一些不可思议的神秘气息，宜于时空的联想。在深海里许多许多年，在海浪里被推送许多许多年，站在沙岸上许多许多年，然后才被我捡拾。如果我们从未见面，再过许多许多年，它就粉碎成为海岸上铺满的白色细砂了。面对海的事物，时空是不能计算的，一粒贝壳砂的形成，有时都要万年以上的时间。因此，我们看待海的事物——包括海的本身、海流、海浪、礁石、贝壳、珊瑚，乃至海边的一粒砂——重要的不是知道它历经多少时间，而是能否在其中听到一些海的消息。海的消息？是的，就像我坐在珊瑚礁的前面，止息了一切心灵的纷扰，就听到从最细微处涌动的海潮音，像是我在海岸旅行时所听见的一般。海的消息是不论我们离开海边多久，都那样亲近而又辽远、细微而又巨大、深刻而又永久。

有一个从海岸迁居到都市的老人告诉我，从海岸来的人在临终的时候，转身面向故乡的海，最后一刻所听见的潮声，与他初生时听见的海潮音之第一印象，是完全相同的。"所以，海边来到都市的人们，死时都面向着海，脸上带着一种似有若无、似笑非笑的苍茫神情，那种表情就像黄昏最后时刻，海上所迷离的雾气呀！"老人这样下着结论。

我边听老人的说话，边就起了迷思：那一个初生的婴儿，我们顺着他的啼声往前追索，不管他往什么方向哭，最后是不是都到了海边呢？那一个临终的老人，我们顺着他的眼睛往远处推去，不管他躺卧什么方向，最后是不是都到了海岸呢？我们是住在七山八海交互围绕的世界，所以此岸就是彼岸，彼岸就是此岸，都市汹涌的人群是潮水的一种变奏，人潮中迷茫的眼睛，何尝不是海岸上的沙呢？

对于海，问题不在我们的时空、距离、位置，问题在于我们能不能体贴海的消息。眼前的白色珊瑚礁在某些时候，确实让我想到临终时在心里听到海潮音的老人。它闭着眼睛，身体僵硬如石，石心里还有温暖的质地，那是属于海的部分，不能够改变的。

我养了那两个珊瑚礁很久以来，有一天，夜里开灯，突然看见了水面上翻滚漂浮着的一群生物，在灯光下闪动着荧光，我感到十分吃惊，仔细地看那群生物：它们的身体很小，小得如同初生婴儿小拇指上的指甲，身上的颜色灰褐透明，两旁则有无数像手一样的东西在划动着，当它浮到水面，一翻身，反射灯光就放出磷火一样的光芒。它身体的形状也像一片指甲，但也像一把伞，背后还有细微几至不可辨认的黑点。

这一群不知从哪里冒出来的生物就像太空船忽然来临，使我惶惑。到底这是什么生物？什么因缘突然出生在水箱里？我只能判别这群生物的诞生必与珊瑚礁有关，其他什么都不知道。

直到有一天来了一位懂生物的朋友，他大叫一声："唉呀！这是水母嘛！"我们坐着研究了半天，才做出这样的结论：水母是由体腔壁排卵，卵子孵化为胚以后，就会附着在海里的物体上，像礁石一类，过一段时间从胚中横裂分离，就生出水母，一个胚分裂后会变成一群水母。我从海岸携回的白色珊瑚礁原来就有水母胚胎的附着，到水箱以后才分裂出生了一大群小水母。

"这已经是最合理的推论了，不过，"朋友带着疑惑的表情说，"理论上，水母在淡水，尤其是自来水出生，一定会立刻死亡，不会活这么久。"我们同时把目光移向在水里快乐游动的水母，它们已经活了几十天，应该还会继续活下去。

朋友说："有一点似乎可以解释这奇怪的现象，有些科学家实验在水中生孩子，小孩生下来自然就会游泳，反过来说，水母在淡水中生活也不是不可能。"

接下来许多日子的深夜，我都会想着水母在水箱中存活的原因，它们在水箱中诞生的时候，并不知道这世界上有海，当然也没有海水的记忆，这使它可以毫无遗憾地在注满自来水的玻璃箱中生活，水母和人其实没什么不同，今日生活在欧美严寒雪地中的黑人，如何能记忆他们热带蛮荒中的祖先呢？

水母在水箱中活着，却也带给我一些恐慌，那是因为问遍所有的鱼店，没有一个人知道如何养水母，只好偶尔用海藻来喂它们，幸而水母也一天天长大，养了一整个秋天，每一只水母都长得像大拇指指甲一样大了。自然，这些水母赢得了无数的赞叹，水族馆中任何名贵的水族也不能相比。

当我还在痴心妄想水母是不是可以长得像海面上的品种那么巨大的时候，水母就一只一只在箱中死亡，冬天才开始不久，一群水母就死光了。我找不出它们死亡的原因，是由于冬季太冷吗？海上的冬天不是比水箱更冷！是由于突然有了海的记忆吗？已经过了这么久，哪里还会在意！或者是由于某些不知的意识突然抬头而意识到自己只能在海里生存吗？

水母没有给我任何回声，我唯一能确信的，是那些水母临终的最后一刻，一定能听见海的潮声，虽然它们初生时并未听见。

水母死后，我经历了一段时间的忧伤，就像海边的渔民遇到东北季风。一直到有一天我和一群朋友相见，我指着水箱对他们说："在这个水箱里我曾经养过一群水母，养了一整个秋天。"竟没有一个人肯完全地相信，因为水箱早已空了，只剩下两块失去海色的珊瑚礁，当朋友说"骗鬼"的时候，我才真正从隐秘的忧伤中醒来。

海潮、水母、秋天、贝壳海岸，都是多么真实的东西，只是因为时间，所以不在了。

我想到带我去贝壳沙滩的朋友，他说："主要的是去见识整个海岸布满贝壳沙的情景，捡贝壳还是小事。"最后，我没有捡贝壳，却在海岸的角落带回珊瑚礁，于是就有了水箱、有了水母，以及因水母而心情变化的秋天，还时常念记着海天的苍茫……这种真实，其实是时间偶遇的因缘。

因缘固然能使我们相遇，也能使我们离散，只要我们足够明净，相遇时就能听见互相心海的消息，即使是离散了，海潮仍然涌动，偶尔也会记起，海面上的深夜，曾有过水母美丽的磷光，点缀着黑暗。

在时间上、在广大里、在黑暗中、在忧伤深处、在冷漠之际，我们若能时而真挚地对望一眼，知道石心里还有温暖的质地，也就够了。

辑 五

凡事喜悦，自由自在

千年柏子香

站在赵州塔前，我的眼睛有点迷离了。

当家师点了三炷清香，我虔诚地礼拜了赵州老禅师，看着香烟袅袅，感觉这一切，如梦相似。

这一座古朴的高塔有来历，赵州禅师的舍利就供奉在里面，传说还有他的衣钵。始建于公元一三三零年的赵州塔，已经有七百年了。

"还有比这座塔更久的，就是居士手中的香。"师父说。

我手中的香，是用寺里的柏树制成的。那老柏树是赵州生前就种在寺里的，赵州的年代是公元七七八年到八九七年，已经有一千两百年了。

怎么舍得把千年的柏树拿来制香？

师父说，赵州的时代，这里叫"观音院"，是汉献帝建安年间就盖成的老寺院，当时寺中就遍植柏树，金朝时代改名为"柏林禅院"，元代又改名为"柏林禅寺"，一直沿用到现在。

历经千年的风霜雨雪，老柏树都长得很好，去年不知什么原因，一棵柏树突然枯死了，寺里的师父和信众都很伤心，决定留下柏树的精神。

找来雕刻的老师傅，把需要三人合抱的柏树根雕成了一座庄严的"古柏观音"，剩下的树干树枝全部研成粉末，做成"柏子香"，香气古朴、清雅、幽深，远非其他的香可比拟。

我何其有幸，能用千年的香来礼敬震烁万古的禅师，我仿佛在柏香中听见那悠悠的消息。

有弟子问赵州："如何是祖师西来意？"

赵州说："庭前柏树子！"

弟子又问："和尚莫将境示人！"

赵州说："我不将境示人！"

弟子再问："如何是祖师西来意？"

呀！庭前的那棵长满柏树子的古柏，每一粒种子都在诉说祖师西来的消息，为什么你看不见呢？祖师西来意不存在的现象，而是存在你的心，你的心里有祖师的心，看见任何事物都有祖师的消息呀！

我也因为向往祖师的消息，千里迢迢地跑到河北的赵县，有幸燃了赵州香，拜了赵州塔，还随兴地在寺里讲了一场"茶禅一味"，向以"吃茶去"开启了千百年千万人智慧的赵州致敬。

后来，中国大部分的寺院都被毁了，但是，因为赵州塔留着，赵州精神不朽，柏林禅院不但没有毁坏，还盖出了从汉朝以来最巨大的寺院，一代又一代，人才辈出。

还想"吃茶去"，参透"无门关"，思维"狗仔"还有没有佛性？看看"庭前柏树子"……

赵州留下了禅最深刻和美好的境界。坐在方丈室里看着赵州的画像，我忍不住对法师说："赵州还活着！"

我带了一盒千年柏子香回到台北，每次燃香，仿佛都会看见庭前的柏树子，还有赵州那动人的微笑。

秋声一片

生活在都市的人，愈来愈不了解季节了。

我们不能像在儿时的乡下，看到满地野花怒放，而嗅到春风的讯息；也不能在夜里的庭院，看挥扇乘凉的老人，感受到夏夜的乐趣；更不能在东北季风来临前，做最后一次出海的航行捕鱼，而知道秋季将尽。

都市就是这样的，夏夜里我们坐在冷气房子里，远望落地窗外的明星，几疑是秋天；冬寒的时候，我们走过聚集的花市，还以为春天正盛。然后我们慢慢迷惑了、迷失了，季节对我们已失去了意义，因为在都市里的工作是没有季节的。

前几天，一位朋友来访，兴冲冲地告诉我："秋天到了，你知不知道？"他突来的问话使我大吃一惊，后来打听清楚，才知道他秋天的讯息来自市场，他到市场去买菜，看到市场里的蟹儿全黄了，才惊觉到秋天已至，不禁令我哑然失笑；对"春江水暖鸭先知"的鸭子来说，要是知道人是从市场知道秋天的，恐怕也要笑吧。

古人是怎么样知道秋天的呢？

我记得宋朝的词人蒋捷写过一首《声声慢》，题名就是"秋声"：

黄花深巷，红叶低窗，凄凉一片秋声。

豆雨声来，中间夹带风声。

疏疏二五点，丽谯门、不锁更声。

故人远，问谁摇玉佩，檐底铃声？

彩角声吹月堕，渐连营马动，四起笳声。

闪烁邻灯，灯前尚有砧声。

知他诉愁到晓，碎哝哝、多少蛩声！

诉未了，把一半、分与雁声。

　　这首词很短，但用了十个"声"字，在宋朝辈起的词人里也是罕见的；蒋捷用了风声、雨声、更声、铃声、笳声、砧声、蛩声、雁声来形容秋天的到来，真是令人感受到一个有节奏的秋天。中国过去的文学作品里都有着十分强烈的季节感，可惜这种季节的感应已经慢慢在流失了。有人说我们季节感的迷失，是因为台湾是个四季如春的地方，这一点我不同意。即使在最热的南部，用双手耕作的农人，永远对时间和气候的变化有一种敏感，那种敏感就像能在看到花苞时预测到它开放的时机。

　　在工业发展神速的时代，我们的生活不断有新的发现。我们的祖先只知道事物的实体、季节风云的变化、花草树木的生长，后来的人逐渐能穿透事物的实体找那更精细的物质。老一辈的人只知道物质最小的单位是分子，后来知道分子之下有原子，现在知道原子之内有核子、有中子、有粒子，将来可能在中子粒子之内又发现更细的组成。可叹的是，我们反而失去了事物可见的实体，正是应了中国的一句古话"明察秋毫，不见舆薪"。

　　到如今，我们对大自然的感应甚至不如一棵树。一棵树知道什么时候抽芽、开花、结实、落叶，等等，并且把它的生命经验记录在一圈圈或松或紧的年轮上，而我们呢？有许多年轻的孩子甚至不知道玫瑰、杜鹃什么时候开花，更不要说从声音里体会秋天的来临了。

自从我们可以控制室内的气温以来，季节的感受就变成被遗弃的孩子，尽管它在冬天里猛力地哭号，也没有多少人能听见了。有一次我在纽约，窗外正飘着大雪，由于室内的暖气很强，我们在朋友家只穿着单衣，朋友从冰箱拿出冰淇淋来招待我们，我拿着冰淇淋看窗外的大雪竟自呆了，怀念着"红泥小火炉，能饮一杯无"那样冬天的生活。那时，季节的孩子在窗外探，我仿佛看见它蹑着足，走入了远方的树林。

　　由于人在室内改变了自然，我们就不容易明白冬天午后的阳光有多么可爱，也不容易体知夏夜庭院，静听蟋蟀鸣唱、任凉风吹拂的快意了。因为温室栽培，我们四季都有玫瑰花，但我们就不能亲自知道春天的玫瑰是多么的美；我们四季都有杜鹃可赏，也就不知道杜鹃血一样的花是如何动人了。

　　传说唐朝的武则天，因为嫌牡丹开花太迟，曾下令将牡丹用火焙燔，吓得牡丹仙子大为惊慌，连忙连夜开花以娱武后的欢心，才免去焙燔之苦。读到这则传说的时候，我还是一个不经事的少年，也不禁掩卷而叹；我们现在那些温室里的花朵，不正是用火来烤着各种花的精灵吗？使牡丹在室外还下着大雪的冬天开花，到底能让人有什么样的乐趣呢？我不明白。

　　萌芽的春、绿荫的夏、凋零的秋、枯寂的冬在人类科学的进化中也逐渐迷失了。我们知道秋天的来临，竟不再是从满地的落叶，而是市场上的蟹黄，是电视、报纸上暖气与毛毡的广告，使我在秋天临窗北望的时候，有着一种伤感的心情。

　　这种心情，恐怕是我们下一代的孩子永远也不会知道的吧！

不知最亲切

　　有时候出去旅行，一两个月的时间没有看电视、没有听广播，也没有读报纸，几乎对天下大事一无所知，只是心境纯明地过单纯的生活。很奇怪的是，这样的生活不但不觉得有所欠缺，反而觉得像洗过一个干净的澡，观照到自我心灵的丰富。

　　住在乡间的时候也是如此，除了随身的几本书，与一般俗世的资讯都切断了线，每天只是吃饭、睡觉、散步、沉思，也不觉得有所缺乏。偶尔到台北一趟，听到朋友说起尘寰近事，总是听得目瞪口呆，简直难以相信，原来这个世界还有那么多纷扰的人事。

　　想起从前在新闻界服务的时候，腰带上系着无线电呼叫器，不管是任何时地，它总会恣情纵意地呼叫，有时是在沐浴，有时是在睡眠，还有的时候是与朋友在喝下午茶，呼叫器就响了。那意味着在某地又发生了事故，有某些人受到伤害或死亡，有的是千里外的国度发生暴乱，有的是几条街外有了凶案，每次我开车赶现场的时候，就会在心里嘀咕："这些人、这些事，究竟与我有何相干呢？"

　　由于工作的关系，我差不多整天都随着世界旋转，每天要看七八份报纸，每月要看十几份杂志，每晚要看电视新闻，即使开车的时候，也总是把频率调到新闻的播报，生怕错过任何一条新闻，唯恐天下有一件我不知道的事。

然后在生活里深深地受到影响，脑子里想的是新闻，与人聊天也总爱引用新闻题材，甚至夜里做的梦也与新闻有关系。

好像除了随着这世界转动，我自己就没有什么好说、好想、好反省的东西了。

现在想起来，过去追随世界转动的生活真像一场噩梦，仿佛旋转的陀螺，因为转得快速，竟看不出那陀螺的颜色与形状。

用单纯之心来面对生命

生活在现代世界是无可如何的事，我们不能把耳朵塞起来、眼睛蒙住，所以对这个世界也不能完全无感，那么，每天花在资讯上的时间千万不要超过一个小时，因为"一寸时光，就是一寸命光"。

以报纸为例，宁可选择张数少的报纸，每天大略地翻阅也就够了，若要细细阅读，百寸命光也不够用。这样想时，我就觉得田园作家大卫梭罗说的"你应该选择对你有益的读物，因为你没有时间阅读其他的"是真知灼见，值得细细思量。

如果我们花很多时间注视外面世界的转动，哪里有时间回观内在的世界呢？

如果我们花很多精神分散在许多混乱零碎的资讯，又哪里有专注的精神来看待我的历练呢？

现代人的三个大病

达摩与慧能后来也曾引用经文来表达禅心，不过大部分的说法都是由自我心田流出，达摩有《入道四行论》，慧能有《六祖坛经》传世，总共加起来没有几个字，但是后世的大禅师无不依承达摩、崇拜六祖，他们的思想言论也都不出《六祖坛经》的范围。

这是多么富有启示意义呀！一个是面壁不语的壁观婆罗门，一个是一字不识的樵夫，正是最有智慧、大开大阖、惊涛骇浪的禅门宗祖，想来要越过资讯，才能认识本来的心源，不是没有道理。

在禅宗里，这叫作"不知最亲切"！

从自己胸襟流出

"我只是四处行脚罢了！"法眼说。

"行脚是什么意思？"

"不知。"（法眼一路上都遇到人问他"行脚去哪里"，首次遇到"行脚是什么"，随口就这样回答了。）

没想到罗汉桂琛竟说："不知最亲切！"

法眼听了豁然开悟，就留下来做罗汉的侍者，再也不行脚了。

这个公案很有意思，"不知最亲切"和"行脚是什么意思"连起来看，可以使我们有两个思考，一就是六祖慧能回答惠明"还有密意否"的问题，他说："密在汝边。"自性的密意不是行脚可以得到的，而是在自己的心田。它没有什么秘密，也不在遥远的地方。

二就是四祖道信说的："大道虚旷，绝思绝虑。"心地的光明不在知见上，不在是非观念，唯有超越了知见才能回归到与自己最亲密切近的自性光明呀！

"不知最亲切"强烈地表达了禅的超越与实践精神，对于想得到真实智慧的人，世间的"知"反而令人走向远离之路。

慧朗去谒见大寂禅师，大寂问说："汝来何求？"

慧朗说："求佛知见。"

大寂说："佛无知见，知见乃魔界。"

佛的知见尚且不可求，何况是人间纷扰的知见呢？

我们到现在还可以想象法眼听到"不知最亲切"时那目瞪口呆的神情，一个十方行脚求悟的禅者，想要追求佛的知见，却突然听见"不知最亲切"这五个字，真有如万里晴空中忽然听见天边轰然的响雷一样，智慧之门突然顿开，自性光明骤然涌现。

因此，法眼后来成为伟大的禅师，也常用相同意趣来教导弟子，有弟子问他："十二时中要如何修持？"

他说："步步踏实。"

还有一弟子问他："什么是真道？"

他说："第一是教你去行。第二也是教你去行。"

又有一位弟子问他："什么是诸佛玄旨？"

他说："是你也有的呀！"（你就有玄旨！）

另有一位弟子问他："什么是古佛？"

他说："现在就很好呀！"（为什么要去问古佛呢？）

法眼说的全是"不知最亲切"！求道者往往花很多时间精力去追求有关道的知识，对道而言，这些知识都很空洞，有如海上的浮沤，与其求知，不如不知，把心力转回内在光明的启发，使自性显露如珠，因为，一切都是现成的呀！

雪峰义存禅师修行很久都不能契入，深为自己不能悟道而烦恼，他的师史岩头有一次对他说："道从门入者，不是家珍。若欲播扬大教，一一从自己胸襟流出，将来与我盖天盖地去！"雪峰听了，当下大悟。

"一一从自己胸襟流出"正是不知最亲切。唯有穿越知识的迷障，才能截断众流，使真实的般若流露，进入亲切的真道。

一切都是现成的

如果不能从内在截断众流，得到安顿，就应该斩断外在的葛藤，尽量把垃圾清除，不要再让垃圾进门。我们每天打开六大张报纸，大部分与垃圾无异，我们看到贪渎者的腐味、恨者的腥味、愚昧者的霉味，处处都是欲望与无知的臭气、人情与应酬的油腻，真的就能感受到禅师"不知最亲切"是有一颗多么超越而明净的心。

法眼开悟以后，他的师父罗汉知道他还未彻悟，指着庭前的石头问他："三界唯心，万法唯识，现在庭下的石头，是在心内，还是心外？"

法眼说："在心内。"

罗汉说："你为什么把这样大的石头放在心内呢？"

法眼无言以对，每天都想出新的答案呈给师父，全被罗汉否定了，经过一段时间，他觉得自己已经辞穷理绝了，这时罗汉对他说：

"以佛法论，一切都是现成的。"

法眼这时才彻底地开悟了。

我们再来深思这几句话吧！

"不知最亲切。"

"你为什么把这样大的石头放在心内呢？"

"一切都是现成的。"

这是我对资讯泛滥的一个最简单的方法，在光怪陆离、颠倒错谬、眼花缭乱的媒体暴力里，禅师早就以非凡的智慧教导过我们，为我们抽钉拔刺，让我们能单纯坦荡地来面对世界了。

水中的金影

从前有一个人走过大池塘边。看到水底有金色的影子，很像黄金。

他立即跳入水里要找那黄金，他把水中的泥土一捧一捧地捞起来，一直到把整个池塘弄得浑浊不堪，自己又疲累得要命，只好爬回岸边休息。过了一会儿，池水清澈之后，又看到那金色的影子。

他又进去捞，仍然捞不到，这样来回三四次，自己已经疲累不堪。他的父亲看他久出未归，就跑出来寻找，最后在池边找到他，看他疲累不堪，就问他："你为什么把自己弄得这么疲困呢？"

他说："这水底有真金，我明明看见的，可是找了三四趟都没有捞到，才弄得这么疲困。"

父亲仔细地凝视水底真金的影子，立刻知道那金子是在岸边的树上。为什么会知道呢？因为影子既然在水底，金子就不会在水底，影子乃是金子的投射。

后来，他听了父亲的话到树上一找，果然找到金子，父亲就说："这可能是飞鸟衔金，掉落到树上的！"

这是释迦牟尼佛在《百喻经》里讲的"见水底金影喻"，是用来解释无我的空性的，最后，佛陀说了一首偈："凡夫愚痴人，无智亦如是。于无我阴中，横生有我想。如彼见金影，勤苦而求觅，徒劳无所得。"

我很喜欢这个故事，因为它充满了优美的譬喻与联想，我们因为执着于

"我"，于是拼命追求，就好像一直扰动真实的净水，而失去生命的实相。当我们将水中的金影当成真实的时候，我们就会一再地跃入水中，到最后只剩下一身的徒劳，什么也得不到。

如果水中的金影到最后令我们发现树上的黄金，那还是好的，最怕的是看见了夕阳的倒影就跳入水中，找了半天一上岸，天色就黑了。

我们如果时常反思人的欲望，会发现现代人的欲望比从前的人复杂强烈得多，生之意趣也变得贫乏得多。为什么呢？因为一来追求的事物多了，人人都变得忙碌不堪；二来生命的永不餍足，使人无法静思；三来所掌握的东西，都是短暂虚幻不实的。

有很多人认为现代人比古代人富有，其实不然，真正的富有是一种知足的生活态度，有钱而不知足的人并不是富有，能安于生活的人才是富有。

于是，我们看到了，现代人住在三十坪的房子，觉得要五十坪才够。有汽车开了，还追求百万的名车。吃得饱穿得暖，还要追逐声色。到最后，还要一个有排场的葬礼，和一块山明水秀的墓地。

于是，我们夜里在庭院聊天的生活没有了，我们在田园里散步的兴致没有了，我们和家人安静相聚的时间没有了，我们坐下来省思的时间没有了。到最后，连生命里的一点平安都没有了。

从前在农村社会，年纪大的人都可以享受一段安静的岁月，让生命得到安顿。现在的老年人，非但不知道黄金在树上，反而自己投身于水中金影的捕捞了，我们看到了全身瘫痪还不肯退休的人，看到了更改年龄以避免退休的人，看到了七八十岁还抓紧权力、名位不肯轻放的人！老人不能把静思的智慧留给世界，还跳入水里抓金，这是现代社会里一种令人悲哀的局面。

我常常想，这个世界的人，钱越多越是赚个不停，人越老越是忙个不停，我真不知道，大家是不是有时间来善用所赚的钱，是不是肯停下来想想老的意义。

停下脚步，让扰动的池水得以清净吧！

抬头看看，让树上的真金显现面目吧！

青山白发

在北莺公路上，刚进入山路的时候，发现道路左边蹿出来一丛丛苇芒，右边也蹿出了一丛丛苇芒，然后车子转进了迂回的山路，芒花竟像一种秋天的情绪，感染了整片山丘，有几座乔木稀少的小丘，蒙上了一片白。冬天的寒风从谷口吹来，苇上白色的芒花随着飘摇了起来。

我忍不住下车站在整山的白芒花前。青色山脉是山的背景，那时的苇芒像是水墨画的留白，这留白的空间虽未多作着墨，却充满了联想，仿佛它给山的天地间多留了空间，我们可以顺着芒花的步迹往更远的天地走去。我站在苇芒花的中间，虽不能见到山的背面，也看不到那弯折的路之尽头，但我知道，顺着这飘动的白色寻去，山的背面是苇芒，路的尽头也是苇芒。

北莺公路是我经常旅行的一条路，就在两星期前我曾路过这里，那时苇芒还只是山中的野草，芜杂地蔓生两旁，我们完全不能感知它的美。仅仅两星期的时间，蔓生的野草吐出了心头的白，染满了山坡，顺势下望，可以看到大汉溪的两旁，那些没有耕种的田地已经完全被白色占据了。好像这些白色的芒花不是慢慢开起，而是在一夜之间怒放。

在乡间，苇芒是最低贱的植物，因此它的生命力特别强悍，一到秋天，它就成为山野中最美的景色了。有一年我在花盆里随意栽植一株苇芒，本来静静躺在花园一角，到秋末时它突然抽拔开花，使那些黄的红的花全成了烘衬它的背景。那令我们感觉，苇芒代表了自然的时序，它一生的精华就在秋天。有一次，我路过村落去探望郊区的朋友，在路旁拔了几株苇芒的长花送给朋友，他收到苇芒花时不禁感叹："竟然已是秋天了！"——苇芒给人季节的感受，胜过了春天的玫瑰。

站在满山的芒花里，我想起一位特立独行的和尚云门文偃。云门是禅宗里追求心灵自由的代表，有一次，一位和尚问他：

"什么是佛法的大意？"

"春来草自青！"他说。

又有和尚问他：

"什么是成佛的方法？"

"东山水上行！"他说。

在云门的眼中，佛法的大意与成佛的方法，其实就是一种自然，一种万物变化与成长的基本道理：透过这种自然的过程，我们既可以说，佛法大意是"春来草自青"，当然也可以说是"秋天苇自白"，它是自然心，也是平常心。

云门和上帝的祖师爷德山宣鉴，自以为天下学问唯我知焉，他从四川一直向湖南走去，要向南方的禅师们挑战，好不容易到了澧阳崇信大师弘法的道场龙潭，不免心高气傲地大叫："久闻龙潭大名，没想到潭也没有、龙也没有！"但一看到龙潭风景优美，就住了下来。

有一天月黑风高，德山坐在寺前沉思佛法精义，忽然从黑暗中走出一个人影，正是崇信大师，对他说："夜深了，何不回到温暖的房里休息？"德山说："回去的路太黑了！"崇信爱怜地说："我去给你点一盏灯，一盏光明之灯。"

不一会儿，崇信从寺中点来一盏灯，虽是一盏小灯，也足以照亮通往龙潭寺的小路，他交给德山说："拿去吧！这是光明的灯。"德山正伸手要接，崇信突然一口吹熄了灯，一言不发，德山羞愧交加，猛然悟道，长跪不起。

德山所悟的道正是心灵之灯，是自然的生发，而不是外力的点燃，这种力量原本不限于灯，也就像秋天里满山的芒花，它不必言语，就让人体会了天地，全是在时间的推演下自然生变——青山犹有白发的时候，何况是人呢？

《金刚经》里说："过去心不可得，现在心不可得，未来心不可得。"为什么不可得呢？因为面对自然的浩浩渺渺，人的心念实在是无比细小，而且时刻变化，让我们无法知解人与自然的本意。这本意正是"春来草自青，秋来苇自白"，是一种宇宙时空的推演。

我读过一本《醉古剑堂扫》，其中有这样几句："今世昏昏逐逐，无一日不醉，无一人不醉。趋名者醉于朝，趋利者醉于野，豪者醉于声色车马，而天下竟为昏迷不醒之天下矣。安得一服清凉，人人解醒。"乃是因为人不能取寓自然，所以不能得人间的清凉。虽说不少智慧之士想要突破这种自然演变的藩篱，像明朝才子于孔兼在《菜根谭题词》里说："天劳我以形，吾逸吾心以补之；天厄我以遇，吾亨吾道以通之。"想要找到一条补天通天的道路，可是，我们的心再飘逸，我们的道再高远，恐怕都无法让苇芒在春日里开花吧！

人面对自然、宇宙、时空的无奈，实在是无可奈何的事，豪放如李白，在《把酒问月》一诗中曾有一段淋漓的描写："今人不见古时月，古月曾经照古人。古人今人若流水，共看明月皆如此；唯愿当歌对酒时，月光长照金樽里。"真真写出了淡淡的感慨。人能与月同行，而月却古今辉映，人在月中仅是流水一般的情境。同样的，人能在苇草白头之时感慨不已，可是年年苇草白头，而人事已非！

少年时代读《孔雀东南飞》，有几句至今仍不能忘："君当作磐石，妾当作蒲苇，蒲苇韧如丝，磐石无转移。"这是刘兰芝对丈夫表达永志不渝的誓词，竟把芦苇蒲草比作永远的磐石，令人记忆鲜明，最后仍不免徘徊于庭树之下，自挂东南枝，殉情以殁。刘兰芝魂灵已远，不能知道她心中的苇草，仍在南方的山头开放。

想到苇草种种，突然浮起苏东坡的名句"青山一发是中原"，那青山远望只是一发，而在秋天的青山里，那情牵动心的一发却已在无意之中白了发梢，即使是中原，此刻也是白发满山了吧！

　　我离开那座满芒花的丘陵，驱车往乡间走去，脑中全是在风中飘摇的芒花，竟使我微微颤抖起来，有一种越过山头的冲动，虽然心里明明知道山头可攀，而青山白发影像烙在心头，却是遥遥难越了。

下下签

有一年我到屏东乡下旅行，路过一座神庙，就进去烧香、抽签。

那是十年前的事了，当时我把抽签当成有趣的事，一点也不稀奇；但那一次在屏东庙里的抽签却是稀奇的，因为抽中的是一张下下签。在我的经验里，抽的签至少都是中上的，很少抽到坏签，那是我抽中的唯一一张下下签；尤其是那时我的生活、工作、情感都很平顺，因此抽中下下签那一刻，我惊讶得呆住了。

我根本懒得看签文写些什么，走出庙门，随手把签揉成一团丢到香炉里，看它化成一道轻烟，袅袅化去。

但走出庙门时，我感到心情十分沉重，不自觉放慢脚步，走在遍植马路两岸的芒果行道树下，思考着那张下下签的意义，我不知道它预示了什么，但我知道，应该使自己有更广大的心与宽远的见识，来包容人生偶尔会抽中的下下签。

一张下下签的内容是什么无关紧要，不过，在真实的人生里，它有如健康的人喝到一碗苦药，颇有醍醐灌顶的效果，反而能给我一些反省、一些激励。这样看，一个人一生抽到几张下下签不是什么坏事。反过来说，我们偶尔会抽中上上签，如果没有带给我们光明的力量，只令我们欢喜一场，也就没有什么好处了。

我想起从前在日本旅行,看到日本寺庙前面的树上结满白色的签纸,随风飘扬的景象。原因是抽签的人对签不满意,把它结在树上还给神明,然后重抽,一直抽到满意为止。

其实一张签诗是好是坏都没有关系,它最大的意义是在让我们转个弯,做一次新的思考,因而在顺境时抽到下下签、在逆境时抽到上上签,格外有意义。前者是居安思危,后者是反败为胜。人生的际遇从更大的角度看,不也是这样吗?

在欧美和日本的中国餐馆,常设有幸运签,有的藏在筷子里,有的包在馒头内,有的放在玻璃瓶中,这些签纸通常写着最好最美的语言,让人看了心情欢愉。我常常突发奇想,要是庙的签都是这样的好句该有多么好,一定可以帮助许多有情人成眷属,带给沮丧的人生存的希望,使挫败者有勇气走向黎明的天光。

三年前的早春,我到日本的日光山去看红叶,夜里在山上小径散步,找到一家卖荞麦面的小屋,吃面时打开筷子的纸袋,掉下一张纸,上面用中文写着:今日天气真好!我吟哦这句话,俯瞰夜色中泛着浅蓝色的山谷,谷中月光下的枫红点点,忽然觉得不只今天天气真好,人生也是非常幸福的!

人生在某种层次上,真像一张签纸。

学佛以后我就不再抽签了,我喜欢佛寺中不设签箱,对一个坦荡无碍的生命,到处都是纯净的白纸,写什么文字有什么要紧,生命的遭遇犹如水中的浮草、木叶、花瓣,终究会在时间的河流中流到远方。能这样看,我们就可以在抽签时带着游戏的心情,把一切缺憾还诸天地,让我们用真实的自我面对这万般波折的人间!

生命不免会遇到有如下下签那么糟的景况,让我们也能有一种宽容的心来承担,把它挂在树上随风飘动,或落入河中,随流水流向大海吧!

人骨念珠

　　阳光正从窗外斜斜照进，射在法师手上的一串念珠，那念珠好像极古老的玉，在阳光里，饱含一种温润的光。

　　每一粒念珠都是扁圆形，但不是非常的圆，大小也不全然相同，而且每一粒都是黑白相杂，那是玉的念珠吧！可能本来是白的，因岁月的侵蚀改变了一部分的色泽，我心里这样想着。

　　可是它为什么是不规则的呢？是做玉的工匠手工不够纯熟，还是什么原因？我心里的一些疑惑，竟使我在注视那串念珠时，感到有一种未知的神秘。

　　"想知道这是什么样的念珠，是吗？"法师似乎知道了我的心事，用慈祥的眼光看着我。

　　我点点头。

　　"这是人骨念珠。"法师说，"人骨念珠是密宗特有的念珠，密宗有许多法器是人的骨头做的。"

　　"好好的念珠不用，为什么要用人骨做念珠呢？"

　　法师微笑了，解释说一般人的骨并不能做念珠，或者说没有资格做念珠，在西藏，只有喇嘛的骨才可以拿来做念珠。

　　"人骨念珠当然比一般的念珠更殊胜了，拿人骨做念珠，特别能让人感觉到无常的迅速，修持得再好的喇嘛，他的身体也终于要衰败终至死亡，使我们在数念珠的时候不敢懈怠。"

"另外，人骨念珠是由高僧的骨头做成，格外有伏魔克邪的力量。尤其是做度亡法会的时候，人骨念珠有不可思议的力量，使亡者超度，使生者得安。"

……

说着说着，法师把他手中的人骨念珠递给我，我用双手捧住那串念珠，才知道这看起来像玉石的念珠，是异常的沉重，它的重量一如黄金。

我轻轻地抚摸这表面粗糙的念珠，仿佛能触及内部极光润、极细致的质地。我看出人骨念珠是手工磨出来的，因为它表面的许多地方还有着锉痕，虽然那锉痕已因摩搓而失去了锐角。细心数了那念珠，不多不少，正好一百一十粒，用一条细而坚韧的红线穿成。

捧着人骨念珠有一种奇异的感受，好像捧着一串传奇，在遥远的某地，在不可知的时间，有一些喇嘛把他们的遗骨奉献，经过不能测量的路途汇集在一起，由一位精心的人琢磨成一串念珠。这样想着，在里面已经有了许多无以细数的因缘了。最最重要的一个因缘是，此时此地它传到了我的手上，我仿佛能感觉到念珠里依然温热的生命。

法师看我对着念珠沉思，不禁勾起他的兴趣，他说："让我来告诉你这串念珠的来历吧！"

原来，在西藏有天葬的风俗，人死后把自己的身体布施出来，供鸟兽虫蚁食用，是谓天葬。有许多喇嘛生前许下愿望，在天葬之后把鸟兽虫蚁吃剩的遗骨也奉献出来，作为法器。人骨念珠就是喇嘛的遗骨做成的，通常只有两部分的骨头可以做念珠，一是手指骨，一是眉轮骨（就是眉心中间的骨头）。

为什么只取用这两处的骨头呢？

因为这两个地方的骨头与修行最有关系，眉轮骨是观想的进出口，也是置心的所在，修行者一生的成就尽在于斯。手指骨则是平常用来执法器、数念珠、做法事、打手印的，也是修行的关键。

"说起来，眉骨与指骨就是一个修行人最常用的地方了。"法师边说边站起来，从佛案上取来另一串人骨念珠，非常的细致圆柔，与我手中的一串大有不同，他说："这就是手指骨念珠，把手指的骨头切成数段，用线穿过就成了。手指骨念珠一般说来比较容易取得，因为手指较多，几人就可以做成一串念珠了。眉轮骨的念珠就困难百倍，像你手中的这串，就是一百一十位喇嘛的眉轮骨呢！"

"通常，取回喇嘛的头骨，把头盖骨掀开，镶以金银，作为供养如来菩萨的器皿。接着，取下眉轮骨，这堆骨头都异常坚硬，取下时是不规则的形状，需要长时间的琢磨。在藏传佛教寺庙里，一般都有发愿琢磨人骨念珠的喇嘛，他们拿这眉轮骨在石上琢磨，每磨一下就念一句心咒或佛号，一个眉轮骨磨成圆形念珠，可能要念上几万甚至几十万的心咒或佛号，因此，人骨念珠有不可思议的力量也是很自然的了。"

法师说到这里，脸上流出无限的庄严，那种神情就像是，琢磨时聚在念珠里的佛号与心咒，一时之间汹涌出来。接着他以更慎重的语气说：

"还不只这样，磨完一个喇嘛的眉轮骨就以宝箧盛着保存起来，等到第二位喇嘛圆寂，再同样磨成一粒念珠。有时候，磨念珠的喇嘛一生也磨不成一串眉轮念珠，他死了，另外的喇嘛接替他的工作，把他的眉轮骨也磨成念珠，放在宝箧里……"法师说到这里，突然中断了语气，发出一个无声赞叹，才说，"这样的一串人骨念珠，得来非常不易，集合一百一十位喇嘛的眉骨，就是经过很长的时间，而光是磨念珠时诵在其中的佛号心咒更不可计数，真是令人赞叹！"

我再度捧起人骨念珠，感觉到心潮汹涌，胸口一阵热，感受到来自北方大漠口流荡过来的暖气。突然想起过去我第一次执起用喇嘛大腿骨做成的金刚杵，当时心中的澎湃也如现在，那金刚杵是用来降伏诸魔外道，使邪魔不侵；这人骨念珠则是破除愚痴妄想的无明，显露目性清净的智慧。它们都曾是某一高僧身体的一部分，更让我们照见了自我的卑微与渺小。

我手中的人骨念珠如今更不易得，因为西藏遥远，一串人骨念珠要飞越重洋关山，辗转数地，才到这里。在西藏的修行者，他们眉轮骨结出的念珠，每一粒都是一则传奇、一个誓愿、一片不肯在时间里凋谢的花瓣。

……

在空相上、在实相上，人都可以是莲花，《法华经》说："佛所说法，譬如大云，以一味雨，润于人华。"《涅槃经》说："人中丈夫，人中莲花，分陀利华（即白莲花）。"《往生要集》里也说："如来心相如红莲花。"

人就是最美的莲花了，比任何花都美！佛经里说人往生西方净土，是在九品莲花中化生。对我们来说，西方净土是那么遥远，可是有时候，有某些特别的时候，我们悲悯那些苦痛的人、落难的人、自私的人、痴情的人、愚昧的人、充满仇恨的人，乃至于欺凌者与被欺凌者，放纵者与沉溺者，贪婪者与不知足者，以及每一个不完满的人不完满的行为……由于这种悲悯，我们的心被牵引到某些心疼之处，那时，我们的莲花就开起了。

莲花不必在净土，也在卑湿污泥的人间。如泪的露水，也不一定为悲悯而流，有时是智慧的光明，有时只是为了映照自己的清净而展现的吧！

在极静极静的夜里，我独自坐在蒲团上不观自照，就感觉自己化成一朵莲花，根部吸收着柔和的清明之水，茎部攀缘脊椎而上，到了头顶时突然向四方开放，露水经常在喉头涌起，沁凉恬淡，而往往花瓣上那悲悯之泪就流在眉轮的地方。

我的莲花，常常，一直，往上开，往上开，开在一个高旷无边的所在……

我恭敬地把人骨念珠还给法师，法师说："要不要请一串回去供养呢？"我沉默地摇头。我想，知道了人骨念珠的故事也就够了，请回家，反而不知道要用什么心情去数它。

告辞法师出来，黄昏真是美，远方山头一轮巨大橙红的落日缓缓落下，形状正如一粒人骨念珠，那落日与念珠突然使我想起《大日经》的几句经文：

"心水湛盈满，洁白如雪乳。""云何菩提？谓如实知自心。"

如实知自心，正是莲花！正是般若，正是所有迷失者的一盏灯！

如果说人真是莲花，人骨念珠则是一串最美的花环，只有最纯净的人才有资格把它挂在颈上，只有最慈悲的人才配数它。

我似昔人，不是昔人

一

憨山大师有一年冬天读《肇论》，对里面僧肇大师谈到的"旋岚偃岳而常静，江河竞注而不流"感到十分疑惑，心思惘然。

又读到书里的一段：有一位梵志从幼年出家，一直到白发苍苍才回到家乡，邻居问梵志说："昔人犹在耶？"梵志说："吾似昔人，非昔人也。"憨山豁然了悟，说："信乎！诸法本无去来也！"

然后，他走下禅床礼佛，悟到无起动之相，揭开竹帘，站立在台阶上，忽然看见大风吹动庭院里的树，飞叶满空，却了无动相，他感慨地说："这就是旋岚偃岳而常静呀！"又看到河中流水，了无流相，说："此江河竞注而不流呀！"于是，去来生死的疑惑，从这时候起完全像冰雪融化一样，随手作了一首偈：

死生昼夜，水流花谢。
今日乃知，鼻孔向下。

二

我每一次想到憨山大师传记里的这一段，都会感动不已，它似乎在冥冥中解释了时空岁月的答案。

表面上看，山上的旋岚、飘叶、云飞，是非常热闹的，但是山的本身却是那么安静——河中的水奔流不停，但是河的本质并没有什么改变。人的生死，宇宙的昼夜，水的奔流，花果的飘零，都像是这样，是自然的进程罢了。

这就是为什么梵志白发回乡，对邻居说："我像是从前的梵志，却已经不是以前的梵志了。"

岁月在我们的身上，毫不留情地写下刻痕，在每一次揽镜自照的时候，都会慨然发现，我们的脸容苍老了，我们的白发增生了，我们的身材改变了，于是，不免要自问："这是我吗？"这就是从前那一位才华洋溢、青春飞扬、对人世与未来充满热切追求的我吗？

这是我，因为每一步改变的历程，我都如实地经历，还记得自己的十岁、二十岁、三十岁，一步一步地变迁。

这也不是我，因为不论在外貌、思想、语言都已经完全改变了。如果遇到三十年前的旧友，他可能完全不认得我，或许，我如果在街上遇见十岁时的自己，也会茫然地错身而过。

时空与我，在生命的历程上起着无限的变化，使我感到惘然。

那关于我的，到底是我呢，不是我吗？

三

有一次返乡，在我就读过的旗山小学大礼堂演讲，我的两个母校，旗山小学、旗山中学都派了学生来献花，说我是杰出的校友。

演讲完后，遇到了一些我的小学、中学的老师，简直不敢与他们相认，因为他们都老得不是原来的样子，当时我就想，他们一定也有同样的感慨吧！没想到从前那个从来不穿鞋上学的毛孩子，现在已经步入中年了。

一位二十年没见的小学同学来看我，紧紧握着我的手说："二十年没见，想不到你变得这么老了！"——他讲的是实话，我们是两面镜子，他看见我的老去，我也看到了他的白发，其中最荒谬的是，我们都确信眼前这完全改变的同学，是"昔日人"，也相信自己还是从前的我。

一位小学老师说："没想到你变得这么会演讲呢！"

我想到，小时候我就很会演讲，只是汉语不标准，因此永远没有机会站上讲台，不断挫折与压抑的结果，使我变得忧郁，每次上台说话，就自卑得不得了，甚至脸红心跳说不出话来。

连我自己都不能想象，二十几年之后，我每年要做一百多次的大型演讲，当然，我的老师更不能想象的。

我不只是外貌彻底地改变了，性格、思想也不再是从前的自己。

但是，属于童年的我，却是旋岚偃岳，江河竞注，那样清晰，充满了动感。

四

今年过年的时候，在家里一张被弃置多年的书桌里，找到了我在童年、少年时代的一些照片，黑白的、泛着岁月的黄渍。

我坐在书桌前专注地寻索着那些早已在岁月之流中逝去的自己，瘦小、苍白，常常仰天看着远方。

那时在乡下的我们，一面在学校读书，一面帮忙家里的农事，对未来都有着茫然之感，只知道长大一定要到远方去奋斗，渴望有衣锦还乡的一天。

有一张照片后面，我写着：

男儿立志出乡关，

毕业无成誓不还。

那是初中三年级，后来我到台南读高中，大学考了好几次，有一段时间甚至灰心丧志，觉得天下之大，竟没有自己容身的地方。想到自己十五岁就离家了，少年迷茫，不知何往。

还有一张是高中一年级的，背后竟早熟地写道：

我是谁？

我从哪里来？

要往哪里去？

在人群里，谁认识我呢？

我看着那些照片，试图回到当时的情境，但情境已渺，不复可追。如果我不写说明，拿给不认识从前的我的朋友看，他们一定不能在人群里认出我来。

坐在地板上看那些照片，竟看到黄昏了，直到母亲跑上来说："你在干什么呢？叫好几次吃晚饭，都没听见。"我说在看从前的照片。

"看从前的照片就会饱了吗？"母亲说，"快！下来吃晚饭。"

我醒过来，顺随母亲下楼吃晚饭，母亲说得对，这一顿晚饭比从前的照片重要得多。

五

这二十年来，我写了五十几本书，由于工作忙碌，很少回乡，哥哥姐姐竟都是在书里与我相见。

有一次，姐姐和我讨论书中的情节，说："你真的经历这些事吗？"

"是的。"我说。

"真想不到，我的同事都问我，你写的那些是不是真的，我说我也不知道呀！因为我的弟弟十五岁就离家了。"

有时候，我出国也没有通知家里的人。那时在《中国时报》当主编，时常到国外去出差，几乎走遍了半个地球。亲戚朋友偶尔会问：

"这写埃及的，是真的吗？""这写意大利的，是真的吗？"

我的脸上并没有写过我到过的国家，我的眼里也无法映现生命那些私密经验的历程，因此，到后来，连我自己也会问自己："这些都是真的吗？"如果是假的，为什么如此真实？如果是真的，现在又在何处呢？生命的经验没有一段是真的，也没有一段是假的，回想起来，真的是如梦如幻，假的又是刻骨铭心，在走过了以后，真假只是一种认定呀！

六

有时候，不肯承认自己四十岁了，但现在的辈分又使我尴尬。

早就有人叫我"叔公""舅公""姨丈公""姑丈公"了，一到做了公字辈，不认老也不行。

我是怎么突然就到了四十岁呢？

不是突然！生命的成长虽然有阶段性，每天却都是相连的，去日、今日与来日，是在喝茶、吃饭、睡觉之间流逝的，在流逝的时候并不特别警觉，但是每一个五年、十年就仿佛河流特别湍急，不免有所醒觉。

看着两岸的人、风景，如同无声的黑白默片，一格一格地显影、定影，终至灰白、消失。

无常之感在这时就格外惊心，缘起缘灭在沉默中，有如响雷。

生命会不会再有一个四十年呢？如果有，我能为下半段的生命奉献什么？

由于流逝的岁月，似我非我；未来的日子，也似我非我，只有善待每一个今朝，尽其在我珍惜的每一个因缘，并且深化、转化、净化自己的生命。

七

憨山大师觉悟到"旋岚偃岳而常静，江河竞注而不流"的时候，是二十九岁。想来惭愧，二十九岁的时候我在报馆里当主笔，旋岚乱动，江河散流，竟完全没有过觉悟的念头。

现在懂得了一点点佛法、体验一些些无常、关照一丝丝缘起，才知道要做一个不受人惑的人是多么艰难。幸好，选到了一双叫"菩萨道"的鞋子，对路上的荆棘、坑洞，也能坦然微笑地迈步了。

记得胡适先生在四十岁时，曾在照片上自提了"做了过河卒子，只要拼命向前"，我把它改动一下，"看见彼岸消息，继续拼命向前"，来作为自己四十岁的自勉。

但愿所有的朋友，也能一起前行，在生命的流逝、在因缘的变换中，都能无畏，做不受惑的人。

活的钻石

一个孩子问我："叔叔，这个世界上有没有比钻石更有价值的东西？"

我问他："你怎么会问这个问题呢？"

他说："因为报纸上刊登了一个模特儿穿着一件镶满钻石的礼服，听说价值一亿呢！"

我说："有呀！这个世界上所有活着的钻石都比钻石珍贵而有价值。"

"钻石不是矿物吗？怎么会有活的钻石呢？"

我告诉孩子，凡是有价值的、生长着的事物，我们都可以叫它是活的钻石。像我们可以说花是活的钻石、爱是活的钻石、智慧是活的钻石、一个孩子是活的钻石，我摸摸孩子的头说："你也是活的钻石呀，如果用克拉来算，你的价值也超过一亿呢！"

孩子不可置信地看着我，从他的眼神中，我看到了价值的混乱。但是价值确是如此被混乱的，许多人误以为钻石的价值是真实的，反而不能相信世间有许多事物，其价值犹在钻石之上。

就像毒品好了，每次当警方查获大批的海洛因或安非他命，新闻报道常说："此次查获的毒品，价值五亿四千万元。"这使我们读了感到混乱，因为毒品在不吸毒的人眼中根本是一文不值的，甚至会伤身害命，怎么可能有那么高的"价值"？

钻石虽然不是毒品，它的价值与价钱是值得思考的。钻石作为一种石头，它的价值是中立的，它的光芒是因为附加的价值而显现。

如果是以钻石来表达爱情的永恒坚贞，钻石就变得有价值。

如果是以钻石来炫耀自己的虚荣，则钻石是一文不值的。

如果是以钻石参加慈善的义卖，去救助那些贫苦的众生，钻石就变得有价值。

如果把钻石收藏于柜中，甚至无缘见天日，则钻石是一文不值的。

有了好的附加价值，使钻石活了起来。

变成虚荣与炫耀的工具，钻石就死去了。

不只是钻石，所有无生命的、被认为珍宝的事物皆是如此，玉石、翡翠、珍珠、琥珀、琉璃、黄金、珊瑚，等等，并没有真正的价值。

事物的价值是因为"意义"而确定的，意义则是由于"心的态度"而确立的。

如果我们真能确立以心为主的人格与风格，来延伸人生的意义与价值，就会显现生命的诚意，使生活的一切都得到宝爱与珍惜。每一朵花、每一个观点、每一段历程都变成"活的钻石"，每一分爱、每一次思维、每一次成长都以"克拉"来计算。

在这无常的世界、每一步都迈向空无的人间，重要的是"活"，而不是"钻石"。

每时每刻都是活生生的，都走向活的方向，都有完全的活。

每一个刹那都淳珍宝爱，都充满热诚与美，都有创造的力。

那么，生命就会有钻石的美好、钻石的光芒了。

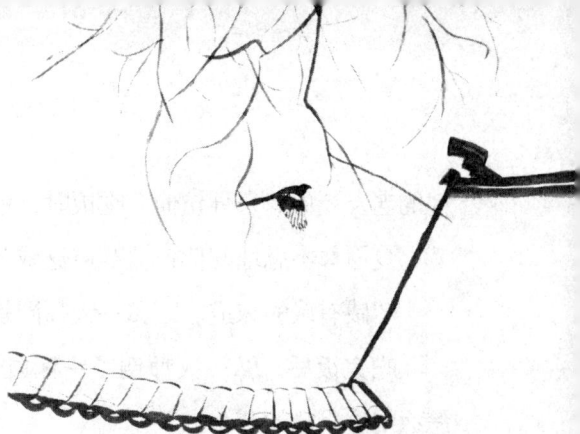

咸也好，淡也好

一个青年为着情感离别的苦痛来向我倾诉，气息哀怨，令人动容。

等他说完，我说："人生里有离别是好事呀！"

他茫然地望着我。

我说："如果没有离别，人就不能真正珍惜相聚的时刻；如果没有离别，人间就再也没有重逢的喜悦。离别从这个观点看，是好的。"

我们总是认为相聚是幸福的，离别便不免哀伤。但这幸福是比较而来，若没有哀伤作衬托，幸福的滋味也就不能体会了。

再从深一点的观点来思考，这世间有许多的"怨憎会"，在相聚时感到重大痛苦的人比比皆是，如果没有离别这件好事，他们不是要永受折磨，永远沉沦于恨悔之中吗？

幸好，人生有离别。

因相聚而幸福的人，离别最好，使那些相思的泪都化成甜美的水晶。

因相聚而痛苦的人，离别最好，雾散云消看见了开阔的蓝天。

可以因缘离散，对处在苦难中的人，有时候正是生命的期待与盼望。

聚与散、幸福与悲哀、失望与希望，假如我们愿意品尝，样样都有滋味，样样都是生命中不可或缺的。

高僧弘一大师晚年把生活与修行统合起来，过着随遇而安的生活。有一天，他的老友夏丏尊来拜访他，吃饭时，他只配一道咸菜。

夏丏尊不忍地问他："难道这咸菜不会太咸吗？"

"咸有咸的味道。"弘一大师回答道。

吃完饭后，弘一大师倒了一杯白开水喝，夏丏尊又问："没有茶叶吗？怎么喝这平淡的开水？"

弘一大师笑着说："开水虽淡，淡也有淡的味道。"

我觉得这个故事很能表达弘一大师的道风，夏丏尊因为和弘一大师是青年时代的好友，知道弘一大师在李叔同时代，有过歌舞繁华的日子，故有此问。弘一大师则早就超越咸淡的分别，这超越并不是没有味觉，而是真能品味咸菜的好滋味与开水的真清凉。

生命里的幸福是甜的，甜有甜的滋味。

情爱中的离别是咸的，咸有咸的滋味。

生活的平常是淡的，淡也有淡的滋味。

我对年轻人说："在人生里，我们只能随遇而安，来什么品味什么，有时候是没有能力选择的。就像我昨天在一个朋友家喝的茶真好，今天虽不能再喝那么好的茶，但只要有茶喝就很好了。如果连茶也没有，喝开水也是很好的事呀！"

孔雀菜

带孩子上菜市场，偶然间看到一个菜贩在卖番薯叶子，觉得特别眼熟。

番薯叶子是我童年在乡下常吃的青菜，那时或许也不能算是青菜，而是种番薯的副产品。番薯是最容易生长的作物，旧时乡间每一家都会种番薯田，尤其是稻子收成以后，为了使土地得到调节，并善用地利，总会种一些番薯，等到收成以后再播下一季的稻子。

那些年，番薯为乡间农民做了很大的贡献，好的番薯可以出售，可以果腹以补白米的不足，较差的则可以用来养猪。番薯菜叶也是养猪用的，所以在乡下叫"猪菜"，但大人们觉得养猪也可惜，总是把嫩的部分留下来，作为佐餐的菜肴。三十年前，不太有多吃青菜的观念，只要能吃饱就很不错了，因此，番薯叶子几乎是家庭里最常见的青菜。市场里看到番薯叶子，忍不住对孩子说起童年关于番薯叶子的记忆。

孩子专注聆听，似懂非懂，听完了，突然举起小手指着番薯叶子说："这应该叫孔雀菜！""孔雀菜？为什么要叫孔雀菜呢？"我惊奇地问。"因为它长得真像孔雀的尾巴。"我拿起摊子上摆着的番薯叶子，仔细端详，果然发现它的样子像极了孔雀尾巴，它的梗笔直拉高，末端的叶子青翠怒放，尤其是有一些圆形的品种，张开来，简直就是开屏时的孔雀了。

四岁孩子的观察力与想象力深深地震撼了我。在过去，番薯叶子对我来说是一种贫苦生活的象征，因为我和千千万万台湾的农家子弟一样，经验了物质匮乏的苦，所以看到番薯叶子，那些苦的生活汁液便被搅动了。可是对于我的孩子，他生命里还没有苦的概念，因此在最平凡、最卑贱的番薯叶子里竟看见了孔雀一般的七彩之美，番薯叶子对他便成为一种美丽与快乐的启示了。

从那一次以后，我们家就把番薯叶子称为"孔雀菜"，吃的时候仿佛一切的苦难都消失了，只留下那最快乐的部分，而这平凡卑微的菜式也变得格外的高贵精美了。

可见，一个人对于苦乐的看法并不是一定，也不是永久的，就如同我现在回想童年生活，感觉到它有许多苦的部分，其实苦中有乐，而许多当年深以为苦的事，现在想起来却充满了快乐。

乞丐中的乞丐

苦乐非但是随着时间空间而有不同的感受，并且也是纯主观的，在这个世界上，主观地说可能有最苦的人或最苦的事件，可是在客观里，人的苦乐就没有"最"字了。

就像孔子的学生颜回，他居陋巷，曲肱而枕之，一箪食，一瓢饮，人不堪其忧，回也不改其乐。最值得注意的是"忧"和"乐"两个字，对一般人来说，颜回那么简单的生活，几乎是最苦的了，但他却不以为苦，反而觉得那是一种无上的快乐。这种境界，古来许多修习头陀苦行的禅师必然体会得最深刻，即使是近代，像人道主义者史怀哲，像伟大的教育者海伦·凯勒，像拯救印度的甘地，乃至深怀人类苦难悲愿的德蕾莎修女，他们不都是以苦为乐，成就了令人崇仰的志业吗？

痛苦和快乐是没有一定的道理的！

我记得小时候，我的父亲说过一个故事，他说从前有个乞丐，从这个乡村走到另一个乡村去乞讨金钱，路途的跋涉自不在话下，但是他在那个乡村从早到晚，只讨到一点点的钱，黄昏的时候他悲哀地想着："我一定是这个世界上最可怜的人了，做了乞丐还不要紧，居然走了一天路，还讨不到钱，天底下还有像我这么可怜的人吗？"

于是，他悲痛地走回他居住的乡村，但是一路上他遇到好几位乞丐，衣服比他更破烂，身体比他更瘦弱，走过来向他伸手要钱。他看到那些乞丐，忍不住百感交集落下泪来，想道："原来天底下还有比我更可怜的人！"

故事的结局是老套，这位乞丐从此改变了人生观，奋发向上，终于成为一个有用的人。

这个故事留给我很深的印象，因为它有一个深刻的哲理："除非我们自认为是世界上最可怜的人，否则我们一定不是最可怜的人。"苦乐乃是比较级的，没有了比较，苦乐就不会那么明显了。这个道理，梁启超曾写过一篇《惟心》，分析得最为透彻，我且引几段来看！

戴绿眼镜者，所见物一切皆绿；戴黄眼镜者，所见物一切皆黄；口含黄连者，所食物一切皆苦；口含蜜饴者，所食物一切皆甜。一切物果绿耶？果黄耶？果苦耶？果甜耶？一切物非绿、非黄、非苦、非甜，一切物亦绿、亦黄、亦苦、亦甜，一切物即绿、即黄、即苦、即甜。然则绿也、黄也、苦也、甜也，其分别不在物而在我，故曰"三界惟心"。

天地间之物，一而万，万而一者也。山自山，川自川，春自春，秋自秋，风自风，月自月，花自花，鸟自鸟，万古不变，无地不同。然有百人于此，同受此山、此川、此春、此秋、此风、此月、此花、此鸟之感触，而其心境所现者百焉；千人同受此感触，而其心境所现者千焉；亿万人乃至无量数人同受此感触，而其心境所现者亿万焉，乃至无量数焉。然则欲言物境之果为何状，将谁氏之从乎？仁者见之谓之仁，智者见之谓之智，忧者见之谓之忧，乐者见之谓之乐，吾之所见者，即吾所受之境之真实相也。故曰：惟心所造之境为真实。

梁启超的文字典雅明白，让我们看到苦乐的感受其实是主观的认定，这是庄子所说"子非鱼，安知鱼之乐"的道理。梁启超还有一段谈苦乐的文章，更精确地指出苦乐非但是主观的，而且是比较的，他说：

三家村学究得一第，则惊喜失度，自世胄子弟视之何有焉？乞儿获百金于路，则挟持以骄人，自富豪视之何有焉？飞弹掠面而过，常人变色，自百战老将视之何有焉？一箪食，一瓢饮，在陋巷，人不堪其忧，自有道之士视之，何有焉？天下之境，无一非可乐、可忧、可惊、可喜者，实无一可乐、可忧、可惊、可喜者。乐之、忧之、惊之、喜之，全在人心。所谓天下本无事，庸人自扰之。境则一也，而我忽然而乐，忽然而忧，无端而惊，无端而喜，果胡为者！如蝇见纸窗而竞钻，如猫捕树影而跳掷，如犬闻风声而狂吠，扰扰焉送一生于惊、喜、忧、乐之中，果胡为者！若是者，谓之知有物而不知有我；知有物而不知有我，谓之我为物役，亦名曰：心中之奴隶。

明白了这一层道理，苦乐又何足惧哉！

一切由己，自在安乐

从佛教的观点来看，苦乐的哲学则更可以了然，释迦牟尼在《遗教经》里有五段谈到知足：

汝等比丘，若欲脱诸苦恼，当观知足。知足之法，即是富乐安隐之处。知足之人，虽卧地上，犹为安乐；不知足者，虽处天堂，亦不称意。不知足者，虽富而贫；知足之人，虽贫而富。不知足者，常为五欲所牵，为知足者之所怜悯。是名知足。

佛陀进一步指出一个人快乐的来源，就是"知足"，另一个快乐的来源是"少欲"，《遗教经》另一章说：

汝等比丘，当知多欲之人，多求利故，苦恼亦多；少欲之人，无求无欲，则无此患。直尔少欲，尚宜修习，何况少欲能生诸功德。少欲之人，则无谄曲以求人意，亦复不为诸根所牵，行少欲者，心则坦然，无所忧畏，触事有余，常无不足。有少欲者，则有涅槃，是名少欲。

这真是智慧之言，因为能少欲无为，所以能身心自在，如果我们把心量放大，再回来看苦乐，那苦乐就更不足道，佛陀在《四十二章经》中，说出了一个悟道者的真知灼见：

吾视王侯之位，如过隙尘。视金玉之宝，如瓦砾。视纨素之服，如敝帛。视大千界，如一诃子。视阿耨池水，如涂足油。视方便门，如化宝聚。视无上乘，如梦金帛。视佛道，如眼前华。视禅定，如须弥柱。视涅槃，如昼夕寤。视倒正，如六龙舞。视平等，如一真地。视兴化，如四时木。

一个人假如能悟到如此巨大伟岸，苦乐再大，也自然无波。我们虽不能像佛陀有那样深广无上的智慧，但我们可以体会那样的智慧，也就不会为世苦所染着了。我们若能自我清洗、自我把持，减少外境的干扰，则较清净喜乐的人生并不是不可能的。在《大般涅槃经》里有一小段话是值得记诵的：

一切属他，则名为苦；一切由己，自在安乐。

我们所说对苦乐的真实认识，也不是那么难以达到。我有一次坐出租车，就曾被出租车司机深深地感动，那个司机原来是一家贸易公司的小主管，他服务的公司倒闭了，一时之间找不到合适的工作，只好去开出租车，他说：

"我刚开始开出租车时，心情非常郁闷苦恼，时常想到我过去曾经有大的抱负，没想到沦落到来开出租车。而且出租车不是那么容易开的，新手忙了一整天所赚的钱可能还不如老手开个几小时。有一天，我早上八点就出门了，一直开到晚上十点，说起来你不相信，只赚了两百多块，不管怎么努力开，不是找不到客人，就是客人刚刚坐上别的出租车。那时的心情很难形容，我感觉到人生的绝望，我沦落来开出租车已经很惨了，我想天下没有比我更悲惨的出租车司机，跑了十四个小时，只收到两百块，连油钱都赚不回来。我就想，自杀算了！活在这个世界上还有什么意思呢？

"结果正想死的时候，遇到路边发生车祸，一家三口都受伤了，两个重伤，一个轻伤，我急忙把他们送到医院去，往医院的路上，我虽然为那家人难过，但自己的心情突然开朗，觉得我是很幸运的人了，四肢完好，身体也健康，年轻力壮，还能开出租车赚钱，比起那些受伤、残废、躺在医院里的人幸福得多了。"

世间何者最快乐

一个出租车司机就这样重生，因为他从生活中体会到苦乐的智慧，知道自己再苦，总有比我们更苦的人，积极的人生观就是这样建立起来的。我们其实也很容易像出租车司机一样，体会那种苦乐转换的心境，因为那原是一体的两面，汉武帝有一首短歌，颇能道出这种心情：

欢乐极兮哀情多，少壮几时兮奈老何！

佛经里讲到苦乐更是拨开两面，直趋究竟，认为一切的苦是"苦苦"，就是人人认为的苦，那是苦的；而一切的乐是"乐苦"，就是看出快乐也是一种苦，是一种断灭之苦，当人失去快乐的时候，就是苦了。

我们来看看佛经的两个故事：

有四个新学比丘，一天在讨论"世间以何为最快乐"的问题。甲说："春情美景百花争妍，身游其间，最为快乐。"乙说："宗亲宴会，大吃特吃，最为快乐。"丙说："多积财宝，富贵傲人，最为快乐。"丁说："妻妾满堂，夸耀乡里，最为快乐。"四人各执己见，争论不休，刚刚好被佛听见，就告诫他们道："汝等学佛，未循正道修养，误以世法为乐，春景刚至，秋来摧残，有何快乐？胜会不常，盛筵易散，有何可乐？钱是五共（水浸、火烧、贼偷、子败、官没）之物，得来辛苦，散去忧虑，有何快乐？妻妾满堂，难免生怨死离，有何快乐？真正快乐，唯在解脱烦恼，证入涅槃！"

另一个故事是：从前有个信佛的普安王，请了邻国四个国王来聚餐，讨论到世间以什么事为最快乐。甲王说："旅游最快乐。"乙王说："和爱人在一起听音乐最快乐。"丙王说："家财万贯，一切如意，最快乐。"丁王说："有大权力，控制一切，最快乐。"普安王说："各位所说的都是痛苦之本，忧畏之源不是真正的快乐；须知乐极生悲，乐为苦薮，得势凌人，失势被辱。唯有信奉佛法，寂静无染，无欲无求，然后证道，才是人生第一乐事。"

如蜂采华，但取其味，不损色香

人世间的苦痛不外乎是贫穷、疾病、孤独、死亡、爱欲不能圆满，等等，这原是无可如何之事，但如果我们能往前回溯，心情一如赤子，则番薯菜叶也自有孔雀开屏的丰采，自然能活得多一点点心安、多一点点自在。

在无穷的岁月里，我们今生的百年只是一瞬间，在这一瞬间，我们如果能多认识自我的心灵，少一点名利的追逐；多一些境界的提升，少一点物欲的沉沦，那么过一个比较知足快乐的生活并不太难，忘乎苦乐的出世观照非寻常人能够，但入世生活如果能依佛所说："于好于恶，勿生增减……如蜂采华，但取其味，不损其味，不损色香。"一方面体会生命的种种滋味，一方面浅尝即止不使自己受到伤害，则面对或苦或乐时也能坦然处之了。

不是茶

　　日本茶道大师千利休，是日本无人不晓的历史人物，他的家教非常成功，千利休家族传了十七代，代代都有茶道名师。

　　千利休家族后来成为日本茶道的象征，留下来的故事不计其数，其中有三个故事我特别喜欢。

一

　　千利休到晚年时，已经是公认的伟大茶师，当时掌握大权的将军秀吉特地来向他求教饮茶的艺术，没想到他竟说饮茶没有特别神秘之处，他说："把炭放进炉子里，等水开到适当程度，加上茶叶使其产生适当的味道。按照花的生长情形，把花插在瓶子里。在夏天的时候使人想到凉爽，在冬天的时候使人想到温暖，没有别的秘密。"

　　发问者听了这种解释，便带着厌烦的神情说，这些他早已知道了。千利休厉声地回答说："好！如果有人早已知道这种情形，我很愿意做他的弟子。"

　　千利休后来留下一首有名的诗，来说明他的茶道精神：

先把水烧开，

再加进茶叶，

然后用适当的方式喝茶，

那就是你所需要知道的一切，

除此以外，茶一无所有。

这是多么动人，茶的最高境界就是一种简单的动作、一种单纯的生活，虽然茶可以有许多知识学问，在喝的动作上，它却还原到非常单纯有力的风格，超越了知识与学问。也就是说，喝茶的艺术不是一成不变的，随着每个人的个性与喜好，用自己"适当的方式"，才是茶的本质。如果茶是一成不变的，也就没有"道"可言了。

二

另一个动人的故事是关于千利休教导他的儿子。日本人很爱干净，日本茶道更有着绝对一尘不染的传统，如何打扫茶室因而成为茶道艺术极重要的传承。

传说当千利休的儿子正在洒扫庭园小径时，千利休坐在一旁看着。当儿子觉得工作已经做完的时候，他说："还不够清洁。"儿子便出去再做一遍，做完的时候，千利休又说："还不够清洁。"这样一而再再而三地做了许多次。

过了一段时间，儿子对他说："父亲，现在没有什么事可以做了。石阶已经洗了三次，石灯笼和树上也洒过水了，苔藓和地衣都披上了一层新的青绿，我没有在地上留下一根树枝和一片叶子。"

"傻瓜，那不是清扫庭园应该用的方法。"千利休对儿子说，然后站起来走入园子里，用手摇动一棵树，园子里霎时间落下许多金黄色和深红色的树叶，这些秋锦的断片，使园子显得更干净宁谧，并且充满了美与自然，有着生命的力量。

千利休摇动的树枝，是在启示人文与自然和谐乃是环境的最高境界，在这里也说明了一位伟大的茶师是如何从茶之外的自然得到启发。如果用禅意来说，悟道者与一般人的不同也就在此，过的是一样的生活，对环境的观照已经完全不一样，他能随时取得与环境的和谐，不论是秋锦的园地或瓦砾堆中都能创造泰然自若的境界。

三

还有一个故事是关于千利休的孙子宗旦，宗旦不仅继承了父祖的茶艺，对禅也极有见地。

有一天，宗旦的好友京都千本安居院正安寺的和尚，叫寺中的小沙弥送给宗旦一枝寺院中盛开的椿树花。

椿树花一向就是极易掉落的花，小沙弥虽然非常小心地捧着，花瓣还是一路掉下来，他只好把落了的花瓣拾起，和花枝一起捧着。

到宗旦家的时候，花已全部落光，只剩一枝空枝，小沙弥向宗旦告罪，认为都是自己粗心大意才使花落下了。

宗旦一点也没有怨怪之意，并且微笑地请小沙弥到招待贵客的"今日庵"茶席上喝茶。宗旦从席上把祖父千利休传下来的名贵的国城寺花筒拿下来，放在桌上，将落了花的椿树枝插于筒中，把落下的花散放在花筒下，然后他向空花及空枝敬茶，再对小沙弥献上一盏清茶，谢谢他远道赠花之谊，两人喝了茶后，小沙弥才回去向师父复命。

宗旦是表达了一个多么清朗的境界！花开花谢是随季节变动的自然，是一切的"因"；小和尚持花步行而散落，这叫作"缘"；无花的椿枝及落了的花，一无价值，这就是"空"。

从花开到花落，可以说是"色即是空"，但因宗旦能看见那清寂与空静之美，并对一切的流动现象，以及一切的人抱持宽容的敬意，他把空变成一种高层次的美，使"色即是空"变成"空即是色"。

对于看清因缘的人，"色不异空""空不异色"也就不是那么难以领会了。

老和尚、小沙弥、宗旦都知道椿树花之必然凋落，但他们都珍惜整个过程，这就是我们常说的"惜缘"。惜缘所惜的并不是对结局的期待，而是对过程的宝爱呀！

在日本历史上，所有伟大的茶师都是学禅者，他们都向往沉静、清净、超越、单纯、自然的格局，一直到现代，大家都公认不学禅的人是没有资格当茶师的。

因此，关于茶道，日本人有"不是茶"的说法。茶道之最高境界竟然不是茶，从这里也可以看出人们透过茶，是在渴望着什么，简单地说，是渴望着渺茫的自由，渴望着心灵的悟境，或者渴望着做一个更完整的人吧！

辑六

人生要靠自己成全

永远活着

到银行去办事，听到一位七十几岁的老太太和银行行员的对话。

银行行员："老太太，你一次领这么多钱呀？外面歹徒很多，可要小心一点。"

老太太："我要领去买股票。"

"买股票？老太太，你都买什么股票？"

"我什么股票都买呀！最近涨得厉害，听说还会再涨，我这些钱要拿来买水泥股。"

"……"

老太太领完了钱，步履蹒跚地走出银行。

这一段简短的对话，使我怔了很久，老太太看起来虽然是七十多的人了，身体还蛮健康的样子，而且她衣着朴素，看起来是省吃俭用的人，她为什么要在有限的余年去买股票，何况赚那么多钱要做什么呢？她所累积的财富，自己还有机会享用吗？

走在回家的路上，我想到在这个社会，放眼望去，大家都拼命地在累积人间的财富，即使是已经家财亿万的富人或年华垂暮的老人都不例外。其实，财富对他们来说已变成没有意义的东西，一个生活已经温饱的老人，他可能有七八幢房子，有价值数亿的财富，可是他已经不久于人世，这仅存的时光难道还继续追逐财富，不能有更好的利用吗？

最重要的一点，没有人会相信自己是"不久于人世"的，我们看到大部分的人的生活都表现得好像要永远活在这个世界上，所以他们的累积也永不满足。有一些有钱人，到临死什么都记不住，偏偏记挂他累积的财富；反过来说，他的子孙可能对他的死活也不记挂，只记挂在他名下的土地、房屋、股票、珠宝要如何瓜分。因此，一个富人的死往往造成了子孙的悲剧，就是因为人人只记着财富啊！

一个累积过度财富的人，往往也会自陷于不义，有财富的人谈恋爱，总觉得别人是在爱他的金钱，不是爱他；有财富的人交朋友，总觉得别人是贪图财富的酒肉朋友；有财富的人很难真心对待别人，因为他惯于用钱来处理问题……其实，有太多财富反而使人不能做完整的人，因为他的心变成黄金打造、钻石琢磨，不能享受人间无私的情义心与豪迈的英雄胆。

有时候，追求财富的问题不在财富，而在"追求"，从人类有历史以来，人都在尝试追求一些不朽的事物，这是由于每个人的心里都有某种不朽的东西，不朽的渴望。在资本社会里，人把财富也当成不朽的追求了，我们看那些拼命追求财富的人，正是感觉他在追求不朽，否则怎么能那样狂热呢？

人不能永远活着，这真是一个悲剧的真理，纵使在宗教里一直讲永生不灭，也不能使我们永远活着。

"死亡不是我会遇到的事。"——这是最大的妄念，因为无人不死。

"人生的悲剧不是我会遭遇的。"——这是最惊险的想法，因为人人都有悲剧。

我们在人间里累积一些东西，追求一些价值，是为了什么呢？那催迫我们去追求财富最内部的动力是什么呢？如果能找出那个动力，说不定在财富里也有菩提呢！

蚂蚁三昧

烧香的时候，突然看见一队蚂蚁从庄严的佛像爬过，它们整齐地从佛的足尖往上爬高，从佛的胸前走过，然后走过佛的脸颊，翻越佛的宝髻，顺着佛背，最后蹑足由金色的莲花台上下来。

看这些无声的蚂蚁爬过佛像，我简直呆住了，仿佛听见几百个出力吆喝的声音，循声望去，原来它们是搬着孩子散落在地上的饼屑要回家去。我升起的第一个念头是想把它们吹落，因为佛像是何等的庄严，岂容这些小蚂蚁践踏？但我的第二个念头使我停住了，这些蚂蚁都是佛陀口中的众生，佛告诉我们："佛与众生，无二无别。"我怎么能把这些与佛无二的众生吹落呢？第三个念头我想到了，这些蚂蚁是多么伟大，在它们的眼中，佛像与屋前的草地甚至是平等而没有分别的，它们没有恭敬也没有不恭敬，反而我对佛像的恭敬成为一种执着。其实依佛所说，我对爬着的蚂蚁或屋前的草地，都应该同样恭敬，《法华经》不是说"有情无情，同圆种智"吗？

于是，我便很有兴味地看着蚂蚁爬过佛像，走回它们的家，这时我又发现它们爬过佛像并没有特别的理由，反而是走了艰苦的路。为什么蚂蚁要走这条路呢？我想不通，后来知道了，原来平坦与艰苦的路对蚂蚁也没有区别，只有两度空间的蚂蚁，平地与高山对它都是平等。

坐下来的时候，我想起了自己也只是一只蚂蚁。从前我总认为一般人在这个世界是走了平坦的路，我们学习佛道的人则是选择了艰苦之道，今后应该向蚂蚁看齐，要做到平坦与艰苦都能平等才好。

看蚂蚁时，不知道为什么就浮起"蚂蚁三昧"四字。

三昧，一般都被说是"定"或"正受"，心定于一处不动曰定，正受所观之法曰正受，但更好的说法是"等持""等念"。

平等保持心，故曰等持。

诸佛菩萨入有情界平等护念，故曰等念。

多么尊贵的蚂蚁，它们受到佛菩萨的平等护念，而且对佛像与草地有平等的心。

这使我悟到了，真正的三昧不是远离散动，而是定乱等持，在平静之境，善心一处住不动固然好，在乱缘之中，能真心体寂，自性不动，不是更高妙吗？

三昧，讲的是自性的平等与法界的平等。

佛经里说："众生蒙佛之加持力，突破六尘之游泥，出现自身之觉理，如赖春雷之响而蛰虫出地，知与佛等无差别者，是平等之义也。"

知道山河大地无不是佛的法身，这是平等。

传说从前五祖弘忍去见四祖道信时还是个孩子，在大殿里解开裤裆就尿来，门人跑来驱赶："去！去！去！哪里的野孩子竟敢在佛殿小便？"年幼的五祖说："你告诉我，何处没有佛，我就去那里尿尿！"四祖听了，惊为大根利器，收为徒弟，果然传了衣钵。这是等持！

不过，这是祖师行径，我们凡夫可不要真到佛殿乱来！

看过蚂蚁爬过佛像，令我开启不少智慧，当天夜里搭计程车，司机说："开计程车也有火候，空车与搭客时能同等看待，空车时不着急、不忧心，载客时不心浮、不气躁，能这样子才算是会开计程车了。"

呀！原来到处都有三昧！

时到时担当

在我的家乡有一句大家常用的俗语："时到时担当，没米就煮番薯汤。"这是一句乐观的、顺其自然的话，大约相当于俗话里的"船到桥头自然直"，或是"兵来将挡，水来土掩"。

由于在家乡的时候听惯大人讲这句话，深深印在脑海，在我离开家乡以后，每次遇到有阻碍或困厄时，这句话就悄悄爬出来，对了，时到时担当，没米就煮番薯汤，有什么大不了。这样想起来，心就安定下来，反而能自然地渡过阻难与困厄。

幼年时代，我常听父亲说这一句话，有一回就忍不住问父亲："没米就煮番薯汤，如果连番薯也没有了，怎么办？"

父亲习惯地拍拍我的后脑勺，大笑起来："憨囡仔！人讲天无绝人之路，年头不可能坏到连番薯都长不出来呀！"

确实也是如此，我们在农田长大的孩子虽然经历过许多的风灾、水灾、旱灾，甚至大规模的虫害，番薯大概是永远不受害的作物，只要种下去，没有不收成的。因此，在我们乡下的做田人，都会留出一小块地种番薯，平时摘叶子作青菜，收成时就把番薯堆在家里的眠床下，以备不时之需。在我成长的年月，我的床下一年四季都堆满番薯，每天妈妈生火做饭时抓两个丢进炉灶底的火灰里，饭熟了，热腾腾香喷喷的焖番薯也好了。

即使是中日战争最激烈、逃空袭的那几年，番薯也没有一年歉收。

在我从前的经验里，年头真如父亲所言，不可能坏到连番薯都长不出来，推衍出来，我们知道生活里有很多的挫败，只要能挺着，天就没有绝人之路。

后来我更知道了，像"时到时担当，没米就煮番薯汤"，心里的慰安比实际的生活来得重要。只要在困难里可以坦然地活下去，就没有走不通的路，因此如何使自己的心宽广乐观地应对生活，比汲汲营营地想过好日子来得重要，归根究底乃不是米或番薯的问题，而是心的态度罢了。

"时到时担当"不仅是台湾农民在生活中提炼的智慧，也是非常吻合禅宗"当下即是""直下承担"的精神，此时此刻可以担当，就不必忧心往后的问题，因为彼时彼刻，我们也是如此承担。假如现在不能承担，对将来的忧心也都会无用而落空了。

禅的精神与生活实践的精神非常接近，是一种落实无伪的生活观。我们乡下还有一句俗话："要做牛，免惊无犁可拖。"意思是一个人只要肯吃苦，绝不怕没有工作，不怕不能生活。这往往是长辈用来安慰鼓励找不到工作的青年，肯把自己先放在最能承担的位置，那么还有什么可惊呢？

这句话也是令人动容的。牛马在乡下，永远是最艰苦承担的象征，不过，那最重的犁也只有牛马才能拖动。学佛者也是如此，只怕自己不能承担，何惧于无众生可度呢！这样想，就更能体会"欲为诸佛龙象，先做众生马"的深意了。

我们不能离开世间又想求得出离世间的智慧，因为"佛法在世间，不离世间觉，离世觅菩提，犹如求兔角"，我们要求最高的境界，只有从自己的生活、自己的周遭来承担来觉悟才有可能。

佛法中有"当位即妙""当相即道"的说法。所谓"当位即妙"，是不论何事，其位皆妙，就像良医所观，毒有毒之妙，药有药之妙。所谓"当相即道"，是说世间浅近的事相，都有深妙的道理。——世间凡事都有密意，即事而真，就看我们有没有智慧了。

"时到时担当，没米就煮番薯汤。"也应度该作如是观，真到没有米必须吃番薯汤的时候，是不是也能无怨，品出番薯也有番薯的芳香，那才是真正的承担。

珍惜一枝稻草

有一位很想成为富翁的青年，到处旅行流浪，辛苦地寻找着成为富翁的方法。几年过去了，他不但没有变成富翁，反而成为衣衫破烂的流浪汉。

最后，他想到了寺庙里的观世音菩萨无所不能，救苦救难，就跑到庙里，向观世音菩萨祈愿，请求菩萨教他成为富翁的方法。

观世音菩萨被他的虔诚感动了，就教他说："要成为富翁很简单，你从这寺庙出去以后，要珍惜你遇到的每一件东西、每一个人，并且为你遇到的人着想，布施给他。这样，你很快就会成为富翁了。"

青年听了，心想方法真简单，高兴得不得了，就告辞菩萨，手舞足蹈地走出庙门，一不小心竟踢到石头绊倒在地上。当他爬起来的时候，发现手里粘了一根稻草，正想随手把稻草去掉，猛然想起观世音菩萨的话，便小心翼翼地拿着稻草向前走。

路上迎面飞来一只受伤而粘在他身上的蝴蝶，他想起菩萨的话，就把蝴蝶轻轻绑在稻草上，继续往前走。

突然，他听见了小孩子号啕大哭的声音，走上前去，看见一位衣着华丽的妇人抱着正大哭大闹的小孩子，怎么哄骗也不能使他止哭。当小孩看见青年手上绑着蝴蝶的稻草，立即好奇地停止了哭泣。那人想起菩萨的话，就把稻草送给孩子，孩子高兴得笑起来。妇人非常感激，送给他三个橘子。

他拿着橘子继续上路，走了不久，看见一个布商蹲在地上喘气。他想起菩萨的话，走上前去问道："你为什么蹲在这里？有什么我可以帮忙吗？"布商说："我口渴呀！渴得连一步都走不动了。""那么，这些橘子送给你解渴吧！"他把三个橘子全部送给布商。布商吃了橘子，精神立刻振作起来。为了答谢他，布商送给他一匹上好的绸缎。

青年拿着绸缎往前走，看到一匹马病倒在地上，骑马的人正一筹莫展。他就征求马主人的同意，用那匹上好绸缎换那匹病马，马主人非常高兴地答应了。

他跑到小河去提一桶水来给那匹马喝，细心地照顾它，没想到才一会儿，马就好起来了。原来马是因为口渴才倒在路上。

青年骑着马继续前进，在经过一家大宅院前面时，突然跑出来一个老人拦住他，向他请求："你这匹马，可不可以借给我呢？"他想起观世音菩萨的话，就从马上跳下来，说："好，就借给你吧！"

那老人说："我是这大屋子的主人，现在我有紧急的事要出远门。这样好了，等我回来还马时再重重地答谢你；如果我没有回来，这宅院和土地就送给你好了。你暂时住在这里，等我回来吧！"说完，就匆匆忙忙骑马走了。

青年在这座大宅院住了下来，等老人回来。没想到老人一去不回，他就成为庄园的主人，过着富裕的生活。这时他悟到："呀！我找了许多年成为富翁的方法，原来这样简单！"

真正通向富足的道路，不是财富的堆积，也不是名利的追求，而是珍惜我们所遇到的每一件东西、每一个人，处处为人着想，在帮助别人的同时，享受生活的馈赠。

佛鼓

住在佛寺里，为了看师父早课的仪礼，我清晨四点就醒来了。走出屋外，月仍在中天，但在山边极远极远的天空，有一些早起的晨曦正在云的背后，使灰云有了一种透明的趣味，灰色的内部也仿佛早就织好了金橙色的衬里，好像一翻身就要金光万道了。

鸟还没有全醒，只偶尔传来几声低哑的短啾，听起来像是它们在春天的树梢夜眠有梦，为梦所惊，短短地叫了一声，翻个身，又睡去了。

最最鲜明的是醒在树上一大簇一大簇的凤凰花。这是南台湾的五月，凤凰的美丽到了顶峰，似乎有人开了染坊，就那样把整座山染红了，即使在灰蒙的清晨的寂静里，凤凰花的色泽也是非常雄辩的。它不是纯红，但比纯红更明亮，也不是橙色，却比橙色更艳丽。比起沉默站立的菩提树，在宁静中的凤凰花是吵闹的，好像在山上开了花市。

说菩提树沉默也不尽然。经过了寒冷的冬季，菩提树的叶子已经落尽，仅剩下一株株枯枝守候春天，在冥暗中看那些枯枝，格外有一种坚强不屈的姿势，有一些生发得早的，则从头到脚怒放着嫩芽，翠绿、透明、光滑、纯净，桃形叶片上的脉络在黑夜的凝视中，片片了了分明。我想到，这样平凡单纯的树竟是佛陀当年成道的地方，自己就在沉默的树与精进的芽中深深地感动着。

这时，在寺庙的角落中响动了木板的啪啪声，那是醒板，庄严、沉重地唤醒寺中的师父。醒板的声音其实是极轻极轻的，一般凡夫在沉睡的时候不可能听见，但出家人身心清净，不要说是行板，怕是一根树枝落地也是历历可闻的吧！

醒板拍过，天空逐渐有了清明的颜色，燕子的声音开始多起来，像也是被醒板叫醒，准备着一起做早课了。

然后钟声响了。

佛寺里的钟声悠远绵长，犹如可以穿山越岭一般。它深深地渗入人心，带来一种警醒与沉静的力量。钟声敲了几下，我算到一半就糊涂了，只知道它先是沉重缓慢的咚嗡咚嗡咚嗡之声，接着是一段较快的节奏，嗡声灭去，仅剩咚咚的急响，最后又回到了明亮轻柔的钟声，在山中余韵袅袅。

听着这佛钟，想起朋友送我一卷见如法师唱念的《叩钟偈》。那钟的节奏是单纯缓慢的，但我第一次在静夜里听叩钟偈，险险落下泪来，人好像被甘露遍洒，初闻天籁，想到人间能有几回听这样美的音声，如何不为之动容呢？

晨钟自与叩钟偈不同。后来有师父告诉我，晨昏的大钟共敲一百零八下，因为一百零八下正是一岁的意思。一年有十二个月，有二十四个节气，有七十二候，加起来正合一百零八，就是要人岁岁年年日日时时都要警醒如钟。但是另一个法师说一百零八是在断一百零八种烦恼，钟声有它不可思议的力量。到底何者为是，我也不能明白，只知道听那钟声有一种感觉，像是一条飘满了落叶尘埃的山径，突然被钟声清扫，使人有勇气有精神爬到更高的地方，去看更远的风景。

钟声还在空气中震荡的时候，鼓响起来了。这时我正好走到"大悲殿"的前面，看到逐渐光明的鼓楼里站着一位比丘尼，身材并不高大，与她面前的鼓几乎不成比例，但她所击的鼓竟完整地包围了我的思维，甚至包围了整个空间。她细致的手掌，紧握鼓槌，充满了自信，鼓槌在鼓上飞舞游走，姿势极为优美，或缓或急，或如迅雷，或如飙风……

我站在通往大悲殿的台阶上看那小小的身影击鼓，不禁痴了。那鼓，密时如雨，不能穿指；缓时如波涛，汹涌不绝；猛时若海啸，标高数丈；轻时若微风，抚面轻柔；它急切的时候，好像声声唤着迷路归家的母亲的喊声；它优雅的时候，自在得一如天空飘过的澄明的云，可以飞到世界最远的地方……那是人间的鼓声，但好像不是人间，是来自天上或来自地心，或者来自更邈远之处。

　　鼓声歇止有一会儿，我才从沉醉的地方被叫醒。这时《维摩经》的一段经文突然闪照着我，文殊师利菩萨问维摩诘居士："何等是菩萨入不二法门？"当场的五千个菩萨都寂静等待维摩诘的回答，维摩诘怎么回答呢？他默然不发一语，过了一会儿，文殊师利菩萨赞叹地说："善哉、善哉！乃至无有文字、语言，是真入不二法门。"

　　后来有法师说起维摩诘的这一次沉默，忍不住赞叹地说："维摩诘的一默，有如响雷。"诚然，当我听完佛鼓的那一段沉默里，几乎体会到了维摩诘沉默一如响雷的境界了。

　　往昔在台北听到日本"神鼓童"的表演时，我以为人间的鼓无有过于此者，真是神鼓！直到听闻佛鼓，才知道有更高的境界。神鼓童是好，但气喘咻咻，不比佛鼓的气定神闲；神鼓童是苦练出来的，表达了人力的高峰，佛鼓则好像本来就在那里，打鼓的比丘尼不是明星，只是单纯的行者；神鼓童是艺术，为表演而鼓，佛鼓是降伏魔邪，度人出生死海，减少一切恶道之苦，为悲智行愿而鼓，因此妙响云集，不可思议。

　　最最重要的是，神鼓童讲境界，既讲境界就有个限度；佛是不讲境界的，因而佛鼓无边，不只醒人于迷，连鬼神也为之动容。

　　佛鼓敲完，早课才正式开始，我坐下来在台阶上，听着大悲殿里的经声，静静地注视那面大鼓，静静地，只是静静地注视那面鼓，刚刚响过的鼓声又如潮汹涌而来。

　　殿里的燕子也如潮地在面前穿梭细语，配着那鼓声。

大悲殿的燕子

我说如潮，是形影不断、音声不断的意思。大悲殿一路下来到女子佛学院的走廊、教室，密密麻麻的全是燕子的窝巢，每走一步抬头，就有一两个燕窝，有一些甚至完全包住了天花板上的吊灯，包到开灯而不见光。但是出家人慈悲为怀，全宝爱着燕子，在生命面前，灯算什么呢？

我仔细地看那燕窝，发现燕窝是泥塑的长形居所，它隆起的形状，很像旧时乡居土鼠的地穴，看起来是相当牢靠的。每一个燕窝住了不少燕子，你看到一个头钻出来，一剪翅，一只燕子飞远了，接着另一只钻出头来，一个窝总住着六七只燕，是不小的家庭了。

几乎是在佛鼓敲的同时，燕子开始倾巢而出。于是天空上同时有了一两百只燕子在啁啾，穿梭如网，那一大群燕子，玄黑色的背，乳白色的腹，剪刀一样的翅膀和尾羽，在早晨刚亮的天空下有一种非凡的美丽。也有一部分熟练地从大悲殿的窗户里飞进飞出地戏耍，于是在庄严的诵经声中，有一两句是轻嫩的燕子的呢喃，显得格外地活泼起来。

燕子回巢时也是一奇，俯冲进入屋檐时并未减缓速度，几乎是在窝前紧急煞车，然后精准地钻进窝里，看起来饶有兴味。

大悲殿里燕子的数目，或者燕子的年龄，师父也并不知。有一位师父说得好，她说："你不问，我还以为它们一直是住这里的，好像也不曾把它们当燕子，而是当成邻居。你不要小看了这些燕子，它们都会听经的，每天早晚课，燕子总是准时地飞出来，天空全是燕子。平常，就稀稀疏疏了。"

至于如何集结这样多的燕子，师父都说，佛寺的庄严清净慈悲喜舍是有情生命全能感知的。这是人间最安全之地，所以大悲殿里还有不知哪里跑来的狗，经常蹲踞在殿前，殿侧的大湖开满红白莲花，湖中有不可数的游鱼，据说听到经声时会浮到水面来。

过去深山丛林寺院，时常发生老虎、狐狸伏在殿下听经的事。听说过一个动人的故事，有一回一个法师诵经，七八只老虎跑来听，听到一半有一只打瞌睡，法师走过去拍拍它的脸颊说："听经的时候不要睡着了。"

我们无缘见老虎闻法，但有缘看到燕子礼佛、游鱼出听，不是一样动人的吗？

众生如此，人何不能时时警醒？

木鱼之眼

谈到警醒，在大雄宝殿、大智殿、大悲殿都有巨大的木鱼，摆在佛案的左侧，它巨大厚重，一人不能举动，诵经时木鱼声穿插其间。我常觉得在法器里，木鱼是比较沉着的，单调的，不像钟鼓磬钹的声音那样清明动人，但为什么木鱼那么重要？关键全在它的眼睛。

佛寺里的木鱼有两种，一种是整条挺直的鱼，与一般鱼没有两样，挂在库堂，用粥饭时击之；另一种是圆形的鱼，连鱼鳞也是圆形，放在佛案，诵经时叩之；这两种不同形的鱼有一个共同的特征，就是眼睛奇大，与身体不成比例，有的木鱼，鱼眼大如拳头。我不能明白为何鱼有这么大的眼睛，或者为什么是木鱼，不是木虎、木狗，或木鸟？问了寺里的法师。

法师说："鱼是永远不闭眼睛的，昼夜常醒，用木鱼做法器是为了警醒那些昏惰的人，尤其是叫修行的人志心于道，昼夜常醒。"

这下总算明白了木鱼的巨眼，但是那么长的时间醒着做些什么，总不能像鱼一样游来游去吧！

法师笑了起来："昼夜长醒就是行住坐卧不忘修行，行法则不外六波罗蜜，一布施，二持戒，三忍辱，四精进，五禅定，六智慧，这些做起来，不要说昼夜长醒时间不够，可能五百世也不够用。"

木鱼是为了警醒，假如一个人常自警醒，木鱼就没有用处了。我常常想，浩如瀚海的佛教经典，其实是在讲心灵的种种尘垢和种种磨洗的方法，它只有一个目的，就是恢复人的本心里明澈朗照的功能，磨洗成一面镜子，使对人生宇宙的真理能了了分明。

磨洗不能只有方法，也要工具。现在寺院里的佛像、舍利子、钟鼓鱼磬、香花幢幡，无知的人目为是迷信的东西，却正是磨洗心灵的工具，如果心灵完全清明，佛像也可以不要了，何况是木鱼呢？

木鱼作为磨洗心灵的工具是极有典型意义的，它用永不睡眠的眼睛告诉我们，修行没有止境，心灵的磨洗也不能休息；住在清净寺院里的师父，昼夜在清洁自己的内心世界，居住在五浊尘世的我们，不是更应该磨洗自己的心吗？

因此我们不应忘了木鱼，以及木鱼的巨眼。以木鱼为例，在佛寺里，凡人也常有能体会的智慧。

低头看得破

在佛寺里，凡人也常有能体会的智慧。

像我在寺里看到比丘和比丘尼穿的鞋子，就不时地纳闷起来，那鞋其实是不实用的。

一只僧鞋前后一共有六个破洞，那不是为了美观，似乎也不是为了凉爽。因为，假如是为了凉爽，大部分的出家人穿鞋，里面都穿了厚的布袜，何况一到冬天就难以保暖了。假如是为了美观，也不然，一来出家只求洁净，不讲美观；二来僧鞋的黑、灰、土三色都不是顶美的颜色。有了，大概是为了省布，节俭守戒是出家人的本分。也不是，因为僧鞋虽有六洞，制作上的布料和连着的布是一样的，而且反而费工。

那么，到底是为什么僧鞋要破六个洞呢？

我遇到了一位法师，光是一只僧鞋的道理，他说了一个下午。他说，僧鞋的破六个洞是要出家人"低头看得破"。低头是谦诚有礼，看得破是要看破眼耳鼻舌身意六根，是要看破色声香味触法六尘，以及参破六道轮回，勘破贪嗔痴慢疑邪见六大烦恼，甚至也要看破人生的短暂、人身的渺小。

从积极的意义来说，这六个破洞是"六法戒"，就是不淫、不盗、不杀、不妄语、不饮酒、不非时食；是"六正行"，就是读诵、观察、礼拜、称名、赞叹、供养；以及是"六波罗蜜"：布施、持戒、忍辱、精进、禅定、智慧。

小小一只僧鞋就是天地无边广大了，让我们不得不佩服出家人。出家人不穿皮制品，因为非杀生不足以取皮革；出家人也不穿丝制品，因为一双丝鞋，可能需要牺牲一千条蚕的性命呢！就是穿棉布鞋，规矩不少，智慧无量。

最后我请了一双僧鞋回家，穿的时候我总是想：要低得下头，要看得破！

静静的鸢尾花

　　凡·高逝世一百周年了，使我想起从前在阿姆斯特丹凡·高美术馆参观的那一个午后，想起公园中那一片鸢尾花，想起他给弟弟的最后一句话："在忧思中与你握别。"

　　第一次看见凡·高画的鸢尾花使我心中为之一震。凡·高画过两幅鸢尾花，一幅是海蓝色的鸢尾花盛开在田野，背景是翠绿色，开了许多橘黄色的菊花；另外一幅是在花瓶里，嫩黄色背景前面的鸢尾花已经变黑了，有一株全黑的竟已枯萎衰败，倒在花瓶旁边。

　　这两幅著名的鸢尾花，前者画于 1889 年的夏天，后者画于 1890 年的 5 月，而凡·高在两个月后的 7 月 27 日举枪自杀。

　　我之所以感到震撼，来自于两个原因，一是画家如此强烈地在画里表现出他心境的转变，同样是鸢尾花，前者表现了春日的繁华，后者则是冬季的凋萎；一是鸢尾花又叫紫罗兰，一向给我们祥和、安宁、温馨的象征，在画家的笔下，却是流动而波涛汹涌。

　　我是在荷兰阿姆斯特丹的凡·高美术馆看见凡·高那两幅鸢尾花，一幅是真迹，另一幅是复制品，看完后在阿姆斯特丹市立公园的喷水池旁，就看见了一大片的鸢尾花，宝蓝而带着粉紫，是那么美丽而柔美，叶片的线条笔直爽朗，使我很难以把真实的与画家笔下的鸢尾花合而为一，因为透过了凡·高的心象，鸢尾花如同拔起的一只巨鸢，正用锐眼看着这波折苦难的人间。

坐在公园的铁椅上，我就想起了凡·高与鸢尾花的名字，我想到"梵"（台湾多译作梵·高）如果改成"焚"字，就更能表达凡·高那狂风暴雨一般的画风了。而鸢鸟呢？本来是一种凶猛的禽类，它的头顶和喉部是白色，嘴是蓝色，身体是带紫的褐色，腹部是淡红色，尾巴则是黑褐色。如果从颜色与形貌来看，紫罗兰应该叫"鸢头花"，由于用这样的猛禽来形容，使得我们对鸢竟而有了一种和平与浪漫的联想。

在近代的艺术史上，许多艺术家都有争议之处，凡·高是少数被公认为"伟大的艺术家"而没有争议的。凡·高也是不论学院的教授或民间的百姓都能为之感动的画家。我喜欢他早期的几幅作品，像《食薯者》《两位挖地的妇女》《拾穗的农妇》《播种者》等等，都是一般人看了也会为之震动的作品，特别是一幅《小麦束》，全画都是金黄色，收割后的麦子累累的要落到地上来，真是美丽充满了温馨。

我想，我们会喜欢凡·高，乃是由于他对绘画那专注虔诚的态度，这种专注虔诚非凡人所能为；其次，是他内在那热烈狂飙的风格，是我们这些表面理性温和者所潜藏的特质；其三，是他那种魄大而勇敢、迹近于赌注的线条，仿佛在呼唤我们一样。我觉得我还有一个更可佩的理由，是在凡·高的画里，我们只看见明朗的生命之爱，即使是他生命中最晦暗的时刻，他的画都展现欢腾的生命力，好像是要救赎世人一样。怪不得左拉曾说凡·高是"基督再世"，这是对一个艺术家最大的赞美了。

现在我们再回到凡·高的鸢尾花吧！他的一幅鸢尾花曾以5390万美元拍卖，是全世界最贵的绘画（就是把全世界的鸢尾花全剪下来卖，也没有这个价钱），可见艺术心灵的价值是难以估算的。

我最近重读凡·高写给弟弟提奥的全部书简，在心里作为对凡·高逝世一百周年的纪念表示崇敬之意。

我们来看他的两幅鸢尾花绘画时的背景，第一幅，1889年夏天，凡·高写道："亲爱的提奥，但愿你能看到此刻的橄榄树丛！它的叶子像古银币，那一簇簇的银在蓝天和橙土的衬托下转化成绿，有时候真与你人在北方所想的大异其趣啊！它好似我们荷兰草原上的柳树或海岸沙丘上的橡树；它的飒飒声有异常的神秘滋味，像在倾诉远古的奥秘。它美得令人不敢提笔绘写，不能凭空想象。""这段期间，我尽可能做点事，画了一点东西。手边有一张开粉红花的栗树夹道风景，一棵正在开花的小樱桃树，一株紫藤科植物，以及一条舞弄光影的公园小径。今儿整日炎热异常，这往往有益我身，我工作得更加起劲。"凡·高很喜欢他的鸢尾花，在 1890 年 7 月他给弟弟的信中说过："希望你将看出鸢尾花一画有何独到之处。"

1890 年的 5 月，关于鸢尾花的画他写道：

"我以园中草地为题材画了两幅画，其中一幅很简单，草地上有一些白色的花及蒲公英和一小株玫瑰。我刚完成一幅以黄绿为底色，插在一只绿色瓶子里的粉红玫瑰花束；一幅背景呈淡绿的玫瑰花；两幅大束的紫色鸢尾花，其中一束衬以粉红色为背景，由于绿、粉红与紫的结合，整个画面一派温柔和谐，另一幅则突立于惊人的柠檬黄之前，花瓶和瓶架呈另一种黄色调……"

读凡·高的书简和看他的画一样令人感动。我们很难想象在画中狂热汹涌的凡·高，他的信却是很好的文学作品，理性、温柔、条理清晰，并以坦诚的态度来面对自己的艺术与疾病。这一束书简忠实地呈现了一个艺术家的创作历程与心理状态，是凡·高除了绘画留下来的最动人的遗产。

凡·高逝世前一年，他的作品巧合地选择了一些流动的事物，譬如飘摇的麦田，凌空而至的群鸥，旋转诡异的星空，阴郁曲折的树林与花园。在这些变化极大的作品中，他画下了安静温柔和谐的鸢尾花，使我们看见了画家那沉默的内在之一角。

凡·高逝世一百周年了，使我想起从前在阿姆斯特丹凡·高美术馆参观的那一个午后，想起公园中那一片鸢尾花，想起他写给弟弟的最后一句话："在忧思中与你握别。"也想起他在信中的两段感人的话：

一个人如果够勇敢的话，康复乃来自他内心的力量，来自他深刻忍受痛苦与死亡，来自他之抛弃个人意志和一己爱好。但这对我没有作用：我爱绘画，爱朋友和事物，爱一切使我们的生命变得不自然的东西。

苦恼不该聚在我们的心头，犹如不该积在沼池一样。

对于像凡·高这样的艺术家，他承受巨大的生命苦恼与挫伤，却把痛苦化为欢歌的力量、明媚的色彩，来抚慰许多苦难的心灵，怪不得左拉要说他是"基督再世"了。

翻译《凡·高传》和《凡·高书简》的余光中，曾说到他译《凡·高传》时生了大病，但是，"在一个元气淋漓的生命里，在那个生命的苦难中，我忘了自己小小的烦忧"，"是借他人之大愁，消自家之小愁"。

我读《凡·高传》和《凡·高书简》时数度掩卷叹息，当凡·高说："我强烈地感到人的情形仿如麦子，若不被播到土里，等待萌芽，便会被磨碎以制成面包！"诚然让我们感到生命有无限的悲情，但在悲情中有一种庄严之感！

形式

到钟表店去买表，看了半天，感觉所有的表样式都很普通，我问：有没有比较特殊样子的手表？

中年店主笑了起来："样子最特殊的手表，通常是最不准的。"

他把手伸出来给我看，上面戴着一只极老的腕表，厚重而老旧，他说："这是三十年前的手表了，样子最普通，结构最简单，时间也很准，唯一的缺点是每天要上发条。"

开表店的人，自己戴着三十年前的旧表，我觉得不可思议，但是他说："只要时间准确，表的形式有什么关系呢？"

素来看电影，我总觉得三十年代的事物什么都好看，衣饰、发型、装潢、颜色、汽车种种，几乎无一不美，既古典又高雅。有时想想真是不懂，为什么"进化"到现在的样子呢？

尤其是汽车，最令人着迷。全钢的车身，桃木的方向盘，牛皮的座椅，山形的车头，椭圆的顶，以及全是用木板精雕的内部装潢……不管是什么牌子的汽车，只要是三十年代的产品，没有一部是不美的。

有一回到美国的环球片厂参观，看到许多三十年代的汽车，部部都像是艺术家的雕刻，让人流连忘返。

朋友有一部三十年代的奔驰汽车，每次开出家门总引来围观，看见的人无不赞叹："真美的一部车呀！"

既然那旧有的形式是艺术一样的创作，而且是公认为美的，为什么如今人们不再保有这种形式呢？据说是因为风阻系数的关系，旧有的形式吃风厉害，是无法舍命奔驰的，为了求快，只好放弃艺术的形式。

为了求快，吃的艺术速食面了；为了求快，衣的艺术工厂倾销了；为了求快，住的空间僵化死了；为了求快，车的艺术失落了。我们能不能慢一些呢？能不能喝一圈工夫茶再走呢？能不能，也要一点形式呢？就在这两三年间，台北人迷信服装的"名牌"，于是欧洲、美国、日本的各种名牌就泛滥起来了。注意听女士们的对话，最能发现这种改变。以前，她们见面常问：

"你这衣服真好看，在哪里买的？"现在她们说："你这衣服是什么牌子？真好看！"

假如告诉她这是某某牌子，确是名牌，接着她会说："我就说嘛！我一看就知道你这衣服是名牌，台湾哪里做得出这种样子！料子也好，台湾哪里有这么好的料子！"

万一告诉她这是外销成衣店里买的廉价品，她会说："唉呀！真是做梦也没想到台湾能做出这样的衣服，只可惜料子是差了一些，款式好像也是去年的。"然后她拉起别人的衣服，俨然评论家，"你看，这手工比起某某牌就差多了，名牌总有名牌的道理呀！"最后她会来一段"名牌经"，背诵如流，令人吃惊。

我有时候隔几天就遇见这样的女人，吓得人冷汗直冒，她们老是劝我："不要老是到外销成衣店买衣服，你总要有几件叫得出牌子的衣服。"

这使我想起一件往事。有一位爱恶作剧的朋友，总是把劣质的白兰地酒装在喝空了的轩尼斯XO的瓶子里，专门用来对付那些只知道牌子而没有品位的人。他们喝了一口后，往往齐声啧啧，赞叹不已："呀！到底是XO，喝起来就好！"然后朋友和我相对微笑："对啊！要不是你常喝XO，还喝不出它的好处哩！"

这样喝酒的人，他喝的不是酒，而是酒瓶。

那样穿衣的人，她穿的不是衣，而是标签。

最可悲的是那些自以为懂名牌的女士们并不知道，在国外，真正高级的名牌是百货公司买不到的，只在专门的店里出售。她们买到的只是衣服的广告，不是衣服。

这是个广告的时代，是牌子的时代，也是包装的时代。

小时候，大人们常说："到店仔头那里，打一斤油回来！"我们就提着瓶子到街上，看打油的人从硕大的油桶中打一斤油。现在不行了，没有牌子的油可能是米糠油，可能有多氯联苯。

以前，大人们常说："到店仔头那里，买一斤红豆回来！"我们就跑去叫人称一斤红豆回家。现在不行了，红豆也要包装，还打上有效期限，否则可能是坏的。以前，大人们常说："到店仔头那里，买一斤糖回来！"现在不行了，现在的糖不纯，要看明是台糖的才行！以前，大人们叫我们去买东西，是不必付钱的，和店仔头一年结算一次，小孩子去拿东西，店主只要在上头写道："某月某日老二打油一斤！"到年尾时，双方绝不会有争议。现在不行了，店仔头的主人怕有人随时经济犯罪逃跑了，不肯记账，买东西的人则学会了买牌子，而且要带足现金——现代人是不能信任的。

什么牌子最好呢？就是那广告做得最大的牌子最好。什么品质最可靠呢？就是那包装包得最美的品质最好。现在如果有人用大桶子卖油、卖豆子、卖糖，保证他三日倒店，因为人与人间没有信用可言，只有以牌子做信用，以包装做信用。

有一个做洗发精的朋友告诉我，他用十元做洗发精，用三十元做瓶子，用一百元做广告，所以才能成功——反之，如果有个人用一百元做洗发精，用十元做瓶子，用三十元做广告，那他注定要失败，因为，谁知道你的洗发精是真正好的呢？

拍电影也是一样，那声称耗资三千万元的，真正拍戏的只有五百万元，其余都是广告。做哪一行都是一样的吧！在这个混乱的时代，大学教授常被误认为是流浪汉，而流氓们又常被误认为是知识分子。

财阀们最常使用慈善家包装，而且用伪善来做爱心广告。

我到一家极负盛名的素菜馆吃饭。隔壁坐了一位和尚和两位居士，其中一位腹肥如桶的居士突然谈起另外的和尚，那袈裟穿得笔挺的和尚不屑地冷笑："呀哈，那人虚有名声，文章也写不通，说话又结巴，当什么和尚！"这使我竖起耳朵，接着，三人把那和尚批评得一文不值，又批评了另外的和尚。

后来，他们谈到盖厂。胖居士说："上次盖那座厂，真是大赚了一票，到现在遇到人就请吃馆子，吃了几年还没吃完哩！"瘦居士说："怎么那么有赚头？"

"嘿！这简单，厂里供千手观音，先给信徒认捐嘛，一只手一万，一千只手不就一千万了吗？还有，一支柱子一百万，找八个人每人捐十万，一共八支柱子，不又是八百万了吗？事实上，盖厂哪里用得着那么多，剩下的，真是一辈子吃不完……"

我不忍再听下去，只好站起来，正要走开时，一个残疾人到和尚那桌去卖奖券，胖居士习惯地挥挥手说："刚刚买过了。"残疾人困难地走向另一个桌子。

每次到厂里虔诚地烧香时，我总想起那素菜馆里的胖居士，深深地为他们悔罪。如果连敬佛盖厂都是敛财的形式，那么信徒执香礼拜时都要颤抖的吧！

我拿起一本书来看，里面这样写着："在狗儿的眼中，人人都是拿破仑，所以养狗之风盛行。""预见祸害的人，必须承受双倍的痛苦。"

"势利者绝不会有真正的快乐，也不会有真正的悲哀。"

"人所以寂寞，是因为他们不去修桥，反而筑墙。"

"欲望是奢侈的奴隶，灵魂不需要它。"

"没有住址的人是流浪汉，有两个住址的人是放浪者。"

"求知者走过人类，如同走过兽类。"

"人与人间的距离，比星与星间的距离更大。"

……

所有的人生的格言，不都是一种形式吗？

这原来是个形式的时代，不是内容的时代；这是智慧的时代，也是愚蠢的时代；这是广告的时代，也是包装的时代；这是伪善的时代，也是失去信用的时代。

光明与黑暗的时间交缠，希望的春天与绝望的冬天同时存在。

生在这个时代的人要像螃蟹一样，看起来是在来了，其实向远方走去。

要像一颗枪弹，表面愈"光滑尖嘴"，射得愈远。

要像一只蝴蝶，外表愈美愈好，才能四处穿梭。

要像一只黄莺，只报告美丽的声音。

要像外交家，在记得女人生日的时候，同时忘记她的年龄。

要像……要像一只香水的瓶子。

否则，是难以成功的吧！

活出美感

　　有一天，我和一位朋友约在茶艺馆喝茶，那家茶艺馆是复古形式的，布置得美轮美奂，里面有些特别引起我注意的东西，在偌大的墙上挂着老式农村的牛车轮，由于岁月的侵蚀，那由整块木板劈成的车轮中间裂了两道深浅不一的裂缝，裂缝在那纯白的墙上显得格外有一种沧桑之美。

　　我的祖父林旺在我们故乡曾经经营过一座牛车场，他曾拥有过三十几辆牛车，时常租给人运载货物，就有一点像现在的货运公司一样。我那从未见过面的祖父就是赶牛车白手起家的，后来买几块薄田才转业成农夫。据我父亲说，祖父的三十几辆牛车车轮就是这种还没有轮轴的，所以看到这车轮就使我想起祖父和他的时代。我只见过他的画像，他非常精瘦，就如同今日我们在台湾乡下所见的老者一样，他脸上风霜的线条仿佛是我眼前牛车的裂痕，有一种沧桑的刚毅之美。

　　茶艺馆的桌椅是台湾农村早年的民艺品，古色古香，有如老家厅堂里的桌椅，还有橱柜也是，真不知道他们如何找到这么多早期民间的东西，这些从前我们生活的必需品，现在都成为珍奇的艺术品了，听说价钱还蛮昂贵的。

　　在另一面的墙角，摆着锄头、扁担、斗笠、蓑衣、畚箕、箩筐等一些日常下田的用品，都已经是旧了，它们聚集在一起，以精白灿亮的聚光灯投射，在明暗的实物与影子中，确实有非常非常之美——就好像照在我们老家的墙角，因为在瓦屋泥土地上摆的也正是这些东西。

我忽然想起父亲在田间的背影，父亲年轻时和祖父一起经营牛车场，后来祖父落地生根，父亲也成为地道的农夫了，他在农田土地上艰苦种作，与风雨水土挣扎搏斗，才养育我们成人。父亲在生前每一两个月就戴坏一顶斗笠，他的一生恐怕戴坏数百顶斗笠了，当然那顶茶艺馆的斗笠比父亲从前戴用的要精致得多，而且也不像父亲的斗笠曝过烈日、染过汗水。

坐在茶艺馆等待朋友，想起这些，突然有一点茫然了，我的祖父一定没有想到当时跑在粗糙田路的牛车轮会像神明似的被供奉着，父亲当然也不会知道他的生活用具会被当艺术品展示，因为他们的时代过去了，他们在这土地上奉献了一生的精力，离开了世间。他们生前没有受过什么教育，不知道欣赏艺术，也没有机会参与文化的一切，在他们的时代里只追求温饱、没有灾害、平安地过日子。

我记得父亲到台北花市，看到一袋泥土卖二十元的情况，他掂掂泥土的重量，嘴巴张得很大："这一点土卖二十元吗？"在那个时候，晚年的父亲才感觉到他们的时代已经过去了。

是的，我看到那车轮、斗笠被神圣地供奉时，也感叹不但祖父和父亲的时代过去了，我们的时代也在转变中，想想看，我在乡下也戴过十几年斗笠，今后可能再也不会戴了。

朋友因为台北东区惯常的塞车而迟到了，我告诉他看到车轮与斗笠的感想，朋友是外省人，但他也深有同感。他说在他们安徽有句土话说："要发财三辈子，才知道穿衣吃饭。"意思是前两代的人吃饭只求饱腹，衣着只求蔽体，其他就别无要求，要到第三代的人才知道讲究衣食的精致与品位，这时才有一点点精神的层面出来。其实，这里说的"穿衣吃饭"指的是"生活"，是说"要发财三辈子，才懂得生活"。

朋友提到我们上两代的中国人，很感慨地说："我们祖父与父亲的时代，人们都还活在动物的层次上，在他们的年代只能求活命，像动物一样艰苦卑屈地生活着，到我们这一代才比较不像动物了，但大多数中国人虽然富有，还是过动物层次的生活。在香港和台北都有整幢大楼是饭馆，别的都不卖。对我们来说，像日本十几层大楼都是书店，真是不可思议的事；还有，我们二十四小时营业的不是饮食摊就是色情业，像欧洲很多书店二十四小时营业，也是我们不能想象的。"

朋友也提到他结婚时，有一位长辈要送他一幅画，他吓一跳，赶忙说："您不要送我画了，送我两张椅子就好。"因为他当时穷得连两张椅子也买不起，别说有兴致看画了，后来才知道一幅画有时抵得过数万张椅子。他说："现在如果有人送我画或椅子，我当然要画，但这已经是二十年前的事了。我们年轻时也在动物层次呀！"

我听到朋友说"动物层次"四个字，惊了一下，这当然没有任何不敬或嘲讽的意思，我们的父祖辈也确实没有余力去过精神层次的生活，甚至还不知道他们戴的斗笠和拿的锄头有那么美。现在我们知道了，台湾也富有了，就不应该把所有的钱都用在酒池肉林、声色犬马，不能天天只是吃、吃、吃，是开始学习超越动物层次生活的时候了。

超越动物层次的生活不只是对精致与品位的追求，而是要追求民主、平等、自由、人权的社会生活，自己则要懂得更多的宽容、忍让、谦虚与关爱，用最简单的说法，"就是要活出人的尊严与人的美感"。这些都不是财富可以缔造的（虽然它要站在财富的基础上才可能成功），而是要有更多的人文素养与无限的人道关怀，并且有愿意为人类献身的热诚，这些，我觉得是台湾青年最缺乏的。

从茶艺馆出来，我有很多感触。我曾到台湾最大的企业办公室去开会，那有数万名员工的大楼里，墙上没有一幅画（甚至没有一点颜色，全是死白），整个大楼没有一株绿色植物，而董事长宴客的餐桌上摆着让人吃不下饭的恶俗塑胶花，墙上都是劣质画。我回来后非常伤心，如果我们对四周的环境都没有更细致优美的心来对待，我怎么可能奢谈保护环境、保护资源的事呢？这使我知道了，有钱以后如果不能改造心胸，提升心灵层次，其实是蛮可悲的。

当然，每个社会都有不同的困境。美国有一本畅销书《美国人思想的封闭》（The Closing of the American Mind），是芝加哥大学教授艾伦·布鲁姆（Allan Bloom）写的，他批评现在的美国青年对美好生活不感兴趣，甘愿沉溺在感官与知觉的满足，他们漫无目标，莫衷一是，男女关系混乱，家庭伦理观念淡薄，贪图物欲享受，简直一无是处。简单地说：美国青年的人文主义在消退和沦落了。

套用我朋友的安徽俗语是："发财超过三辈子，沉溺于穿衣吃饭了。"美国青年正是如此吧！

但回头想想，我们的很多青年生活方式已经像布鲁姆教授笔下的美国青年了，甚至连很多中老年人都沉溺于物欲，只会追求感官的满足。另外一部分人则成为金钱与工作的机器，多么可怕呀！

有时我想，全美国的理发厅加起来都没有台北长春路上的多。在世界任何城市的街区，都不可能走一千米被二十个色情黄牛拦路，只有台北的西门町才有。安和路上真真鳞次栉比的啤酒屋，全世界没有一个地方的人民像我们这样疯狂纵酒的……美国人在为失去人文主义忧心，我们是还没有建立什么人文主义就已经沉沦了。想到父祖辈的斗笠、牛车车轮、锄头、蓑衣、箩筐这些东西所代表的血汗与泪水的岁月，有时使我的心纠结在一起。

是不是我们要永远像动物一样，被口腹、色情等欲望驱迫地生活着呢？难道我们不能追求更美好的生活吗？

有些东西虽然遥不可及，有如日月星辰的光芒一样，但是为了光明，我们不得不挺起胸膛走过去，我们不要在长春路的红灯、西门町的黑巷、安和路的酒桶里消磨我们的生命，让我们这一代在深夜里坚强自己：让我们活出人的尊严和人的美感。给你说这些的时候，我仿佛又看见了茶艺馆里聚光灯所照射的角落，我们应该继承父祖的辛勤与坚毅，但我们要比他们有更广大的心胸，到底，我们已经走过牛车轮的时代，并逐渐知道它所代表的深意了。

让我们以感恩的心纪念父祖的时代，并创造他们连梦也不敢梦的人的尊严、人的美感。

野姜花

在通化市场散步，拥挤的人潮中突然飞出来一股清气，使人心情为之一爽；循香而往，发现有一位卖花的老人正在推销他从山上采来的野姜花，每一把有五枝花，一把十块钱。

老人说他的家住在山坡上，他每天出去种作的时候，总要经过横生着野姜花的坡地，从来不觉得野姜花有什么珍贵，只觉得这种花有一种特别的香。今年秋天，他种田累了，依在村旁午睡，睡醒后发现满腹的香气，清新的空气格外香甜。老人想：这种长在野地里的香花，说不定有人喜欢，于是他剪了一百把野姜花到通化街来卖，总在一小时内就卖光了。老人说："台北爱花的人真不少，卖花比种田好赚哩！"

我买了十把野姜花，想到这位可爱的老人，也记起买野花的人可能是爱花的，可能其中也深埋着一种甜蜜的回忆；就像听一首老歌，那歌已经远去了，声音则留下来，每一次听老歌，我就想起当年那些同唱一首老歌的朋友，他们的星云四散，使那些老歌更显得韵味深长。

第一次认识野姜花的可爱，是许多年前的经验，我们在木栅醉梦溪散步，一位少女告诉我："野姜花的花像极了停在绿树上的小白蛱蝶，而野姜花的叶则像船一样，随时准备出航向远方。"然后我们相偕坐在桥上，把摘来的野姜花一瓣瓣飘下溪里，真像蝴蝶翩翩；将叶子掷向溪里，平平随溪水流去，也真像一条绿色的小舟。女孩告诉我："有淡褐色眼珠的男人都注定要流浪的。"然后我们轻轻地告别，从未再相见。

如今，岁月像蝴蝶飞过、像小舟流去，我也度过了很长的一段流浪岁月，仅剩野姜花的兴谢在每年的秋天让人神伤。后来我住在木栅山上，就在屋后不远处有一个荒废的小屋，春天里月桃花像一串晶白的珍珠垂在各处，秋风一吹，野姜花的白色精灵则迎风飞展。我常在那颓落的墙脚独坐，一坐便是一个下午，感觉到秋天的心情可以用两句诗来形容："曲终人不见，江上数峰青。"

记忆如花一样，温暖的记忆则像花香，在寒冷的夜空也会放散。

我把买来的野姜花用一个巨大的陶罐放起来，小屋里就被香气缠绕，出门的时候，香气像远远地拖着一条尾巴，走远了，还跟随着。我想到，即使像买花这样的小事，也有许多珍贵的经验。

有一次赶火车要去见远方的友人，在火车站前被一位卖水仙花的小孩拦住，硬要叫人买花，我买了一大束水仙花，没想到那束水仙花成为最好的礼物，朋友每回来信都提起那束水仙，说："没想到你这么有心！"

又有一次要去看一位女长辈，这位老妇年轻时曾有过美丽辉煌的时光，我走进巷子时突然灵机一动，折回花店买了一束玫瑰，一共九朵。我说："青春长久。"竟把她感动得眼中含泪，她说："已经有十几年的时间没有人送我玫瑰了，没想到，真是没想到还有人送我玫瑰。"说完她就轻轻啜泣起来，我几乎在这种心情中看岁月蹑足如猫步，无声悄然走过，隔了两星期我去看她，那些玫瑰犹未谢尽，原来她把玫瑰连着花瓶冰在冰箱里，想要捉住青春的最后，看得让人心疼。

每天上班的时候，我会路过复兴甫路，就在复兴南路和南京东路的快车道上，时常有一些卖玉兰花的人，有小孩、有少女，也有中年妇人。他们将四朵玉兰花串成一串，车子经过时就敲着你的车窗说："先生，买一串香的玉兰花。"使得我每天买一串玉兰花成为习惯，我喜欢那样的感觉——有人敲车窗卖给你一串花，而后天涯相错，好像走过一条乡村的道路，沿路都是花香鸟语。

印象最深的一次是在东部的东澳乡旅行，所有走苏花公路的车子都要在那里错车。有一位长着一对大眼睛的山地小男孩卖着他从山上采回来的野百合，那些开在深山里的百合花显得特别小巧，还放散着淡淡的香气。我买了所有的野百合，坐在沿海的窗口，看着远方海的湛蓝及眼前百合的洁白，突然兴起一种想法，这些百合开在深山里是很孤独的，唯其有人欣赏它的美和它的香才增显了它存在的意义，再好的花开在山里，如果没有被人望见就谢去，便减损了它的美。

因此，我总是感谢那些卖花的人，他们和我原来都是不相识的，因为有了花魂，我们竟可以在任何时地有了灵犀一点，小小的一把花想起来自有它的魅力。

当我们在随意行路的时候，遇到卖花的人，也许花很少的钱买一把花，有时候留着自己欣赏，有时候送给朋友，不论怎么样处理，总会值回花价的吧！

乃敢与君绝

我愿意，

与你心心相印，永远相知，

和天命一样长久，不断绝也不衰退。

我永远永远也不会离开你，

一直到，

最高的山失去了棱线，化作平原；

一直到，

全世界的江水都干枯了，鱼虾死灭；

一直到，

冬天打起春雷，雷天动地；

一直到，

夏日下起了大雪，寒彻心扉；

一直到，

天与地粘在一起，无日无夜，

一直到，

这世界全部颠倒，

我才敢与你分离呀！

这是我最喜爱的一首古乐府诗（《上邪》）的译文，原文是这样子：

上邪！我欲与君相知，长命无绝衰。

山无陵，江水为竭，

冬雷震震，夏雨雪，

天地合，乃敢与君绝！

我在少年时代第一次读到这首诗，是盛夏时节坐在漫天的凤凰树下，当时因为感动，全身不停颤抖。

天呀！在千年之前，就有一个少女为情爱立下如此坚强、如此惊天动地的誓言，这不只是"海枯石烂"，而是世界毁灭了。

即使世界崩毁，我爱你的心永远永远不会改变！是多么烂漫，热情，有力量，令人动容。

千年之后，放眼今世，还有几人能斩钉截铁地说出这么壮阔的誓言！

文学就是这样，短短的三十五个字，跨越时空，带着滚烫的热气，像是浓云中的闪电，到现在还让我们触电，仿佛看见一道强烈的闪光！

一句话也没说

这是最令人震动的情诗。

而最令人震动的爱情故事，我以为是司马相如和卓文君。

司马相如是汉朝的大才子，年轻的时候在梁孝王手下当文学侍从，当时写了《子虚赋》，闻名天下。梁孝王驾崩之后，他回到故乡成都，几乎三餐不继。

临邛县令很欣赏司马相如，有一天，林琼的大富翁卓王孙宴客，县令邀请相如一起去参加。卓王孙家仅奴仆就有八百多人，庭园大到看不到边，说多豪华就有多豪华。

一身布衣的司马相如，完全无视于奢侈的景象，自在地喝酒、自在地散步，看见院中有一把古琴，就随兴坐下来弹琴，非常潇洒。

卓王孙的女儿卓文君在附近听见动人的琴声，就跑过来看，看见司马相如一表人才，一见倾心。司马相如则是天雷勾动地火，立即爱上卓文君。

两人四目相望，一句话也没说。

夜里，卓文君悄悄来找司马相如，司马相如牵起她的手，穿过豪华广大的庄园，走出气派恢宏的大门，连夜跑回成都去了。

他们一毛钱也没带，甚至没有一件多余的衣服。

为了生活，文君只好在街上当垆卖酒，而大才子司马相如则跑堂、打杂、洗碗碟。

夜里，偶尔写写文章。

有一天，汉武帝偶然读到《子虚赋》，非常欣赏相如的才华，立刻派人到成都，把司马相如和卓文君接到长安，留在自己的身边做官。

不用洗碗碟了，司马相如专心写作，后来又写了《上林赋》《大人赋》《长门赋》……成为西汉第一位伟大的文学家。

司马相如的文章也像他的爱情一样，恢宏、浪漫、壮美，令人目不暇接。

看看今天的人吧！谁有那样的勇气？一句话不说就能相守一生？第一次相见就为爱出走？对房子、车子、财富不屑一顾，只纯粹地去爱、去追寻。

读到司马相如和卓文君的爱情是在我的青年时代，当时在阳明山，我在大雾弥漫的箭竹林里穿行，抬起头来，看见一只苍鹰在山与蓝天之边界，自在悠游。

我想着：如果有那么一天，我遇到一位一句话都不用说就能相守一生的人，我是不是能有司马相如那样一往无悔的勇气？我是不是能放下世俗的一切，大步向前？

经过三十年，我证明了自己也能一往无悔，大步向前！

那是因为我们都有文学的心，文学使我们不失去热情，有烂漫的情怀，愿意用一生去爱、去追寻、去完成更高的境界。

志在千里，壮心不已

历史上，最被人误解的文学家，应该是曹操。

由于《三国演义》把曹操写得狡诈，曹操就成为奸臣的代表，其实，他的才华远远胜过刘备和孙权，年轻的时候就立志结束分崩离析的乱世，使天下归于太平。

有一次，他出征打战，路过渤海，站在碣石山上，看着浩瀚的大海，写了一首诗《观沧海》：

东临碣石，以观沧海。

水何澹澹，山岛竦峙。

树木丛生，百草丰茂。

秋风萧瑟，洪波涌起。

日月之行，若出其中。

星汉灿烂，若出其里。

幸甚至哉，歌以咏志！

看哪！那海上峙立的岛，是我的志向！那丰茂翠绿的草，是我的志向！那海上汹涌的巨浪，是我的志向！日月从海上升起，是我的志向！灿烂的星空倒映在海里，是我的志向！我何其有幸看见这伟大的海洋，写一首歌来咏叹我的志向。

读到这首诗，我刚步入中年，正在宜兰的海边，远望龟山岛，想到这个被误解千年的文学家曹操，他的胸怀是何等的宏伟巨大，如今读来，还让人震动！

因为心胸开展，意志坚决，曹操一直到老，仍有满腔热血，他说："老骥伏枥，志在千里，烈士暮年，壮心不已。"

由于他的文化素养，他教出两个了不起的儿子——曹丕、曹植，父子三人被誉为"三曹"，是建安文学最经典的人物。

"三曹"去今久矣！但我们现在读到《观沧海》《燕歌行》《白马篇》《洛神赋》，都还会感动不已！

我最喜欢曹丕说的"文以气为主"的见解，文学家都是不同的，各有性情和气质，文章风格自然不同，这是美好的事，不必抬高或贬低。

正如太康诗人左思说的："贵者虽自贵，视之若尘埃。贱者虽自贱，重之若千钧！"文章的贵贱，谁分得清呢？

天地为之久低昂

杜甫偶然看见公孙大娘的弟子舞剑，感动不已，写下了《观公孙大娘弟子舞剑器行并序》：

昔有佳人公孙氏，一舞剑器动四方。
观者如山色沮丧，天地为之久低昂。
㸌如羿射九日落，矫如群帝骖龙翔。
来如雷霆收震怒，罢如江海凝清光。
……

读之，令人低回不已，杜甫透过诗歌，把公孙大娘弟子舞剑时那种气势、动作、伸展、优美、力道……写到了极处，动的时候，威猛过雷霆，停的时候，仿佛江海都静止了，连天地都为之低回不已。

透过文字与想象，我们感到不可思议的美！

假设，当时有录影机或手机，有人录下了公孙大娘的舞剑，传到了YouTube 网上，我们看了，会有杜甫那样的感动吗？

肯定不会，因为五色已经令我们目盲了，过多的平面的影像，使我们的感觉匮乏了。不管多么惊人的影像，再也无法激起我们的感动，再也不能了！

被贬为江州司马的白居易，有一个秋天的晚上，他在浔阳江头送别朋友，突然听到江上的船上传来一阵琵琶声，后来他写成一首感人的长诗《琵琶行》：

……

千呼万唤始出来，犹抱琵琶半遮面。

转轴拨弦三两声，未成曲调先有情。

弦弦掩抑声声思，似诉生平不得志。

低眉信手续续弹，说尽心中无限事。

轻拢慢捻抹复挑，初为霓裳后六幺。

大弦嘈嘈如急雨，小弦切切如私语。

嘈嘈切切错杂弹，大珠小珠落玉盘。

间关莺语花底滑，幽咽流泉水下滩。

水泉冷涩弦凝绝，凝绝不通声渐歇。

别有幽愁暗恨生，此时无声胜有声。

银瓶乍破水浆迸，铁骑突出刀枪鸣。

曲终收拨当心画，四弦一声如裂帛。

东船西舫悄无言，惟见江心秋月白。

……

白居易把琵琶忽快忽慢、时高时低、有时停顿稍歇、有时奔放飞扬的节奏，写得淋漓尽致，光是一首《琵琶行》就有多少名句："千呼万唤始出来""未成曲调先有情""大珠小珠落玉盘""此时无声胜有声""唯见江心秋月白"！

如果有人当场录了音，转录到网络上，任人下载，我们听了，会有白居易那样的感动吗？

肯定也不会，因为五音已经令我们耳聋了，太多的泛泛之声、靡靡之音，已经使我们的感觉僵化了，再也不会有天籁那样的感动，再也不会了！

五色，五音，还有五欲，已经使我们的心发狂，我们无法透过文学来验证我们的想象力。

文学没落并不是我们发狂的原因，但文学没落确实使我们的心灵为之枯寂！

一直向往远方

在一个贫瘠而单调的年代，我生长在遥远又平凡的农村，那个年代，还没有电脑和网络，甚至连电视电影都没有。那个农村，缺乏任何影音和娱乐。

伴随我长大的，只有很少数的文学作品和书报。

文学的情怀，使我在很年少的时代，就感到像《诗经》古诗那样的深情，相信世上有永恒的情感。

文学的情怀，使我养成了纯粹的心灵，像司马相如一样，无视庸俗和豪奢，无忌流言和蜚语，勇于追寻，一往无悔。

文学的情怀，使我能立志，志在千里，壮心不已，从青年到老年，一直向往森林、海洋、云彩、天空与远方！

文学创作是我生命的宝藏，使我敢于与众不同，常抱感动的心！回观我写作四十年，我很庆幸自己是一个作家，以爱为犁，以美为耕，以智慧为种子，以思想为肥料，耕耘了一片又一片的田地。

那隐藏着艰难、汗水与血泪，是很少人知悉。

我和创作，不会离别

2011 年秋天，清华大学创校一百周年，邀请我去演讲。

一个学生问我："林老师，我们都知道您写了一百多本书，您有没有预计这辈子会有多少本书，您会写到什么时候？"

我告诉学生，我不知道今生会写几本书，但是，我知道我会写到离开时间的最后一刻。

我引用了《上邪》那首古老的诗：

……

山无陵，江水为竭，

冬雷震震，夏雨雪，

天地合，乃敢与君绝！

文学创作就是我的"君"，除非世界绝灭，我和创作，不会离别。

槟榔西施

我服兵役的时候，部队驻在湖口，营区前面有一条小街，就在这条小街上住了许多的西施。

剃头店的小姑娘叫"理发西施"，卖豆腐的小姐叫"豆腐西施"，水饺店的北方小妞叫"水饺西施"，水果店的台湾少女则是"冰店西施"，真是到了十步芳草的地步。

所谓西施者，应该具备一些条件，一是女人，二是未婚，三是具有三分五分或两分一分的姿色，当兵的青年没有什么挑剔，一律称为西施。大家习以为常，被叫西施的少女也都笑嘻嘻地接受了。

但是仔细在街头走一回，就会知道如果西施长那样子，吴越争战的历史就一定要改写了。回头想想，大家那样兴高采烈地叫着西施，实在有助于人情世界的亲和力，也使枯燥的生活带来了欢喜。

那条街上最够资格叫"西施"的，是我们叫"槟榔西施"的小姑娘，她不是特别的美，却非常白净清纯，她也不是特别出色，对人却非常亲切，我们时常坐在河沟的这边，望着对岸街角的槟榔西施出神。那种美是仿佛没有一切尘世的染着，是乡村草野里一朵清晨的姜花，散放着清凉的早春独有的香气。

那时的槟榔西施是高中二年级的少女。

后来，我因教育召集而回到了往年的营地，十几年过去了，最幸运的是还能遇到"槟榔西施"，她已经是两个孩子的肥胖母亲，听说有一段时间她嫁到都市，因被遗弃而回到了故居。不再有人叫她"槟榔西施"，而变成"槟榔嫂仔"了。

当我说："你不是槟榔西施吗？"

她点头也不是，摇头也不是，脸上有惆怅而复杂的表情，那表情写的不是别的，正是岁月的沧桑。

原本不是太美的这位西施，因为沧桑的侵蚀，也失去了她原有的白净清纯的质地，好像被用来盛腌渍食物的瓷器，失去了它白玉一样的光泽。

走过去的时候，我想着：人如果不能保持青春之美，也应该坚持自己的纯净。

棒喝与广长舌

"站住！"

我们半夜翻墙到校外吃面，回到学校时，突然从墙角响起一阵暴喝，我正在心里闪过"完了"这样的念头时，一个高大的黑影已经窜到面前。

站在我们前面的老师，是我们的训导主任兼舍监，也是我就读的学校里最残酷冷漠无情的人，他的名字偏偏叫郑人贵，但是我们在背后都叫他"死人面"。因为从来没有学生见他笑过，甚至也没有人见他生气过，他只是冷冷地站在那里，永远没有表情地等待学生犯错，然后没有表情地处罚我们。

他的可怕是难以形容的，他是每一个学生的噩梦，在你成功时他不会给你掌声，在你快乐时他不会与你分享，他总是在我们犯错误、失败、悲伤的时候出现，给予更致命的打击。

他是最令人惊恐的老师，只要同学相聚在一起的时候，有人喊一句"死人面来了"，所有的人全身的毛孔都会立即竖起。我有一个同学说，他这一生最怕的人就是"死人面"，他夜里梦到恶鬼，顶多惊叫一声醒来，有一次梦到"死人面"，竟病了一个星期。他的威力比鬼还大，一直到今天，我偶尔想起和他面对面站着的画面，还会不自制地冒冷汗。

这样的一位老师，现在就站在我们面前。

"半夜了，跑去哪里？"他寒着脸。

我们沉默着，连呼吸都不敢大声。

"说！"他用拳头捶着我的胸膛，"林清玄，你说！"

"肚子饿了，到外面去吃碗面。"我说。

"谁说半夜可以吃面的？"他把手伸到身后，从腰带上抽一根又黑又厚的木棍，接着就说，"站成一列。"

我们站成一列以后，他命令道："左手伸出来！"

接着，我们咬着牙，闭着眼睛，任那无情的木棍像暴雷一样打击在手上，一直打到每个人的手上都冒出血来，打到我们全身都冒着愤恨的热气，最后一棍是打在我手上的，棍子应声而断，落在地上。他怔了一下，把手上另外半根棍子丢掉，说："今天饶了你们，像你们这样放纵，如果能考上大学，我把自己的头砍下来给你们当椅子坐！"

说完，他头也不回地走了，留下我们七个人缓缓从眼中流下委屈的泪水，我的左手接下来的两星期连动也不能动，那时我是高中三年级的学生，只差三个月就要考大学了。我把右手紧紧握着，很想一拳就把前面的老师打死。

"死人面"的可怕就在于，他从来不给人记过，总是用武力解决，尤其是我们住在宿舍的六十几个学生，没有不挨他揍的，被打得最厉害的是高三的学生，他打人的时候差不多是把对方当成野狗一样的。

他也不怕学生报复，他常常说："我在台湾没有一个亲人，死了也就算了。"在我高二那年，曾有五个同学计划给他"盖布袋"，就是用麻袋把他盖起来，毒打一顿，丢在垃圾堆上。计划了半天，夜里埋伏在校外的木麻黄行道树下，远远看到他走来了，那五个同学不但没有上前，几乎是同时拔腿狂奔，逃走了。这个事情盛传很广，后来就没有人去找他报复了。

他的口头禅是："几年以后，你们就会知道我打你们，都是为你们好。"

果然，我们最后一起被揍的七个人里，有六个人那一年考上大学，当然，也没有人回去要砍他的头当椅子坐了。

经过十五年了，我高中时代的老师几乎都在印象中模糊远去，只对郑人贵老师留下深刻的印象，可见他的棒子顶有威力。几年前我回校去找他，他因癌症过世了，听说死时非常凄惨，我听了还伤心过一阵子。

我高中时代就读台南市私立瀛海中学，在当年，这个海边的学校就是以无比严格的教育赢得声名，许多家长都把不听话的、懒惰的、难以管教的孩子送进去，接受斯巴达教育。我就是在这种情况下，被父亲送去读这个学校的。

不过，学校虽然严格，还是有许多非常慈爱的老师。曾担任过我两年导师的王雨苍老师，是高中时对我影响最大的老师。

王雨苍老师在高二的时候接了我们班的导师，并担任语文老师，那时我已被学校记了两个大过两个小过，被留校察看，赶出学校宿舍。我对学校已经绝望了，正准备迎接退学，然后转到乡下的中学去，学校里大部分的老师都放弃我了。

幸好，我的导师王雨苍先生没有放弃我，时常请我到老师宿舍吃师母亲手做的菜，永远在我的作文簿上给我最高的分数，推荐我参加校外的作文比赛，用得来的奖来平衡我的操行成绩。有时他请假，还叫我上台给同学上语文课，他时常对我说："我教了五十年书，第一眼就看出你是会成器的学生。"

他对待我真是无限的包容与宽谅，他教育我如何在联考的压力下寻找自己的道路，也让我知道如何寻找自己的理想，并坚持它。

王老师对我反常地好，使我常在深夜里反省，不致在最边缘的时候落入不可挽救的深渊。其实不是我真的好，而是我敬爱他，不敢再坏下去，不敢辜负他，不敢令他失望。

高中毕业那一天，我忍不住跑去问他："为什么所有的老师都放弃我，您却对我特别好？"他说："这个世界上，关怀是最有力量的，时时关怀四周的人与事，不止能激起别人的力量，也能鞭策自己不致堕落，我当学生的时候正像你一样，是被一位真正关心我的老师救起来的……"

后来我听到王雨苍老师过世的消息，就像失去了最亲爱的人一样。他给我的启示是深刻而长久的，这么多年来，我能时刻关怀周遭的人与事，并且同情那些最顽劣、最可怜、最卑下、最被社会不容的人，是我时常记得老师说的："在这个世界上，关怀是最有力量的。"

王雨苍老师和郑人贵老师分别代表了好老师两种极端的典型，一个是无限地慈悲，把人从深谷里拉拔起来；一个是极端地严厉，把人逼到死地激起前冲的力量。虽然他们的方法不同，我相信他们都有强烈的爱，才会表现那么特别的面目。

这使我想起中国禅宗里，禅师启示弟子的方法，大凡好的禅师都不是平平常常，不冷不热，而是有强烈的风格，一种是慈悲的，在生活的细节里找智慧来教化弟子，使弟子在如沐春风中得到开悟，这是伟大的身教，使学生在无形中找到自己的理想和道路。

伟大慈悲的禅师是超越了知识教化的理解，直接进入实践的层次。我们来看两个例子：

白居易问杭州鸟窠道林禅师："如何是佛法大意？"

禅师曰："诸恶莫作，众善奉行。"

白居易奇怪地说："这三岁的小孩子也会说。"

禅师说："三岁小孩子虽道得，八十老人行不得。"

另一个故事是有源律师问越州大珠慧海禅师："和尚修道还用功否？"

师曰："用功。"

曰："如何用功？"

师曰："饥来吃饭，困来即眠。"

曰："一般人总如是，同师用功否？"

师曰："不同。"

曰："何故不同？"

师曰："他吃饭时不肯吃饭，百种需索。睡时不肯睡，千般计较，所以不同也。"

禅师如此，任何好的老师也无不如此，其实大家心里都知道好老师的标准，只是不肯或不能依照这个标准去实践罢了，这就是身教。

但还有一种好的禅师是不用身教的，他们用极端严厉的方法来逼迫弟子，让弟子回到最原始的自我，激发出非凡的潜力，所以中国禅宗的传统里有许多棒喝、叱咤的故事，马祖在对待弟子百丈怀海的问题时，曾大喝一声，使怀海禅师耳聋三日。

最有名的惯用呼喝的禅师是临济义玄，由于他时常对弟子大声喝叱，使许多弟子怀疑他的慈悲，但他确是一个好的老师，他曾解释自己喝的作用："我有时一喝如金刚王宝剑（意即斩断烦恼，智慧生起）；有时一喝如踞地狮子（意即震慑学生心神，阻住情解）；有时一喝如探竿影草（考验学生的功夫深浅）；有时一喝不作一喝用（转移学生的迷执）。"

但是像临济这么严厉的禅师，他的师父黄檗禅师比他更严厉，他做黄檗的弟子三年才去问法。

他去问法："如何是佛法大意？"

声未绝，黄檗便打。

师又问，黄檗又打，如是三度发问，三度被打，总共被打了六十棒。

后来临济开悟，就断承了老师的风格。

黄檗和临济都是伟大的教禅的老师，有时他们的爱与慈悲是用棒子和喝叱来表现，并且没有什么特别的理由。

历史上最有名的棒喝是高峰禅师和弟子了义禅师的故事。

宋朝的了义禅师，十七岁时去谒高峰禅师，高峰叫他参"万法归一"这句话。有一天他见到松上坠雪，就写了一首偈呈给高峰，受高峰一顿痛棒，打得坠下数丈深的悬崖，重伤，七日未死，突然大悟，大呼："老和尚，今日瞒不得我也！"高峰给他印可，为他落发。他写了一首偈：

大地山河一片雪，太阳一出便无踪；

自此不疑诸佛法，更列南北与西东。

可见严厉的棒喝，有时在教育的效用上并不逊于耐心与慈悲。

当我们读到伟大的禅师启悟弟子千奇百怪的方法，使我们更能进入教育的本质，这本质不在于严厉或慈悲，而在于有没有真正的爱与智慧，来开发那些幼小的心灵，使他们进入更广大的世界。

从佛教的观点，老师与弟子也是从累世深刻的缘分来的，在禅录《古尊宿语录》中记载，文殊菩萨曾经是毗婆尸佛、尸弃佛、毗舍浮佛、拘留孙佛、拘那含牟尼佛、迦叶佛、释迦牟尼佛等七位佛陀的老师，可是在七佛成佛时，他又成为七佛的弟子。

有一位和尚问希迁禅师："文殊菩萨是七佛师，文殊有师否？"

禅师回答："文殊遇缘则有师。"

在我们的生命过程里，要遇到几位能启发我们的老师，是不容易的，需要深厚的宿缘。

回想起我在高中时代与老师间的缘分，我怀念最慈悲的王雨苍先生，也怀念那最严厉的郑人贵先生。

梦醒时分

证严法师曾说过一个故事：

有一位七十四岁的老人，每天清晨都出去扫地，打扫别人家的门口，因此每个人看到他都非常喜欢。

有一天，几位年轻人问他说："老伯，你今年几岁了？"

他说："我四岁。"

那些年轻人以为他脑筋不正常，再问他一次，他还是说四岁，年轻人只好问他说："你今年是七十四岁，还是八十四岁？"

那位老人回答说："论年岁，我是七十四岁，但论真正的做人，我只有四岁。"

年轻人问他："这是怎么说呢？"

他说："我七十岁以前迷迷糊糊过人生，不识道理，只是众生之一；但自我听了道理之后，迄今四年，我才懂得为人群服务，才深深感觉到自己是在真正地做人，所以说我只有四岁而已。"

法师最后下了结论："能体会佛的道理，才是真正出生的日子。"

学习佛法的人喜欢讲"开悟"，把开悟当成深远不可捕捉的情境，但是，如果把开悟摆在那么高深的境地，绝大部分人穷其一生也难有开悟的经验。

证严法师的故事给我们一个新的观点来看开悟，落实到生活上，开悟的最初步就是"觉非"，觉察到过去行为、语言、思想的错误加以修正，就是开悟的基础，所以说，"修行"的最初步是"修正自己的行为"。

这时候，人有一个清明的心，来做自己身口意的主宰，有如从梦中醒来一样。

一个人在梦中所经历的，不管是多么真实，都是处在虚妄与迷惘的状态，在梦中完全失去主宰自我的意识，只是随境流转，不能自已。因此，每一次从梦中醒来，都是一个全新的开始。

当人不断地"觉非"，不断地"修正行为"，慢慢地就走向正法，走向究竟开悟之路。

这个世界也有人的梦是不醒的！不知道从哪里来，迷迷糊糊投生到这个世界，熙熙攘攘地过了一生，最后，糊里糊涂地离开这个世界，投入另一个不可知的迷梦之中。

开悟，即是"醒转"，是把迷梦反转，觉悟真理的实相，进而证见真理，断除烦恼的扰乱，圆具封锁量妙德，身心自在。

只要一个人"开佛知见"的那一刹那，他就算从漫漫长夜醒来了，仿佛在沉睡中突然听到闹钟的声音，站起来做一天的工作，明明白白做自己的主人。

悟了以后的人还是要好好地生活与工作，就像醒来的人要生活与工作一样。不同的是，悟了的人，有一个更开阔的心胸，有更明晰的智慧之眼，以及更广大的慈爱，来对待自己的人生、对待这个世界。

我很喜欢佛经里对菩萨的另一个称呼"开士"，开有明与达的意思，不仅慈悲智慧大开，还能指开正道来引导众生。凡夫在时空的轮转中突然张开心眼，就成了"开士"，这样一想就忍不住自问：每天梦醒时分张开眼睛的一刹那，我的心眼是不是也随着张开呢？

究竟的证悟虽然很渺茫，可是从"觉非"而言，悟出自己的人生大道也并不远，每次想到七十四岁的老人自认为真正活了四岁，我就会自问：我今年几岁了？

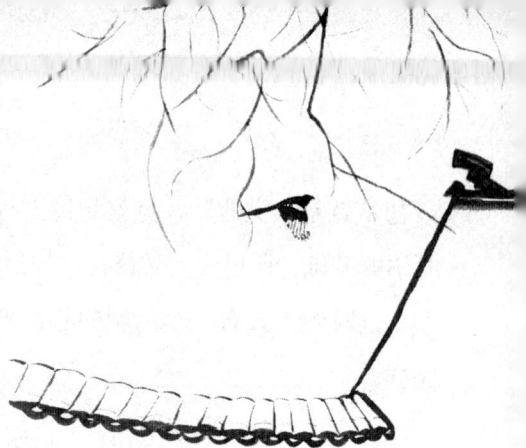

月到天心

　　二十多年前的乡下没有路灯，夜里穿过田野要回到家里，差不多是摸黑的。平常时日，都是借着微明的天光，摸索着回家。

　　偶尔有星星，就亮了很多，感觉到心里也有星星的光明。

　　如果是有月亮的时候，心里就整个沉淀下来，丝毫没有了对黑夜的恐惧。在南台湾，尤其是夏夜，月亮的光格外有辉煌的光明，能使整条山路都清清楚楚地延展出来。

　　乡下的月光是很难形容的，它不像太阳的投影是从外面来，它的光明犹如从草树、从街路、从花叶，乃至从屋檐、墙垣内部微微地渗出，有时会误以为万事万物的本身有着自在的光明。假如夜深有雾，到处都弥漫着清气，当萤火虫成群飞过，仿佛是月光所掉落出来的精灵。

　　每一种月光下的事物都有了光明，真是好！

　　更好的是，在月光底下，我们也觉得自己心里有着月亮、有着光明，那光明虽不如阳光温暖，却是清凉的，从头顶的头发到脚尖的指甲都能感受到月的清凉。

　　走一段路，抬起头来，月亮总是跟着我们，照着我们。在童年的岁月里，我们心目中的月亮有一种亲切的生命，就如同有人提灯为我们引路一样。我们在路上，月在路上；我们在山顶，月在山顶；我们在江边，月在江中；我们回到家里，月正好在家屋门前。

直至如今，童年看月的景象，以及月光下的乡村都还历历如绘。但对于月之随人却带着一些迷思，月亮永远跟随我们，到底是错觉还是真实的呢？可以说它既是错觉，也是真实。由于我们知道月亮只有一个，人人却都认为月亮跟随自己，这是错觉；但当月亮伴随我们时，我们感觉到月是唯一的，只为我照耀，这是真实。

长大以后才知道，真正的事实是，每一个人心中有一片月，它是独一无二、光明湛然的。当月亮照耀我们时，它反映着月光，感觉天上的月也是心中的月。在这个世界上，每个人心里都有月亮埋藏，只是自己不知罢了。只有极少数的人，在黑暗的时刻，仍然放射月的光明，那是知觉到自己就是月亮的人。

这是为什么禅宗把直指人心称为"指月"，指着天上的月教人看，见了月就应忘指；教化人心里都有月的光明，光明显现时就应舍弃教化。无非是标明了人心之月与天边之月是相应的、含容的，所以才说"千江有水千江月，万里无云万里天"，即使江水千条，条条里都有一轮明月。从前读过许多诵月的诗，有一些颇能说出"心中之月"的境界，例如王阳明的《蔽月山房》：

山近月远觉月小，便道此山大于月。
若人有眼大如天，当见山高月更阔。

确实，如果我们能把心眼放开到天一样大，月不就在其中吗？只是一般人心眼小，看起来山就大于月了。还有一首是宋朝理学家邵雍写的《清夜吟》：

月到天心处，风来水面时。
一般清意味，料得少人知。

月到天心，风来水面，都有着清凉明净的意味，只有微细的心情才能体会，一般人是不能知道的。

我们看月，如果只看到天上之月，没有见到心灵之月，则月亮只是极短暂的偶遇，哪里谈得上什么永恒之美呢？

所以，回到自己，让自己光明吧！